AF451099

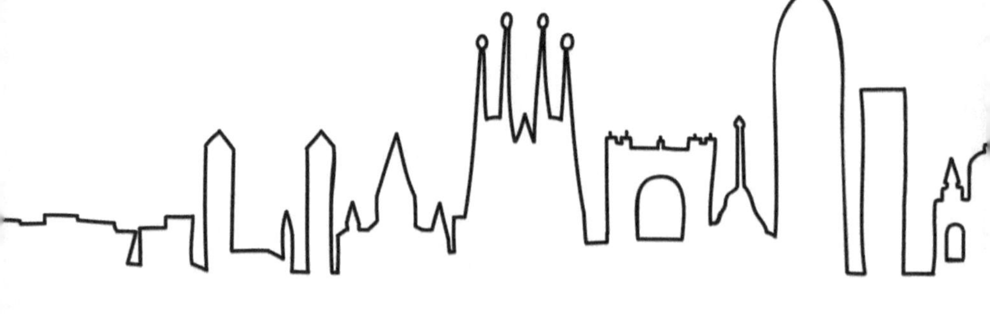

¿Por qué no?

Sara Ferrer

¿Por qué no?

Sara Ferrer

Título: *¿Por qué no?*
© 2020, Sara Ferrer

De la maquetación: 2020, Sara Ferrer

Primera edición: junio de 2020
Impreso en España

ISBN-13: 978-84-18489-04-4

A mi madre y a su devoción por los libros.
A todxs mis musxs.
Y a ti.

Uno

...3. 2. 1. vuelta a empezar

Era ya de noche cuando el AVE se detuvo en la estación de Sants. Una brisa fresca y algo húmeda le erizó la piel de los brazos cuando bajó del tren. Había poca gente para ser casi verano. A pesar de todo, ella iba emocionada, alegre, risueña, con la falda larga al viento…

Sentía que la vida le mostraba una de esas ventanas que debes abrir para respirar y dejar todo (o casi todo) atrás. Lo había pasado mal, sí, y durante casi cuatro años, pero volvía a tener la oportunidad de ser ella misma por una vez.

¿Por qué no sonreír?

Lo primero en lo que Lara se fijó fue en una mujer árabe con un *yihab* fucsia, ese pañuelo que utilizan las mujeres musulmanas y que les cubre únicamente el pelo y el cuello, y pensó si lo llevarían de verdad porque quisieran, por una arcaica tradición o si, quizás, un dios las obligase. Entonces ambas mujeres tan diferentes se miraron, y por un momento ninguna de las dos pareció tan distinta de la otra.

Después de su ruptura con Sandra había decidido cambiar de aires. Ahorró lo suficiente para volar a Tailandia; había que cerrar heridas. Madrid era demasiado asfixiante y el recuerdo de su relación lo hacía aún más.

Antes, había decidido pasar unos días en Barcelona; siempre le atrajo esa ciudad y, por una razón u otra, nunca tuvo la oportunidad de conocerla. Y aquel era el momento.

Recorrió los pasillos de la estación casi desiertos. Encontró una puerta abierta, donde decidió pararse a preguntar por un *stand* de información sobre la ciudad, pero al llegar se tropezó con su maleta y casi se hubiese caído si no llega a ser por el bendito marco de la puerta al que pudo sujetarse. Así, con esa clásica postura que en otro momento hubiese sido hasta sexi y riéndose de sí misma, sus ojos se encontraron por primera vez con los de Laia.

La chica pelirroja que estaba detrás de una mesa escribiendo en unos papeles se sobresaltó al escuchar el ruido, levantó sus preciosos ojos verdes y se quedó mirando a la puerta sin poder evitar sonreír por la escena.

—¿Puedo ayudarte en algo? Aunque por lo que veo no necesito respuesta —preguntó con una sonrisa y un tono que a Lara le despertó esa curiosidad que la caracterizaba.

—Em, bueno, acabo de llegar a la ciudad para iniciar una aventura y creo que la he empezado por todo lo alto, ¡¿no?! —contestó mirándola e intentando no empezar el inevitable coqueteo que iniciaba siempre con cualquier chica tan guapa como la que tenía enfrente.

Laia la miró y por un momento pensó que aquella chica la distraería un rato. Le habían encargado la tarea de encontrar un sustituto para Montse, que se hacía mayor. Necesitaba aleccionar a un nuevo sustituto o sustituta antes de que fuese demasiado tarde y su brillante talento se perdiese. ¿Podría ser ella? Entonces se dio cuenta de que esa chica era lo suficientemente guapa para poder despertarla del letargo en el que la abstracción de Montse la sumía. Todo estaba demasiado tranquilo y aquel regalo que los dioses habían dejado caer en la puerta le había atraído enormemente. No sabía si a ella también le interesaría de la misma forma, pero lo que sí sabía era que tenía toda la noche para poder averiguarlo.

—Pasa y siéntate, así te recuperas del susto y del moratón que te va a salir en el codo —dijo Laia señalándole el brazo izquierdo.

Lara se miró donde Laia le señalaba y se dio cuenta de que en realidad se había hecho más daño del que había admitido. Aceptó bajando la mirada, con una sonrisa pícara y un «gracias» de lo más sensual. Dejó su maleta a un lado y reparó en la mujer que no dejaba de garabatear en unos papeles. Montse era más bien gorda y llevaba unas gafas de pasta negras. Se giró cuando Lara quedó a su altura y solo dijo:

—Hola, soy Montse, encantada, no termines de caerte al salir —dijo volviendo a mirar su ordenador. Un encanto…

En ese momento, Lara reparó en una extraña tarjeta de identificación que había en la mesa, junto a la montaña de papeles.

Laia se dio cuenta, se levantó y alargó la mano hacia ella con una presentación cargada de electricidad, o a Lara al menos así le pareció.

—Soy la agente Roch, pero tranquila, que de momento no voy a detenerte por escándalo público —dijo otra vez con ese tono y esa boca que Lara ya empezaba a mirar con más curiosidad de la que debía.

Iba vestida con una camisa blanca metida por el pantalón pitillo negro, las mangas remangadas, dos botones desabrochados que enseñaban el tirante del sujetador de encaje negro y en el cinturón, también negro, asomaba su brillante placa de policía.

—Pues muchísimas gracias, supongo —contestó Lara con una media sonrisa.

—¿Tienes un sitio en el que pasar la noche? —preguntó Laia mientras daba vueltas a una pluma estilográfica de color negro mate.

—Pues la verdad es que he estado mirando los hostales cerca de la estación que tenían habitaciones disponibles. Iba a llamar en cuanto saliese —contestó ella mientras cogía su móvil.

Entonces Laia sacó una tarjeta de una caja metálica que se encontraba al lado del ordenador de Montse y se la dio mientras decía:

—Este es el hotel de un amigo. Pregunta por Máximo, dile que vas de parte de Laia, te hará un hueco. Y esta es mi tarjeta, por si necesitas algo más —dijo mientras le entregaba ambas, rozando levemente su mano al hacerlo.

Lara las miró, se levantó y estrechó de nuevo la mano de Laia. Era suave y delicada; con las uñas cortas pero impecables. Se solía fijar en las manos, era algo que le atraía. Y las suyas eran distintas, más fuertes y ásperas; además, se mordía las uñas y casi siempre las llevaba pintadas de negro.

Salió de aquella sala con la sensación de que no sería la última vez que la viese.

Después de seguir recorriendo los pasillos de la estación repletos de tiendas y bares salió a la calle, y esa brisa fresca que en un primer momento erizó su piel, volvió a hacerlo. Cogió aire, lo echó y marcó el número de teléfono del Hotel Bramasole.

—*Bona nit, Hotel Bramasole. ¿En què el puc ajudar?* —dijo una voz femenina en un perfecto catalán.

—Sí, mira, pregunto por Máximo, soy Lara, llamo de parte de Laia —explicó mientras se encendía un cigarro de liar.

—Por supuesto, espere y en un momento le paso —contestó la chica al otro lado, esta vez en castellano.

Máximo le dijo que ya había hablado con Laia y que esta le había avisado de que seguramente llamaría.

Tenían una habitación individual, que le dejaban a muy buen precio durante los días que allí estuviese. Se quedaría esa noche, el día siguiente, martes, y el miércoles, así tendría tiempo de organizarlo todo.

El hotel se encontraba a veinte minutos andando, pero estaba cansada y llevaba la maleta, así que cogió uno de los taxis negros y amarillos que se agolpaban en las puertas de la estación a la espera de los viajeros nocturnos y se dirigió al hotel.

Bramasole era un hotel pequeño, con aspecto de una villa de la Toscana. Estaba reformado, pero era capaz de conservar ese encanto rústico italiano. Tenía solo diez habitaciones, repartidas en dos pisos.

Dentro, un patio interior lleno de flores, plantas y algún árbol y con una pequeña fuente que hacía de ese lugar un sitio de ensueño donde perderse unos días. Después de registrarse, subió a su habitación en el segundo piso, la número siete.

Era grande, y en las paredes de piedra *beige* se agrupaban fotos de la Toscana. Había una cama de forja negra y sábanas y cojines blancos, un mueble antiguo oscuro con un jarrón lleno de girasoles y un espejo con marco hasta el techo.

El baño, también de piedra, tenía una bañera que comenzó a llenar en cuanto la vio. Dejó la maleta, pidió una botella de vino dulce y, después de perderse largo tiempo en esa agua templada, durmió como no lo había hecho en mucho tiempo.

Se despertó pronto, aunque se había acostado tarde, pero nunca perdería la oportunidad de degustar un bufet italo-catalán. Había zumos naturales de toda clase, de naranja, de piña, de pomelo...; dulces típicos catalanes; un gran surtido de embutidos italianos y quesos; panes de maíz, de semillas, de centeno… Había también tomate rallado, aguacate machacado y mantequilla casera. Un paraíso culinario que embriagaba cada uno de los sentidos.

Antes de volver a la habitación, fue al jardín del patio trasero, un pedacito de flora típicamente mediterránea, con naranjos, limoneros y alguna palmera. Había también una higuera y una vid, en la que sus higos y uvas relucían con la claridad que se filtraba por el techo descubierto. Y girasoles. Girasoles que cada mañana seguían al sol en su ruta al oeste, mientras que por la noche giraban en sentido contrario para que, al llegar el amanecer, este pudiese volver a encontrarlos.

En aquel oasis, donde el correr del agua de la fuente y los pájaros conseguía recargar de energía su cuerpo y su alma, se acordó de Laia. Le gustaba, eso no podía negarse. Había sido todo un detalle que la ayudase con lo del hotel y pensó que estaría bien agradecérselo invitándola a un café.

Subió a la habitación, rebuscó en el bolso su tarjeta y marcó el teléfono con varios miles de mariposas subiendo por el estómago hasta su garganta.

—¿Sí? —respondió al tercer tono.

—Hola, soy Lara, la chica de la estación. La que casi cae a tus pies. —Otra vez el maldito coqueteo—. Quería darte las gracias por el contacto del hotel y saber si podría invitarte a tomar un café como agradecimiento —dijo mientras jugaba con un mechón de su largo pelo.

—Me parece justo, hay una cafetería muy cerca de allí, se llama Ícaro. Pregunta a Mónica, la chica de recepción. Ella te indicará cómo llegar, nos vemos allí a las doce. —Y colgó.

Llegó a Ícaro mucho antes. Era una pequeña cafetería griega con paredes de piedra blancas y las mesas y los marcos de las puertas eran azul oscuro, los colores típicos de Grecia. Estaba rodeada de mesas con sillas y sofás con cojines también azules, y las mesas, redondas, tenían unos símbolos geométricos grabados, como las ánforas antiguas.

Mientras esperaba, aprendió los nombres de los diferentes tipos de cafés. El café griego (*ellinikós kafés*) es la forma tradicional de preparar el café; no se filtra, se hierve toda la mezcla en un cazo llamado *briki*, se deja reposar y se sirve tal cual. Es fuerte y espeso.

Podía tomar *sketos* (sin azúcar), *metrios* (con tanto azúcar como café) o *Glikós* (el doble de azúcar que de café). Aunque también se podía tomar un *gallikós kafés* (café filtrado normal), un capuchino o un *espresso freddo* (café con hielo), el que, como descubriría más tarde, sería el favorito de Laia.

Laia llegó puntual y localizó a Lara al final del local, saludó a la dueña y se encaminó hacia el sofá donde estaba sentada con unos andares hipnóticos.

Se saludaron con un apretón de manos y Lara le agradeció que le hubiese dado el número de aquel maravilloso hotel. Laia por su parte le contó que había conocido a Máximo en uno de sus primeros días en Barcelona, cuando se licenció en la Academia de Policía y la destinaron allí. También le contó su paso por esta, cómo había conocido a Adara, la dueña de la cafetería (una mujer griega de sesenta años que había abierto el local en el año 1971), su afición al café y a la cultura de los pueblos del mar Mediterráneo. Su familia era escocesa, de ahí su precioso pelo rojo y sus ojos verdes, pero ella había decidido venir a España cuando cumplió los dieciocho, diez años atrás.

Por su parte, Lara le contó su historia, la relación frustrada con Sandra, la búsqueda incansable de un trabajo que la llenase, las ganas de respirar otra cosa que no fuese Madrid y su viaje a Tailandia. Había venido con las manos vacías y la cabeza llena de ganas.

En ese momento Laia se dio cuenta de cómo aquel radar que había saltado cuando la vio no fallaba, que le gustaban las mujeres y que había alguna posibilidad. En ese momento el móvil de Laia sonó, arrancándole esos pensamientos.

—Agente Roch. Sí. No. Mañana llegan los documentos. Veinte cajas, tres con papeles y otras con discos duros y ordenadores. Sí. En media hora estoy allí. —Y colgó—. Lo siento mucho, pero tengo que irme, el deber me llama. Ya nos veremos —dijo guiñándole un ojo.

Se despidieron con un apretón de manos más fuerte que el anterior. Laia dijo algo a la mujer que en ese momento se encontraba en la barra y se fue de la misma hipnótica manera en la que había entrado.

Lara simplemente se quedó mirándola, cada paso, cada onda de su largo pelo, cada movimiento... hasta que Adara chasqueó los dedos sacándola de ese trance y le dejó en la mesa un plato típico griego llamado *gemistá*, que consistía en unas berenjenas rellenas de verduras, arroz, queso feta y tomate.

—Cortesía de Laia. Ahora te traigo el *ouzo*, el anís de mi país, te gustará —dijo orgullosa.

Después de comer aquella maravilla y beber el anís griego, Lara no dejó de darle vueltas a la posibilidad de que la pelirroja lo hubiese hecho para que tuviese una vez más que agradecérselo. Y deseó que así fuera.

Pasó la tarde en el hotel, disfrutando del *spa* que se encontraba en el primer piso, una especie de baños romanos, y preparando el viaje a Tailandia.

El jueves recorrería la ciudad y pensaría cuántos días más se quedaría allí. Llamó al servicio de habitaciones y pidió una *pizza* y una botella de vino dulce. Pensó de nuevo en Laia y en lo bien que se lo podrían pasar con esa botella. Cogió su móvil, buscó el número de ella y simplemente escribió:

*Gracias una vez más por regalarme un pe-
dacito de cultura, esta vez gastronómica.
Me temo que esto también tendré que agra-
decértelo. Pero esta vez elijo yo. Lara.*

La respuesta no tardó en llegar:

*Un placer. Cuando tengas algo pensado
avísame, mañana a partir de las seis estaré libre. Laia.*

A la mañana siguiente se despertó con la luz que entraba a través de la ventana. En la recepción del hotel había visto unos mapas de la ciudad y había folletos con actividades y visitas guiadas. Uno en particular le llamó la atención. Un mercado medieval que se organizaba ese fin de semana allí cerca le pareció el plan perfecto.

Disfrutó de cada bocado del desayuno y de cada recuerdo del día anterior. Leyó un rato y se puso unos pantalones cortos de deporte, una sudadera y se fue a correr. Lo hizo por los alrededores, no quería irse muy lejos. Correr le daba una sensación muy grande de libertad. La cantidad de endorfinas que su cuerpo producía y la apertura de sus pulmones suplicando más aire hacía que se olvidase de pensar en nada más.

Después se duchó y escribió a Laia para acordar la hora. Quedarían en la puerta del hotel a las ocho y media, cuando ya empezara a atardecer. Hacía una temperatura muy agradable aquella tarde cálida de principios de mayo.

Se vistió con una falda justo por debajo de las rodillas con mucho vuelo de color negra, sus Converse también negras y una amplia camiseta gris de tirantes jaspeada metida por dentro. Su largo pelo caía hasta la cintura, con unas grandes ondas. Se puso algo de máscara de pestañas y colorete y bajó las escaleras del hotel hasta la entrada. Y allí estaba ella.

Su pelo rojo, casi anaranjado, brillaba al sol. Hablaba por teléfono, y eso le dio tiempo a Lara para observarla bien. Vestía un vaquero pitillo con unas cuñas negras y una camiseta del mismo color con las letras «*Ciao*» en color blanco.

Cuando llegó a la puerta, ambas se saludaron con una sonrisa. Le contó el plan y a Laia pareció sorprenderle y gustarle al mismo tiempo. Se encaminaron por aquellas callejuelas estrechas; el hotel estaba en un pequeño barrio con aspecto medieval, por eso el Mercado Medieval de Barcelona se celebraba allí.

En aquella plaza llena de fiesta, que duraría seis días, había tascas al aire libre, tenderetes de artesanía, de bisutería y de jabones, puestos de comida típicos de aquella época, herreros, carpinteros y varios torneos de justas.

Todo ello organizado al más puro estilo medieval, donde los sentidos hacían un viaje en el tiempo a muchos siglos atrás. Su gente era consciente de ello y cuidaban cada detalle de aquel escenario. Todo era una explosión de colores y olores distintos, sonidos y expresiones que hacían que aquello fuese más real.

Pasaron el resto de la tarde y parte de la noche hablando, recorriendo cada rincón, inundándose de aquel clima lleno de contrastes entre lo real y lo imaginario.

Lara practicó tiro con arco. Siempre le había gustado, lo dominaba, y era la excusa perfecta para impresionarla. Laia solo podía mirarla. Se fijó en cómo se desenvolvía frente a cualquier situación, cómo esquivaba los golpes en la pelea de espadas o en la yincana, cómo averiguaba los acertijos de los trileros y unía las piezas de los puzles con una asombrosa facilidad. Era rápida, era lista y, sobre todo, no tenía nada a lo que aferrarse. Tenía potencial, y ella necesitaba un nuevo buscador o una nueva buscadora. Lara le había dicho que se iría a Tailandia en dos días, eso le dejaba poco margen y debía hacer algo ya, o esa chica se iría. Debía ofrecerle algo que le hiciera quedarse.

Después de que los fuegos artificiales silenciosos cerrasen el fin de la fiesta a medianoche, Laia se dio cuenta de que debía arriesgarse y de que estaba a punto de tomar una decisión descabellada. Prácticamente sin pensar de verdad en lo que iba a ofrecerle, respiró hondo, dio un sorbo largo a su café solo con hielo y se giró hacia Lara.

—Puesto que dijiste que querías vivir una aventura, te propongo una cosa —dijo mirándola fijamente a los ojos—. Mi departamento colabora directamente con la Policía; nos encargamos de jaquear y buscar pistas o pruebas donde sospechamos que podría haber ocurrido algún delito, y ahora mismo necesitamos a una persona y creo que tú encajarías en todo esto. Antes de que digas nada, no, no necesitas experiencia, solo querer vivirlo. Sé que suena a locura, pero puedes acompañarme de nuevo a la estación y allí te lo explicaré todo, si quieres.

Lara abrió la boca para negarse o simplemente preguntar si era una broma, pero solo miró a Laia y dudó. Era preciosa a rabiar, delgada y con miles de pequeñas pecas alrededor de su nariz y debajo de sus grandes ojos verdes. Y finalmente asintió.

«Estas cosas solo pasan en las pelis», pensó.

Cuando llegaron a la oficina de la estación, Montse se encontraba trabajando con un ordenador y una montaña de papeles. Laia la saludó y se sentó a su lado. Acto seguido le contó todo lo que debía saber en un primer momento sobre el departamento y lo que tendría que hacer si decidía aceptar su propuesta; muy tentadora, por cierto.

—Montse es la encargada de detectar los *e-mails* y archivos sospechosos. No somos un departamento demasiado visible dentro del cuerpo de Policía; somos algo más, ¿cómo lo diría?, secreto. —Y con aquella palabra tan prometedora hizo volar su imaginación directamente a la estantería—. Por lo que nuestros integrantes no necesitan formación en una academia oficial, sino simplemente tener «algo», y ahí es donde entro yo. Soy la encargada de encontrarlos y ella de educarlos —dijo señalando a Montse, que había dejado de escribir—. Si aceptas formar parte de esto, ella será quien te instruya.

En ese momento, Lara se dio cuenta de que Montse había dejado de garabatear el folio para mirarla. Sin hablar le pasó uno de ellos, como sabiendo ya que la curiosidad y el hecho de que Laia le gustase habían ganado a la duda. Cogió el papel mientras se sentaba en la silla de esa oficina que aún no se había detenido a mirar.

Era una estancia de paredes grises y techos de pladur con alógenos de luz fría. El suelo era de un tono blancuzco que le recordó al mármol y estaba frío, lo notó tras quitarse las Converse, aunque le gustó esa sensación. En la pared de la izquierda había una estantería horizontal con varios archivadores y una máquina de café, donde estaba Laia preparándose otro. Entonces la miró de espaldas y pensó en cómo sería levantarla y hacerlo con ella ahí encima. Sintió un cosquilleo debajo de donde viven las mariposas. Dejó de mirarla antes de que ella se diese la vuelta y su pelo color fuego ondease como si de una llamarada se tratase.

Una vez que el café había terminado de hacerse, la instancia se llenó de su aroma y enseguida supo que aquel olor, desde ahora, tendría nombre.

De pronto Lara se dio cuenta de que todo iba en serio, de que posiblemente su ventana se había convertido en una puerta por la que algo le decía que debía pasar.

Aceptó.

El departamento le ofrecería un piso hasta que demostrase si estaba o no capacitada para el puesto; el piso se encontraría en una zona céntrica, cerca de Las Ramblas.

Laia le contó que la oficina donde se encontraban era la que les correspondía para tratar temas relacionados con la estación, puesto que Barcelona era una gran puerta hasta Europa donde había mucho movimiento, sobre todo de tráfico de drogas en mayor escala y delitos mayores en otra.

No quiso asustarla demasiado el primer día, aunque supo enseguida que no sería fácil asustar a esa chica, que prometía darle algún que otro quebradero de cabeza. Aún no estaba segura de si podían llegar a algo o no, pero la forma en que ella la miraba le dejaba pocas dudas.

Mientras Lara observaba la pantalla del ordenador con sus grandes ojos marrones y sus pestañas largas, Laia tuvo tiempo de repasarla sutilmente más de cerca de lo que lo había podido hacer antes; sin que se notase, como le enseñaron.

Su piel era más bien clara, sin ser blanca; su cuerpo, delgado pero fibroso; su pecho, redondo y perfecto; su pelo, largo, moreno y con suaves ondas. Entonces, volvió la vista hacia su boca, sus labios grandes se movían mientras le preguntaba miles de cosas que ella no escuchaba. Apartó los ojos justamente cuando esta se volvió para hablarle y quedarse a escasos centímetros de su cara.

Laia se levantó para prepararse otro café. Entonces un iPhone negro empezó a vibrar en la mesa de metal, dejó el café y lo cogió.

—Agente Roch. Sí, claro, hemos detectado algún que otro envío; ya he mandado a los chicos para que lo verifiquen. Sí. No. Por supuesto, jefe. Sí, hablando del tema, necesito que Álex me traiga las llaves del Lázaro —dijo mirándola y guiñando el ojo.

Laia, después de ofrecerle el café, le estuvo contando los detalles. El departamento se llamaba Lázaro, por eso al piso franco lo llamaban también así. También le contó que ella llevaba dos años como coordinadora. Nunca le gustó lo convencional ni las normas, aunque lo segundo quedó claro en el momento que se lanzó a meter en el cuerpo a una completa desconocida.

—Un coche vendrá a recogerte para llevarte al hotel a por tus cosas y luego al piso. Yo tengo que quedarme aquí. Duerme y mañana te llamaré a este móvil —dijo mientras le tendía un iPhone negro igual que el suyo y le rozaba la mano sin querer.

O quizás sí quiso…

Lara no lo tenía demasiado claro. Deseaba que así fuera, pero era demasiado por esa noche. Estaba firmando unos documentos donde, entre otras cosas, había un acuerdo de confidencialidad, cuando el móvil de ella volvió a sonar informándole de que el coche ya estaba fuera.

Se despidió de la pelirroja con un apretón de manos y una sonrisa que les generó esa maldita corriente desde la muñeca hasta sus entrañas.

—Bienvenida a tu aventura —susurró Laia, y sonriendo se dio la vuelta.

Cuando salió de la estación le esperaba un Audi negro con un chico apoyado en la puerta del copiloto. Era alto, fuerte, moreno, con los ojos grisáceos, algo de barba y bastante guapo, incluso para ella, e iba vestido de traje, corbata y camisa también negros. Llevaba un auricular en la oreja y por su cinturón asomaba una pistola.

Le abrió la puerta trasera y le dijo con una sonrisa que mostraba una dentadura blanca perfecta:

—Mi nombre es Álex, seré tu chofer y tu sombra cuando estés de servicio.

Lo miró extrañada.

«¿De servicio?». Quizás se estuviese metiendo en algo que le venía grande, pero para eso estaba allí, para afrontar nuevos retos y para vivir. Vivir, algo que no hacía desde mucho tiempo.

—Gracias, Álex —dijo mientras él le cerraba la puerta de aquel coche impecable.

Lo primero que olió fue a limpio. No sabía si el coche era nuevo o no, pero de no serlo lo tenía realmente bien cuidado. Las luces del panel de control eran blancas, por lo que resultaba aún más impresionante, y la tapicería era de un tono claro y de cuero.

En ese momento se dio cuenta de lo cansada que estaba, y sin saber muy bien por qué se relajó de inmediato. En la radio podía escucharse una canción de The Passengers. Le encantaba ese grupo. Cerró los ojos hasta que Álex abrió la puerta del conductor, se sentó y arrancó, y Lara pudo sentir cómo la miraba otra vez por el retrovisor con su preciosa sonrisa.

Recorrieron los veinte minutos que duró el trayecto en un silencio que no le pareció incómodo. Enseguida supo que, si todo iba bien, podrían ser buenos compañeros y puede que incluso, algún día, amigos.

Después de recoger sus cosas de la habitación del hotel, llegaron al piso, que se encontraba a unos quince minutos. Álex se bajó del coche cuando aparcó en una calle muy cerca de la estatua de Colón, cogió la maleta de Lara cuando esta ya había salido del coche y le dio un llavero con una «L» de metal que contenía dos llaves.

—La grande es la de la puerta, la pequeña la del portal. Mi número está grabado en el iPhone que te dio Laia, si necesitas cualquier cosa solo tienes que marcarlo. Acuérdate de que soy tu sombra. Piso 5, B.

Le dio otra vez las gracias con la promesa de que lo haría sin dudarlo, devolviéndole la misma sonrisa. Subió los tres escalones, miró el llavero, cogió aire y metió la llave pequeña en la cerradura del portal.

Álex se subió en el coche, pero no se iría de allí hasta ver la luz a través de los ventanales del quinto piso. Mientras tanto, pensó que Lara era guapa, muy guapa e imposible. Eso lo sabía, lo supo desde el mismo momento que la vio. También supo que a Laia le gustaba, si no, no habría sido todo tan rápido. Le gustó, parecía una chica de las que observan el entorno antes de mimetizarse con él, y pensó que podría ser una buena integrante del cuerpo, pero eso aún estaba por verse… Y una vez se hubo encendido la luz, arrancó y se fue de allí, ahora sí, con un cigarro en los labios.

Lara entró en aquel piso con una mezcla de nerviosismo y curiosidad. Al encender la luz se encontró con un comedor diáfano y un sofá *chaise longue* blanco en medio con cojines negros y rojos. Enfrente de él, una estantería baja con una televisión plana encima. A la izquierda, una planta enorme y verde con un macetero también blanco. A la derecha, una estantería oscura con varios libros y archivadores. Detrás del sofá, una cocina americana con una barra en color oscuro, al igual que la encimera, con cuatro taburetes altos y rojos. Y, enfrente de la puerta, un gigantesco ventanal con unas cortinas blancas transparentes echadas y unas más oscuras a los lados.

Cerró la puerta y bordeó el sofá, recorriéndolo con una mano, sin dejar de apreciar cada detalle. Al llegar al ventanal, abrió las cortinas y pudo ver el puerto lleno de luces, al igual que las calles. Un deambular de gente bajo sus pies le hizo sentirse segura.

Miró hacia su derecha y vio un pequeño pasillo donde, a su izquierda, se encontraba un baño. Era blanco y negro con una planta en el mueble y una bañera que ocupaba toda la pared.

Salió del baño y a su izquierda, al final de ese pasillo, se encontró el dormitorio. En él había una cama enorme con colcha blanca y cojines negros y unas cortinas idénticas a las del salón. A su izquierda, un pequeño sofá Chester rojo y un armario empotrado. Reparó en que los únicos cuadros que había en la casa eran imágenes de Barcelona en blanco y negro.

Se tiró en la cama sin creerse aún lo que estaba viviendo. El bolso había caído a su lado derramando parte de su contenido. Allí estaba el iPhone negro, y en su mente se dibujó la figura de la pelirroja. Entonces el iPhone se iluminó y en la pantalla apareció un mensaje:

Espero que el Lázaro te haya gustado. Descansa, mañana empieza tu nueva vida. Laia.

No contestó. De alguna forma supo que ella no lo esperaría. Demasiadas emociones, demasiadas decisiones. Ninguna de ellas meditadas más de lo que sería recomendable para embarcarse en algo así. Dudó si estaría haciendo lo correcto, pero en ese momento se acordó de Sandra y de la vida que ya no quería llevar.

Y pensó: «¿Por qué no?». Siempre le gustó el misterio.

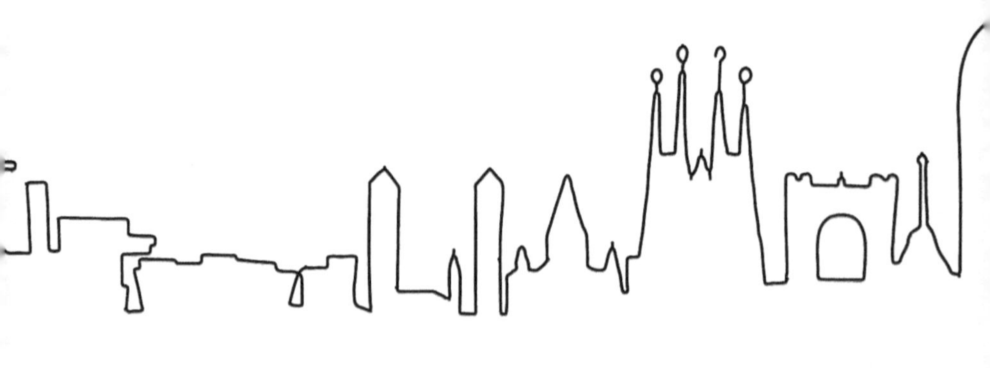

Dos

Un rayo de sol que se colaba entre las cortinas dibujó una línea que le atravesaba la cara. Se revolvió debajo de las sábanas blancas y abrió los ojos. Le había costado coger el sueño al principio. Después de hacerse aquella pregunta se quitó la ropa y se acostó únicamente con las braguitas de talle bajo negras con algo de encaje en los bordes y una camiseta de tirantes del mismo color. Había dormido bien, inusualmente bien en aquella situación.

Dio un par de vueltas sacando las piernas y revolviendo las sábanas con ellas. Le gustaba despertarse así, estirando únicamente los brazos y la espalda, teniendo cuidado con las piernas. De pequeña se le subían los gemelos cuando lo hacía y lo odiaba. Miró su propio iPhone blanco y vio que eran ya las diez y media, aún no quería mirar el otro por si acaso la sacaban de ese paraíso del que estaba empezando a disfrutar.

Se levantó casi de un salto, renovada por dentro. Sabía que tendría que empezar a moverse. La expectativa de lo que pasaría a lo largo del día la hizo sonreír. Abrió de golpe las cortinas y un sol inundó la habitación. Supo entonces que la orientación de la casa la regalaría luz el tiempo que estuviera allí.

Fue a la nevera y bebió de una botella de cristal con tapón de corcho. Notó perfectamente el agua helada bajar por todo su cuerpo y agradeció tanto o más la sensación. Mirando a la nevera se dio cuenta de que estaba llena de fruta y de yogur. En la encimera había botes de cristal y tapón de corcho con cereales, muesli, pasta, arroz... Buscó un bol y mezcló algo de granola con yogur, al que echó un kiwi, y se encaminó al baño, la ducha la llamaba desde allí.

Encendió el agua y la dejó correr mientras se quitaba la poca ropa que llevaba, mirándose al espejo que había encima del mueble del lavabo. El piso tenía una temperatura agradable; sin embargo, el roce de la camiseta al salir por su cabeza hizo que su piel se erizase. Disfrutó de aquella sensación, pero se dio cuenta de que el agua llevaba corriendo más de lo que a ella le gustaba, así que terminó de desnudarse y se dio una de las mejores duchas de su vida.

Laia miró el móvil, estaba vestida desde hacía un rato con unos vaqueros pitillo grises oscuro y un jersey fino que se le caía por el hombro, dejando ver el tirante de su sujetador de encaje negro. En su cinturón siempre la placa, la acarició y se sentó para abrocharse los zapatos negros estilo masculino.

Ella era policía, sí, pero no de esas chicas rectas que se yerguen cada vez que un superior pasa a su lado; ella se hizo policía para de alguna forma poder rebelarse contra las normas.

Pensó de nuevo en la chica a la que, sin saber muy bien por qué, había metido en todo aquello, jugándose el puesto. Sonrió cuando se acordó del primer motivo: quería acabar en la cama con ella y, si su instinto no le fallaba, Lara también. El segundo era que había visto algo en esa chica que le decía que podría llegar a destacar en el departamento, y entonces habría merecido la pena correr el riesgo.

Miró su móvil, que empezó a vibrar, y el nombre de Montse la hizo ponerse en marcha.

—Agente Roch, el despacho de Park Güell está operativo para empezar con la nueva pupila. A las doce. No me hagan esperar, sabe que no lo soporto. Aun así, no puedo evitar estar expectante. Puede que tenga potencial, no seré demasiado dura.

—Perfecto, Montse, a esa hora estaremos allí, no me la asustes. —Colgó y marcó el número del teléfono que le había dado a Lara con un calor que le subía desde lo más profundo.

Ella, con una toalla negra envuelta en el pelo y otra alrededor del cuerpo, salió corriendo del baño al escuchar el sonido del móvil que no era el suyo personal. Sabía quién era antes de llegar y no pudo evitar morderse el labio cuando vio su nombre en la pantalla: Laia.

—¿Sí? —dijo con un tono cargado de sensualidad.

—Buenos días, bella durmiente, espero que hayas pasado buena noche. Vístete y en media hora paso a recogerte. Tenemos mucho que hacer. —Colgó sin darle tiempo a decir nada más, pero sonaba demasiado prometedor.

Soltó el móvil en la cama, abrió la maleta y rebuscó en ella, ya tendría tiempo más tarde de colocarla. Se vistió con una camiseta blanca de manga corta de cuello pico y unos vaqueros pitillo. Se calzó las Converse negras y fue al baño.

Allí se quitó un poco la humedad del pelo con la toalla y se puso algo de máscara de pestañas y colorete rosa. Cogió su bolso, echó una última ojeada repasando mentalmente si llevaba todo y cerró la puerta tras de sí.

Bajó las escaleras de aquel edificio que parecía más antiguo que el piso. Lo más probable es que este estuviese reformado, y esa mezcla de estilos le gustó.

Al salir vio a Laia apoyada en un coche negro. Un Audi también, solo que más pequeño, un A1. Estaba arrolladora. No llevaba apenas maquillaje, quizás algo de colorete en las mejillas. Reparó en su hombro al descubierto y deseó recorrerlo con los labios hasta el cuello, perdiéndose en el rojo de su pelo…

Ambas sonrieron y se estrecharon de nuevo la mano.

«¿Cuándo acabarían esas malditas formalidades?», pensó Lara sintiendo de nuevo esa corriente que le hizo exhalar demasiado alto.

Laia la miró con esa sonrisa pícara de una niña que está deseando portarse mal.

Entraron en el coche y Lara se llenó del olor de la colonia que ella llevaba, fresca e irresistible. Se pusieron el cinturón a la vez y Laia le dijo:

—Montse nos está esperando en la sede del departamento, cerca de Park Güell. Te dejaré allí y ella te mostrará la forma de hacer las cosas. Es dura y algo borde, pero tiene buen fondo y una intuición innata que según ella puede llegar a instruir en otros si tienen lo que hay que tener.

Lara se ladeó en su asiento y puso el codo izquierdo en el reposacabezas mientras se sujetaba la sien con el dedo índice y el pulgar.

—Si estoy aquí es porque piensas que puedo tenerla yo también, ¿me equivoco? —Y aquellas palabras sonaron más a provocación que a duda—. Además, aprendo rápido y bien. —Esto último lo dijo volviendo a apoyar la espalda en el asiento y mirando hacia delante.

Laia se quedó mirándola. Sus labios dibujaron una sonrisa al saber que no mentía y aceleró tratando de disimular el escalofrío que acababa de sentir.

A las doce en punto atravesaban la puerta del departamento situado en la cuarta planta de un edificio de oficinas blanco y gris, mucho más moderno que el del Lázaro.

Subieron en el ascensor y Lara dio las gracias por que durante los escasos segundos que duró el trayecto en ese cubículo Laia estuviese hablando con el que era su jefe, porque la tensión que surgía entre ellas era evidente y había muy poco espacio allí para evitar que estallara.

Por Dios… Acababa de conocerla y ya lo había hecho con ella de mil formas distintas en su cabeza.

La apertura de puertas la sacó de sus pensamientos cuando cogía aire y cerraba los ojos mientras hacía un giro con el cuello, como si de aquella forma los liberara y volviese al mundo real.

Montse las esperaba en un espacio diáfano lleno de mesas en fila con sillas contiguas y una pizarra a su derecha. Con aquellas sillas en dirección a la puerta la estancia le recordó a un colegio, solo que más limpio, más blanco y más adulto. Al fondo y de frente a la puerta de entrada había un despacho. Era muy parecida a la oficina de la estación, pero más grande.

Avanzaron y Laia se metió en aquella sala solo para recoger una carpeta. Lara, que iba mucho más atrás mirando los cuadros en blanco y negro como los del piso franco, no se percató de que en ese momento la pelirroja salía del despacho.

Chocaron, pero no de una manera brusca ni torpe. Fue como si sus cuerpos estuviesen destinados a entenderse. Apoyó las manos en los hombros de Laia. Su pelo rojo pareció envolverle la cara durante milésimas de segundo, pero que ella vio pasar a cámara lenta. Y una vez más, se quedaron a escasos centímetros la una de la otra. Esta abrió ligeramente la boca al soltar una expresión de sorpresa y Lara pudo oler una mezcla de café y menta. Montse carraspeó, y eso hizo que el tiempo volviese a seguir su curso normal.

Se apartaron torpemente y Laia se despidió diciendo que en la redada de ayer habían encontrado suficiente información como para necesitarla allí. Y se fue sonriendo y mordiéndose el labio casi hasta hacerse daño.

Las horas pasaron mientras maestra y pupila intercambiaban preguntas y respuestas. Una, escuchaba con atención y mucha curiosidad. Otra, con una vida entregada a su trabajo y sin familia la adoptó enseguida, sin quererlo.

Había algo en Lara que enternecía a Montse. Bajo esa fachada de seriedad y profesionalidad, había una Montse protectora que nadie vería jamás. Así era su trabajo, no podía distraerse con nada más. Sabía que exageraba, pero quizás ese mismo aislamiento era un refuerzo de la gran armadura que con los años había forjado, seguramente por un corazón incompatible con su amor al cuerpo y al deber, pero eso nadie lo sabía. En cuanto a esa chiquilla, tenía potencial. Lo supo desde el momento que Laia la trajo de nuevo a la estación. Era rápida, curiosa y desenvuelta. Le interesaban los temas policíacos y las tramas de suspense, los rompecabezas y los acertijos. Esto no era un juego, era la vida real, pero, al fin y al cabo, ¿qué es la vida si no un juego de azar en el que a veces se pierde, otras se gana y otras la victoria se consigue con trampas? En eso consistía el departamento. También era guapa. No es que hiciese falta, pero estaba claro que en un mundo de mierda como en el que vivían el físico podía hacerle ganar muchos puntos en la partida.

Pocas veces se metían en fuego cruzado y raramente iban a la escena del crimen. Solo en algunas ocasiones irían personalmente a las escenas, naves o casas donde se pudiesen encontrar pruebas. De hecho, por norma general era a ellos a los que les traían las pruebas, los ordenadores, portátiles, tabletas o móviles para que los analizasen.

Los informáticos descifraban códigos, los ingenieros reparaban las pruebas que habían intentado destruir y ellas con toda esa información buscarían la clave que daría forma al caso.

Todo eso lo aprendió durante las nueve horas que estuvo con Montse en esos pupitres. En aquella oficina ese día había tres ingenieros y dos informáticos, entre los que se encontraba Sergio, el jefe de estos últimos, que les había llevado algo de comer. Sergio siempre estaba sonriendo. Era moreno de piel, con unos dientes grandes y blancos, fruto de la ortodoncia que tuvo de niño, el pelo muy muy negro con forma de pequeña cresta y algo de barba.

Había sido estimulante y agotador, pero ella tenía mucho espacio para almacenarlo, pues había dejado su cabeza vacía de todas aquellas cosas que ya no le servían y dificultaban el aprendizaje de otras. Aquello le resultó apasionante y se dio cuenta de que, por mucho que quisiera, no dejaría de aprender ni un solo día.

A las nueve y media de la noche la puerta se volvió a abrir y apareció Laia, igual de increíble que cuando se fue esa mañana, les sonrió a ambas y pidió a Montse que pasase con ella al despacho.

—¿Qué tal ha ido el día? ¿Crees que puede encajar en el departamento? —preguntó con un tono que por un momento rozó la desesperación y que a Montse no le pasó desapercibido.

—Señorita Roch, es una chica rápida, muy inteligente, desenvuelta y curiosa. —Esa última palabra hizo volar su imaginación—. Creo firmemente que con la formación adecuada puede ser un gran apoyo para el departamento —sentenció orgullosa, sabiendo que, en parte, esos logros también serían suyos. Aquella mujer con la que pasaba horas y horas desde hacía ya más de dos años y que le tenía un cariño que se molestaba en guardar aún la seguía tratando de usted. No solo por su cargo, sino porque era de esas mujeres que, aunque modernas para su edad, siempre tenían unos modales férreos. Y dedicarse a eso en parte fue para rebelarse contra ellos, pero sin poder evitar tener ese tipo de educación, resultado de la rectitud familiar con la que vivió durante toda su vida.

Lara sabía que hablaban de ella, pero no le preocupó. Primero, nunca le había preocupado lo que dijesen de ella, y, segundo, sabía que lo había hecho bien. Y lo sabía porque lo había visto en la forma de mirar de Montse, como la de una madre que, desde el fondo de la sala, oye a su hija tocar una pieza impecable durante su concierto de piano.

Entonces se acordó de la suya, en Madrid, con su padre y su hermano, y en ese momento los echó mucho de menos. Pero sabía que, por el momento, solo importaba el aquí y el ahora.

—Bienvenida a la fase de prueba de Lázaro —dijo Laia detrás de ella, y no pudo evitar sonreír cuando se dio cuenta de que Montse, mientras recogía su portátil, también lo hacía.

Las tres mujeres salieron de aquel edificio de noche. Aún no era verano, pero los días comenzaban a ser más largos y la brisa de la mar más cálida.

El Audi negro de Laia estaba aparcado en un vado que el departamento tenía reservado justo en la puerta.

—Os acerco a casa. Por hoy ya hemos tenido bastante y no queremos que nuestra nueva integrante se nos canse nada más empezar.

—Hace falta algo más que esto para cansarme. —Y sonó tan provocador y sucio como quiso que sonase—. Pero me vendría bien una ducha y organizar mis cosas —dijo mientras subía a la parte de atrás del coche, dejando a Montse el asiento del copiloto.

En ese mismo momento Laia no pudo evitar ver la imagen de aquella chica desnuda en la ducha de aquel piso que conocía tan bien, el agua cayéndole por el pelo larguísimo, tapándole el pecho y cayendo más y más abajo… Se agarró a la puerta del coche y se dejó caer en el asiento, se puso el cinturón y giró la llave. Acto seguido la canción *Fly*, de Ludovico Einaudi, llenó todo el espacio. Entonces miró por el retrovisor y, en ese mismo instante, sus ojos se encontraron como dos trenes a punto de chocar.

El coche paró enfrente del Lázaro, cosa que Lara agradeció. Tenía demasiadas ganas y no sabía hasta cuándo las podría contener. Se despidieron y Laia arrancó de una forma quizás algo brusca, y mirando otra vez por el maldito retrovisor creyó ver cómo ella sonreía.

Abrió la puerta de esa casa que ya le resultaba familiar. «¿En un día?», pensó en voz alta, pero era lo único que tenía allí y debía aferrarse a ello con todas sus fuerzas.

Un olor a melón la envolvió.

Seguía pensando en Laia y en las ganas que tenía de besarla.

Dejó el bolso en la barra de la cocina y pensó en ir a dar una vuelta y empezar a conocer la ciudad. Pero antes abrió la nevera, y fue entonces cuando la invadió una mezcla de sorpresa y contradicción.

Estaba llena de comida. Alguien había venido y la había llenado. Se dirigió al dormitorio y al baño y pudo comprobar cómo las sábanas y toallas también estaban cambiadas.

Y ese olor a melón que venía de la encimera de la cocina… Volvió de nuevo allí y se dio cuenta de que había un ambientador de palitos de bambú que esa mañana no estaba cuando ella se fue.

Entonces reparó en una nota que estaba encima de la mesa del salón.

«Soy la señora Scott, una especie de hada madrina, y como las hadas soy difícil de ver. Pero haré que su estancia aquí sea lo más cómoda posible. Bienvenida al Lázaro».

Tres

Barcelona

Lara se despertó a la mañana siguiente con un ligero y lejano zumbido. Abrió un ojo, palpó a tientas la mesilla de noche y localizó el iPhone negro. La luz la cegó en un primer momento, pero cuando sus ojos se acostumbraron a la claridad pudo leer:

Espero que toda la información que pudiste recabar ayer te sirviese de inspiración. Salgo de viaje para tratar unos asuntos con el departamento italiano, estaré fuera una semana. Conoce la ciudad, te hará falta a partir de ahora. Tómatelo como trabajo de reconocimiento. Mañana es sábado, disfruta del fin de semana. El lunes Álex pasará a por ti para llevarte a la oficina. Pórtate bien. Laia.

A lo que respondió:

Créeme cuando te digo que esa información está almacenada y es toda una inspiración. Por el momento me portaré bien. Buen viaje. Lara.

Agradeció por una parte estar una semana sin distracciones y centrarse en lo que podría ser un buen plan de vida. Miró a su alrededor y pensó que aquello podría funcionar. Joder, ¿quién no querría aquello?

De un día para otro lo tenía todo, solo tenía que saber conservarlo y hacer las cosas bien. Por otro lado, sabía que echaría de menos a la pelirroja, sentía mucha curiosidad por cómo acabaría aquello. Aunque en realidad lo sabía, lo había imaginado las veces suficientes como para saberlo.

Se levantó, fue a la nevera y se preparó unas tortitas de plátano y avena con queso a las que echó orégano y pimienta. Se las comió de camino a la ducha, ni siquiera se molestó en desayunar tranquila, tenía infinitas ganas de conocer toda la ciudad.

Cuando salió a la calle, una brisa con olor a mar le golpeó la cara. Había estado mirando una y otra vez qué podría conocer y que fuese lo más emblemático. Ya tendría tiempo de conocer aquello que solo conoce la gente que vive allí o aquella que se molesta en descubrir cada calle, cada rincón...

Cruzó un par de calles hasta llegar a una rotonda inmensa, donde se encontraba la estatua de Colón señalando al puerto, como indicando a esos barcos dónde debían descansar. Enfrente, un centro comercial con unas grandes letras: Maremagnum. Le gustó el nombre, tenía fuerza.

Giró sobre sí misma y vio el final de Las Ramblas, una de las grandes calles que atravesaban la ciudad.

Decidió que, quizás, los monumentos importantes podrían esperar, que ya estaba harta de siempre tener un plan, que en el poco tiempo que llevaba allí había aprendido que las cosas buenas te llegan sin buscarlas demasiado.

Siguió andando, y todos los mimos de los que había oído hablar estaban allí, dándole color a la ciudad. Porque si algo tenía Barcelona era eso, color. Lo veía en cada persona, en cada calle, casa...

De repente un olor dulce le hizo volver a inhalar más fuerte. Era caramelizado y muy familiar, e inconscientemente lo degustó. Entonces sus ojos se posaron en uno de los puestos que la abrazaban a ambos lados y los vio. Gofres.

No pudo evitar correr hasta allí y cogerse uno de chocolate negro. El primer bocado activó esa pequeña droga natural del cuerpo llamada endorfina, y cerró los ojos para disfrutar de aquella sobredosis.

Siguió andando y pasó por el Mercado de La Boqueria, entró y todo en él la envolvió: los aromas, otra vez los colores, las especias, el frescor... Era un gigantesco laberinto por el que perderse. Al salir de allí, justo al otro lado de la calle, había un pequeño local con aires algo *vintage,* con la fachada blanca y unas letras en color turquesa pastel: BarnaStetic. Era un centro de belleza, y de repente se dio cuenta de cuánto lo necesitaba.

Cuando abrió la puerta, una campana en el marco superior de la puerta hizo que la chica de media melena rubia, flequillo recto y un arito en la aleta de la nariz que estaba en el mostrador levantase la cabeza y le dedicase una sonrisa.

—*Bon dia, ¿en què puc ajudar-te?* —dijo en catalán y con una voz cálida y amable.

—Buenos días, necesito un tratamiento completo —dijo señalándose de arriba abajo con una carcajada.

La chica movió la cabeza como disculpándose por hablar en catalán.

—Pues creo que has venido al sitio indicado, mi nombre es Emma. Si esperas diez minutos Berta saldrá de cabina y podrá atenderte —dijo esta vez en castellano—. Puedes tomarte un café si quieres. ¿Tu nombre es...? —dijo señalando a la máquina.

Y Lara, negando con la cabeza, le dijo su nombre y se sentó en el mullido sofá, del mismo color turquesa que las letras de la entrada; enfrente de él, también había dos butacas con la misma tela. Por otro lado, una «B» y una «S» contrapuestas se encontraban en la pared que había detrás de la recepción donde estaba Emma sentada.

Mientras esperaba se entretuvo fijándose en los detalles de aquel local. Todas las paredes y las puertas eran blancas; el suelo, en cambio, era una tarima de madera oscura. A su derecha, en una estantería horizontal con cuadrados de Ikea, había maceteros turquesas que contenían plantas de plástico, pero que hubiese jurado que eran de verdad; una cafetera de esas que funcionaban con cápsulas; dos jarras de agua, una apoyada en un soporte que la mantenía caliente y otra con hielos, y una caja de tés de varios sabores. A su izquierda y a la del mostrador de recepción, colgada de la pared, una bicicleta antigua restaurada del mismo color que los maceteros.

Le gustó la calidez que brindaban los colores pastel y cada detalle, elegido con mimo.

Enfrente del sofá en el que estaba sentada y por detrás de las butacas, una puerta estaba entreabierta y por ella se veía un lavabo. Supuso que era el baño, y al lado de este, unas escaleras con barandilla de metal que daban a un sótano del que en ese mismo momento subía una chica.

Cuando llegó hasta ella se presentó con dos besos.

—¡Hola! Mi nombre es Berta y seré quien te mime hoy. Dame unos minutos para que suba mi clienta y que Emma prepare la cabina —dijo mientras se dirigía al mostrador.

—Sí, claro, no te preocupes —dijo Lara volviéndose a sentar.

Berta se fue a recepción. Era una chica joven, ni muy alta ni muy delgada, con el pelo moreno y liso cogido con una larga coleta, los ojos marrones muy expresivos, con largas pestañas llenas de rímel, y una gran sonrisa. Llevaba un pantalón ancho gris claro, con rayitas diplomáticas blancas, una camiseta de manga corta también blanca y una americana fina a juego con los pantalones. Después de despedirse de su clienta de una manera familiar y cariñosa, se acercó y con un gesto la invitó a bajar con ella.

Las escaleras daban a un espacio en el que se encontraba un pequeño *hall* con un par de butacas blancas como las de arriba y tres puertas. Una de ellas era un baño, la otra estaba cerrada y la de su izquierda era una cabina grande y con una iluminación tenue. Había una camilla enorme con toallas blancas con el logotipo del centro, una estantería como la de recepción, pero esta vez en vertical, y una cómoda con aceites y cremas encima.

También había varios aparatos de estética y, entre ellos, lo que había ido a buscar: la cera. Berta entró en la cabina y, mientras se echaba crema en las manos, le preguntó:

—Bueno, ¿qué vamos a hacer?

Lara le contó que había llegado hacía unos días desde Madrid para iniciar una especie de viaje espiritual, pero que al final había decidido quedarse allí al encontrar trabajo en una oficina (no quiso darle más detalles), que había salido a conocer la ciudad y que necesitaba urgentemente una depilación desde el labio superior hasta los pies. Después de que Berta le diese un tanga de papel, saliese de cabina para dejar que se cambiara, volviera y empezara con la cera, Lara se sintió como en casa.

Se contaron la una a la otra su vida. Berta tenía novio desde hacía diez años, Jaime, pero seis meses atrás le había pillado unos mensajes con otra chica y lo habían dejado. Ella decía que lo tenía superado, pero se refería a él como «maldito cabrón».

Era basta, no dejaba de decir tacos y de reírse como una loca mientras le contaba cómo había sido aquello. Le contó que el local era suyo y que le había costado mucho llegar hasta allí, pero que ahora le iba bien, y tenía a Emma, que le echaba una mano con la peluquería y sobre todo en la recepción.

Ella también contó su historia. Se abrió como quien abre un libro, pero no le molestó, parecía que se conocían de toda la vida y eso era lo que importaba.

Cuando terminaron, las dos subían las escaleras riéndose. La risa de Berta era más bien como un rebuzno, pero igualmente contagiosa. Después de pagar se despidieron con un abrazo. Se habían caído bien. En ese momento Lara reparó en las uñas de ella, perfectamente pintadas de rojo, y mirándose las suyas y levantándolas tuvo la excusa perfecta.

—Ha sido un placer, relativamente, claro —dijo acordándose de los tirones—. Pero mañana tendremos que hacer algo con esto. —Le guiñó un ojo y salió con la sensación de que esa vez sería una de muchas.

Siguió su camino por Las Ramblas hasta llegar a la plaza de Cataluña, y de allí al *passeig* de Gràcia. Pasó por la Casa Batlló, única, mágica… que diseñada totalmente con líneas curvas lograba lo que el gran Gaudí pretendió: el sueño de vivir en el mar. No había manera de no ser transportado a otro mundo cuando la mirabas.

La Pedrera tampoco se quedaba atrás. Blanca, impoluta y quizás un poco más altiva que su hermana Batlló, pero igualmente bella e imponente, y daba un toque de elegancia al más puro estilo del artista catalán.

No fue difícil mimetizarse en ese mundo. Todo le despertaba un millón de sensaciones, disfrutaba en aquella ciudad con tanto arte en el aire.

Siempre pensó que cada persona tenía asignado un animal. No aquel que querían ser, sino el que realmente eran. El suyo siempre fue un camaleón: pequeño, silencioso, pero asimismo uno de los pocos seres que conseguían adaptarse al medio cambiando casi por completo su apariencia física, ralentizándose, quedándose inmóviles hasta saber cómo reaccionar. Aunque también eran letales, podían llegar a cazar una presa sacando una lengua que doblaba la longitud de su cuerpo; rápida y hábil, como la suya.

Volvió a pensar en Laia y se hincó los dientes en el labio inferior pensando en recorrer con ella su piel bañada en pecas.

Por último, la Sagrada Familia. Majestuosa, impresionante y en una eterna reconstrucción; las grúas formaban ya parte de la estructura. Por una de sus caras el paso del tiempo parecía haberse detenido. La otra cara, en cambio, empezaba a modernizarse y a romper ese reloj de arena, perdiendo así su maravillosa esencia... Esa basílica siempre le recordó a los castillos que se hacen en la playa, cogiendo un montoncito de arena mojada y dejándolo caer suavemente en gotas formando una torre.

Tenía una lista de sitios que visitar antes de morir, y tachó mentalmente la basílica, encendió un cigarrillo de liar que ya tenía hecho y disfrutó de las colosales vistas que tenía ante ella.

De pronto sintió hambre y vio que el reloj del móvil marcaba las dos y media. Nunca le gustó comer sola en un restaurante o cafetería si no iba acompañada de un buen libro o un ordenador, así que entró en una pastelería y compró un hojaldre con sabor a *pizza* y comenzó a andar los cincuenta minutos que la separaban del piso.

El camino lo hizo casi sin pensar, y eso era una de las cosas que quería cambiar. Con Sandra la mayoría de las cosas las había hecho por inercia, sin apenas fijarse en los detalles, como si la hubiese llevado la corriente, como si su cuerpo actuase por sí mismo y ella lo viese desde fuera.

Ahora no. Ahora era consciente de cuanto la rodeaba, consciente de querer vivirlo todo.

Su cabeza guardaba cada detalle, cada sonido, cada color, cada calle… Se llenaba de cuanto estaba a su alrededor y, por primera vez, se sintió ella misma; como si una nueva Lara empezase a despertar y a ver la vida con otros ojos, con otras manos, con otra piel…

Supo que tenía por delante toda una nueva vida que no iba a desaprovechar.

Cuatro

Se levantó como cada día con ese olor a limpio que la señora Scott se molestaba en mantener. La noche anterior había ordenado la ropa en el armario y colocado sus cosas en el baño. No traía mucho, quería empezar de cero con todo de alguna forma.

Después de la ducha se propuso desayunar tranquila sentada en el sofá.

Había una panera metálica con varios panes de diferentes tamaños y estilos: blanco, integral, de cereales, de maíz, con pasas… Escogió el que más semillas tenía, partió tomate y aguacate y disfrutó de cada bocado.

Se miró de nuevo las uñas y sacó del bolso la tarjeta que Emma le había dado. Allí iban con cita, así que no se lo pensó dos veces, cogió su móvil y llamó.

—BarnaStetic, *bon dia* —contestó Emma con rapidez.

—¡Buenos días! Soy Lara, la del completo —bromeó—. Ayer estuve allí haciéndome la cera y quería saber si hoy tenéis hueco para la manicura y la pedicura.

Emma sonrió acordándose de aquel momento y de lo bien que le cayó Lara.

—¡Sí, claro! —exclamó con esa alegría que la caracterizaba—. ¿Te viene bien sobre las doce?

—Perfecto, nos vemos a las doce entonces.

Eso le daba un margen para recoger la casa. Aunque sabía que la señora Scott vendría, no quería que pensase que se creía que vivía en un hotel, así que se despidió de Emma y empezó a recoger.

A las doce menos diez llegó al centro, miró por el gran ventanal y vio que las dos estaban detrás de recepción. Hablaban y se reían, y le gustó que tuvieran ese tipo de relación, daba un aspecto de estar como en casa. Esperó unos segundos disfrutando de aquella escena, sonrió y entró.

La campana sonó al mismo tiempo que Berta le daba un manotazo en la espalda a Emma, se volvieron a reír y se levantaron para saludarla.

Bajaron juntas las escaleras y Berta abrió la puerta que la primera vez estaba cerrada. Se trataba de una sala diáfana con dos espejos y dos de esos tocadores como los de los camerinos con luces a los lados. Enfrente de ellos, unas butacas como las que había en el *hall* y unos carros turquesas llenos de utensilios de peluquería.

A la izquierda, dos lavacabezas muy modernos y, por lo que se podía ver, muy cómodos. Pegada a la pared había una estantería modular como las demás con toallas negras con un logotipo bordado del color que ya era marca de la casa. Había asimismo una mesita alargada de cristal con una estructura exterior blanca y unas sillas también blancas a los lados. En este caso, el carrito que se encontraba junto a ella estaba lleno de cosas de manicura.

Berta le dijo que se sentara en la silla que daba la espalda a la puerta y ella se acomodó enfrente. Empezaron la manicura y las confidencias.

—¿Entonces ya no sabes nada de Jaime? —preguntó Lara con los ojos abiertos como platos—. Menudo capullo.

Ambas rieron.

—¡Qué va! —contestó ella mientras le limaba la uña—. Te las comes, ¿verdad? —preguntó sujetando el dedo en el aire—. No me contestes, lo veo claramente, pero desde ahora intenta no hacerlo. Pues no, no sé nada de él y la verdad es que no me importa. Me da rabia que haya sido tanto tiempo, joder, son casi diez años, pero bueno, es lo que hay… Encima el muy cabrón empezó a ir al gimnasio justo antes de conocer a la pelandrusca esa en unas fiestas. ¡Mierda de hombres! ¡Me voy a hacer bollera! ¿Cómo es eso de comer *chirlas*? Buah, déjalo, no podría, creo que me gustan demasiado las colas —aclaró mientras luchaba por abrir un esmalte—. Agg, no puedo, ¿me lo abres? Pareces una chica fuerte.

Lara lo cogió y haciendo un pequeño giro de muñeca y sin demasiado esfuerzo la tapa cedió; esa petición le pareció más de una amiga que de una desconocida.

—Lo primero, no «te haces bollera», lo eres o no. Existen las «heterocuriosas», aquellas que son heteros o que por lo menos así se declaran, peeeero que no les importaría probar con una mujer. Y lo segundo, ¿existe alguien más basto que tú? —dijo Lara sin poder parar de reír.

Eligió el color negro para las manos y los pies. A la hora de hacerse la pedicura, Berta la pasó al lavacabezas, que tenía una posición para poder levantar las piernas, y le puso unos guantes con una crema para hidratar el pie. Le preguntó cuánto tiempo llevaba sin arreglarse las puntas y Lara reconoció que más de lo que debía.

—¿Tienes tiempo? —preguntó Berta mientras se levantaba a lavarse las manos y cogía una toalla.

—Sí, claro, ¿pero no cerrabais a las dos?

—Bueno, le diré a Emma que puede irse tranquilamente y si te apetece te arreglo un poco esas puntas. Tómatelo como un regalo, me has caído bien.

Lara asintió, y mientras las bolsitas de los pies hacían su efecto, Berta le lavó el pelo con mimo pero con fuerza. Aunque hiciese todas las demás cosas, ella era masajista de pura cepa; se le notaba en la forma de mover las manos, en la presión de estas y en su colocación. Después le puso una mascarilla y subió al piso de arriba.

Tras unos minutos bajó con unos zumos de frutas para las dos y se puso a hacerle la pedicura. De vez en cuando daba traguitos al suyo sin dejar de hablar y soltar guarradas y tacos. Le contó los chicos con los que había estado después de Jaime: un tal Toni con el que tuvo únicamente una relación muy intensa y sexual a través de internet, un militar al que conoció en una discoteca y que, según palabras suyas, besaba como un perro rabioso y solo pensaba en follar (cosa que nunca hizo) y también un chico griego que conoció en una cena de empresa, pero con él solo hubo un intercambio de teléfonos y nada más.

Berta era especial y buena persona. Una chica que te hacía reír con cada expresión, con cada carcajada… Desde el mismo momento en el que ambas brindaron por cada una de sus cagadas, supo que serían buenas amigas.

Cuando terminaron la sesión de peluquería y demás, subieron a la parte de arriba.

Eran las tres y media y ambas tenían hambre, así que decidieron que podían comer juntas.

Mientras su nueva amiga se cambiaba de ropa y terminaba de recoger abajo, Lara se lio un cigarro y salió a fumar. El contraste del frescor del local y el aire cálido de media tarde que hacía fuera le resultó agradable. Un chico con camisa de lino blanca, unos chinos color mostaza y un sombrero de aire muy hípster paseaba un perro negro y enorme. Un terranova. A ella le encantaban los animales y era vegetariana desde hacía varios años.

Berta salió al cabo de quince minutos cargada con bolsas de basura y un bolso enorme. Llevaba unos pantalones de flores cortos con una camiseta de tirantes por dentro y unas cuñas color mostaza que hacían juego con el color de las flores.

—Perdona el retraso, tenía que cagar —dijo mientras cerraba la puerta con llave y accionaba el botón que bajaba el cierre metálico.

Aquella naturalidad con la que decía las cosas era lo que la hacía especial. Tiró las bolsas de basura en un contenedor, sacó un paquete de Marlboro Light de su gran bolso y encendió un cigarro. Vivía a unas cuatro calles del centro de estética y la llevó a su restaurante favorito.

El Ecologie era una pizzería ecológica y artesanal donde tenían diferentes tipos de masa. Su favorita era la de calabacín, aunque dijo que ella la hacía millones de veces mejor.

—¿En serio? Creo que eso tendrás que demostrarlo, bonita —dijo Lara mientras daba un trago al vino dulce.

A Berta el reto le hizo gracia. Le encantaba cocinar, tenía maña y paciencia para ello. Así que aceptó mientras terminó de un trago su copa de vino.

Durante la comida estuvieron hablando de sus familias, amigos, colegios… y acordaron que después de la comida familiar que tenía Berta el domingo podrían ir a la playa y aprovecharla antes de que se llenase de turistas.

Compartieron el postre y pagaron a medias. Se fumaron un cigarro en la puerta del restaurante, volvieron a reír, se intercambiaron los números de móvil, se dieron un abrazo y se despidieron.

Cuando llegó al piso, se puso ropa más cómoda: un pantalón corto de deporte y una camiseta sin mangas negra. Cogió el portátil, un libro de leyes y unos apuntes que Montse le había dado.

Si quería hacer las cosas bien tendría que empezar a prepararse. Necesitaba saber cómo reaccionar ante los asuntos legales. Aunque el departamento tuviese carta blanca para muchas cuestiones, no se podía tomar todo a la ligera, ya que cualquier cosa que se saliese demasiado de los márgenes no podría ser utilizada como prueba.

Desbloqueó el iPhone negro y se dio cuenta de que tenía un par de *e-mails* sin mirar. Le habían asignado una cuenta de correo electrónico a la cual le mandarían informes y enlaces. A esos *e-mails* no debía contestar, así las posibilidades de rastreo serían menores.

En el primero que abrió, Montse le mandaba unos test para agudizar la memoria visual. El segundo era de Laia, unos enlaces de casos en los que el departamento había estado trabajando. En ellos se contaba el proceso desde que se inicia el seguimiento de la persona sospechosa hasta que se incauta el material, pasando por el rastreo a distancia. El correo era muy profesional y distante, aunque acababa con un prometedor: «Espero que te lo estés pasando bien».

Lara sabía que se lo pasaría mucho mejor cuando volviese, no creía que pudiese aguantar más la tentación de besarla y sabía que ella tampoco.

Volvió a pensar en su pelo. Bebió de la copa de vino que tenía en la mesa y se tocó el cuello. Cerró los ojos y bajó su mano por el hombro hasta rozarse sutilmente el pecho, su pezón se irguió, y no sabía muy bien si por su mano o por su mente. La mano siguió su camino descendiendo por su vientre plano hasta llegar al pantalón. Soltó un pequeño gemido cuando con un movimiento rápido llegó hasta su ropa interior, metiéndose aún más adentro. Entonces notó su calor y se adentró hasta lo más profundo de su ser rozando ese punto que la hizo retorcerse. El movimiento era cada vez más rápido, más rítmico, deseaba que fuese la mano de la pelirroja la que la estuviera tocando, y cuando por fin llegó el orgasmo, fue entero para ella.

El domingo por la mañana estuvo haciendo test. El lunes debería presentárselos a Montse y quería causarle buena impresión. Nunca le costó demasiado entender las cosas, tenía intuición y buena memoria. En el instituto salía la noche anterior a los exámenes y estudiaba siempre los días previos. Nunca tuvo problemas, no estudió más porque no quiso, no porque no valiera.

Había hablado con Berta y se encontrarían en el puerto. Se preparó una ensalada e hizo la rutina de ejercicios que tenía en Madrid, la cual consistía en unos minutos de cardio, varias repeticiones con pesas que había encontrado en un armario, flexiones, abdominales y sentadillas.

Después de comer y ducharse se puso el bikini negro y un vestido de tirantes corto verde militar. Metió una toalla, el tabaco, las llaves y la crema solar en una mochila y se dirigió al puerto.

La vio de lejos, hablando con un viejo marinero que estaba amarrando su barco pesquero después de su jornada. Conocía poco a aquella chica, pero sabía que era de aquellas personas que hablaban con todo el mundo, sin importarles quiénes fuesen. Y pensó que era como uno de esos cachorritos de perro que saludan a cualquiera y son tan monos que la gente se para a acariciarlos.

Y se alegró muchísimo de haberla conocido.

Cuando se encontraron, Berta se estaba encendiendo un cigarro. La teoría que le había contado de que solo fumaba para ir al baño le pareció cada vez menos creíble, pero le dio igual; si ella se sentía mejor creyéndolo que así fuese.

—¡¿Qué tal, *chocho*?! —la saludó Berta con alegría mientras echaba el humo hacia arriba—. Vámonos rápido antes de que se pete. —Y empezaron a andar en dirección a la playa.

Tardaron veinte minutos en llegar a la Barceloneta, un rincón de arena estrecho apretado contra el mar por los viejos edificios del barrio de marineros, pero perfecto para recibir una oleada de frescor, respirar profundo y escuchar la ciudad de fondo o a algún guitarrista inspirado. Para observar los malabares, los tragafuegos, los niños y los turistas con sus quemaduras y para sentir el tacto de la arena tibia bajo tus pies. Esa sensación siempre la llenaba, era como una sobrecarga de energía. Le encantaba percibir cada grano y hundir los dedos en el agua del mar como si fuese la primera vez.

Compraron unos tintos de verano y se los bebieron mientras tomaban el sol. Disfrutaron de la tarde, se bañaron, se rieron, se hicieron aguadillas, se revolcaron en la arena, bebieron más tinto y volvieron a reír. Se rieron mucho porque, al fin y al cabo, era lo que más hacían, reírse juntas.

Cinco

Preparada, lista, YA

El lunes se despertó temprano. Sabía que Álex pasaría pronto a recogerla. Antes de ir a la oficina deberían pasar por una comisaría para iniciar el protocolo; una pequeña, donde no se hiciesen demasiadas preguntas. Como ya le habían contado, el suyo era un departamento al margen, vinculado con la Policía, pero del que nadie hablaba.

Allí el cuerpo tenía unas dependencias donde integrantes se hacían una ficha, se les asignaba un código y se les tomaban las huellas.

El proceso no duró mucho. Después de rellenar papeles, de hacerse varias pruebas de agilidad visual y de reflejos, unos escáneres de reconocimiento facial y ocular y de ensuciarse las manos con aquella tinta que había visto en las películas y series de acción, un chico de aspecto reservado y tímido, con gafas y muy joven le tendió una acreditación con un enganche metálico donde estaba su foto, su nombre, sus apellidos y un código, 18518; debajo, su firma y la huella dactilar de su pulgar izquierdo. Todo ello sobre el fondo del emblema del departamento, una cruz de san Lázaro rodeada de dos ramas de olivo y una corona real en la parte superior.

Una vez en el coche, Álex le dio la enhorabuena por pertenecer al proceso de selección del equipo. Le dijo que, cuando hiciese trabajo de campo, que consistía en ir a la escena del crimen a incautar material, debería llevarla siempre visible y enseñársela al personal que allí estuviese. Era el equivalente a una placa, y aquel código lo usaría cuando quisiera acceder a cualquier archivo que estuviese en la red de la Policía relacionada con ellos.

Cuando llegaron a la sede, Montse se hallaba compartiendo datos con los informáticos. La parte de la ingeniería se esforzaba por reconstruir una especie de caja negra como la de los aviones que habían intentado destruir en una de las redadas. Montse levantó la cabeza y se dirigió a ellos, dejando al pobre chico con el que hablaba sin terminar, y este la miró negando con la cabeza. Se notaba que a pesar de su carácter era respetada y querida por todos, era una extraña mezcla entre madre y profesora.

—Menos mal que habéis llegado, empezaba a pensar que os habíais olvidado de levantaros y venir a trabajar.

—Oh, venga, han sido cinco malditos minutos, mamá oso —dijo Álex mirando el reloj de la sala y alzando las manos.

—La información vale oro y su peso se cuenta en minutos —sentenció ella dándose la vuelta y volviéndose hacia el chico con el que estaba—. Por cierto, muchachote, tienes que recoger a Laia en el aeropuerto, su vuelo llega en una hora.

Lara se mordió el labio, la pelirroja había llegado muchísimo antes. La cosa empezaba a ponerse interesante y ella estaba lista para lo que pudiese suceder.

Estuvo toda la mañana leyendo manuales y trabajando sobre casos reales ya resueltos. Primero, Montse le daba los datos incompletos, y ella, mediante perspicacia y un montón de fotos, *e-mails* y otros documentos, tenía que averiguar qué había pasado y conseguir incriminar al sospechoso. Era rápida y en casi todos los supuestos conseguía resultados en poco tiempo. El secreto era tomárselo como un juego, aunque sabía que en algún momento sería real y que gracias a su trabajo se podría culpar a alguien de un delito o no. Esa responsabilidad ejercía en ella una excitante presión, un sentimiento de poder que debía controlar.

Se mantenía alerta, sabía que el trabajo de campo tenía sus riesgos. Uno de los ingenieros le había contado que después de una redada en un almacén, cuando creían que estaba todo despejado, cinco personas entraron armadas para poder llevarse los documentos. A uno de sus compañeros lo habían retenido apuntándole con una pistola en la sien, pero, afortunadamente, consiguieron reducir al atacante sin causar daños. Ahora a los ingenieros y a los buscadores (se les llamaba así a la gente como Montse y como ella) les daban un curso de defensa personal y de tiro.

La idea de empuñar un arma siempre despertó en ella curiosidad y algo de miedo, pero supo que, si alguna vez tenía que vivir una situación como la de aquel chico, debería saber defenderse. El curso sería la semana que viene y ella ya estaba impaciente por empezar.

El resto del día siguió estudiando todos los protocolos, todas las normas (las que podía saltarse y las que no), los casos más fáciles, los más difíciles, las maneras de proceder... Toda esa información se almacenaba en su cabeza de una forma rápida, como el abecedario o las canciones. Incluso ella se asombró de su potencial, y entonces se dio cuenta de que quizás estuviese destinada a ello.

Cuando acabaron el día se decepcionó por no haber visto a Laia, pues supo que había llegado porque Montse estuvo hablando con ella de unos informes, pero acabaron tarde. Por muy rápido que fuese tenía muchas cosas que aprender, muchos códigos, muchos protocolos… porque aunque en ocasiones podría saltárselos, debía conocer la ley.

Álex la esperaba en el coche y la llevó a casa.

Una vez allí, abrió una botella de vino y miró su iPhone blanco. Tenía un mensaje de Berta.

Eiiii, qué pasa, chocho? Qué tal tu día de curro? Buah, los lunes son una mierda, he tenido como unos ocho masajes seguidos. Cómo se nota que la gente se pone como una cerda todo el año y en menos de un mes creen que puedo hacer milagros. En fin, que pases un buen día, mañana hablamos. Besitooos.

Sonrió y le contestó que había sido un día de mucho trabajo, pero que estaba contenta de poder hacerse con el programa. Se preguntó si algún día podría hablar con su amiga de a lo que en realidad estaba a punto de dedicarse.

Entonces cogió el iPhone negro y escribió a Laia.

Ya me he enterado de que estás de vuelta. Te alegrará saber que me he portado muy bien y he hecho muchos progresos. Puede que después de todo caer casi a tus pies no haya sido tan mala idea. Espero que hayas tenido un buen viaje. Lara.

La respuesta no tardó en llegar:

*Sí, he llegado esta mañana, pero he tenido que coger otro vuelo a Francia, solo he pasado por el aeropuerto porque han llegado unas pruebas de última hora que tenía que recoger en Barcelona y traerlas aquí. Ya me han dicho que estás siendo muy buena chica.

Lara era plenamente consciente de cada sutil insinuación; sin embargo, había algo que aún la detenía. ¿Quizás era porque a pesar de su apariencia Laia era su superior? Sabía que por mucho que eso de alguna forma la intimidara no pasaría mucho hasta que la besase, y sabía que debería hacerlo ella, que en cierto momento tomaría la iniciativa y la besaría. Le gustaba coger las riendas, ser ella quien llevase el control de la situación.

Cenó algo que la señora Scott le había preparado. En el cuerpo tenían unos menús que entre semana tendría que seguir. También le habían dado su horario de trabajo: una parte de él tendría que pasarlo en la oficina, pero unas horas al día tendría que ir al gimnasio, a defensa personal y a tiro. Debía estar en forma por si las cosas se ponían feas. Nunca podía olvidar que colaboraba de alguna forma con la Policía. No se formaría en la Academia, nunca tendría ese reconocimiento a los ojos de los civiles ni para la mayor parte de los demás departamentos, pero sí a los del suyo, y eso le bastaba.

Los días fueron transcurriendo rápido en la rutina de trabajar. Se levantaba pronto, Álex la recogía y se pasaba el día aprendiendo de Montse todas y cada una de las formas de interpretar un *e-mail*, las palabras, la jerga, y a leer entre líneas para sacar mensajes de textos que aparentemente no decían nada, pero que podrían estar escondidos en partes de un libro, un poema o un pasaje de la Biblia; esta última se usaba mucho en los códigos, de forma que los versículos escondían coordenadas, horas, combinaciones de cajas fuertes…

Debería aprender todo lo básico para poder sobrevivir en ese mundo, y debía hacerlo bien si quería pasar al siguiente nivel. No deseaba quedarse como los informáticos, en esas oficinas. Ella era buscadora, y a su parecer una buscadora tenía que salir fuera de vez en cuando, llegar al lugar y encontrar qué llevarse como prueba.

Montse tenía muchos años de experiencia, lo vio el día de la simulación, que tuvo lugar un martes en una de las oficinas del departamento. Lázaro tenía un espacio diáfano en aquel piso que, mediante realidad virtual, simulaba el tipo de escena en la que podía trabajar.

Ese día en la sala solo había una mesa blanca con un ordenador y una silla como las de los dentistas. En la mesa se encontraban unas gafas de realidad virtual y unos guantes, ambos negros con unas luces blancas en las yemas. Las paredes y el suelo eran acolchados y blancos, como si de un manicomio se tratase.

En cuanto Montse entró y metió su código, se puso las gafas y los guantes, y tardó menos de cinco minutos en localizar todo lo que debían incautar. Lara, en cambio, tardó cuarenta y tres. Lo vio en un cronómetro de números blancos que estaba en la pared y que iniciaba una cuenta atrás, como los de las bombas en las películas. Demasiado tiempo. Si quería ser buena no podía tardar más de diez minutos en completar la simulación.

Por ello el miércoles, cuando Álex la dejó en el piso, se despidió de él. Subió y esperó a que se fuese, sabía que no lo haría hasta no ver la luz del quinto piso. Cuando este se hubo marchado se cambió de ropa, algo cómodo y ligero, cogió una manzana y se puso en camino al piso donde estuvo con Montse; tenía que practicar, tenía que conseguir el tiempo.

Cuando llegó allí, introdujo su código en la placa del portal y la puerta se abrió. Subió al piso siete, se colocó delante de la puerta a la altura de la mirilla y un escáner reconoció sus ojos. La puerta se abrió, las luces y el ordenador se encendieron, se colocó las gafas y el cronómetro comenzó a funcionar. Tardó veintisiete minutos. La escena era distinta, el programa se encargaba de cambiar la habitación, el nivel y las pruebas después de cada simulación. Seguía siendo demasiado tiempo, estuvo más de seis horas practicando, seis horas en las que el tiempo no bajó de veinte.

Aún le quedaban dos días. Al día siguiente tendría que volver, y si no lo conseguía pasado también.

Al día siguiente, sin apenas dormir, se concentró más en los test de agudeza visual, estudió cientos de escenarios de recogida de pruebas, y pasada la medianoche volvió a aquella sala. Esta vez el tiempo más bajo que consiguió en las tres horas que estuvo practicando fue de dieciocho minutos y medio. Tardaba demasiado en pensar, tenía que hacer caso de los movimientos y de los escenarios que grababa cada día en su cabeza, y sobre todo guiarse por su intuición. Era jueves, y debía conseguirlo para el viernes, se había puesto esa meta, y no estaba dispuesta a fallar.

Cuando por tercera vez estuvo frente a esa puerta, agarró el viejo pomo, cogió aire con los ojos cerrados y, una vez más, entró, segura de sí misma, sabiendo que esta vez el tiempo sería suyo.

Ocho minutos y treinta y seis segundos fue lo que tardó.

El sábado Berta había traído *croissants* de mantequilla para desayunar, calientes y exquisitos. Era festivo y no trabajaba.

Pasaron el día de compras. Berta se compró infinidad de pantalones cortos, unas cuñas altas y un par de monos. Su eterna coleta lisa ondeaba de lado a lado mientras no paraba de hablar y revolver las mesas llenas de ropa. Le encantaba poner acentos solo para hacerla reír, ya fuese árabe (su preferido), cubano o mexicano, cualquiera le valía.

Berta tenía una hermana, Alba, dos años mayor que ella. Se llevaban bien. A veces discutían, pero como todas las hermanas. Vivía con su novio, Eric, y tenían un perro labrador de color chocolate llamado Brownie. Era el perro de la familia, pero al final decidieron que ella se lo quedaría, aunque de vez en cuando acabase en casa de Berta. Su casa estaba muy cerca de la de su hermana y de la de sus padres.

—Oye, tengo que ir a sacar al perro, mi hermana y su novio están de viaje. Se han ido quince días, mis padres están en un crucero y me lo he quedado yo. Si quieres cenamos allí, y así puedo demostrarte lo buena que hago la *pizza* de calabacín, que si no recuerdo mal acepté el reto —dijo mientras pagaban las compras.

—Sí, claro, ya tenía ganas yo de conocer tu casa.

—Bah, no te pierdes gran cosa —dijo haciendo un mohín—. Eso sí, la cocina es lo más grande, sabes que me gusta cocinar y que necesito mi espacio.

Se encendieron unos cigarros y caminaron hasta la casa de Berta, que se encontraba a la entrada del Barrio Gótico. Lara pensó que tendría que recorrer esas preciosas calles sola. En algún momento, daría a ese lugar el tiempo y la atención que se merecía.

Cuando llegaron, Brownie empezó a mover el rabo al ver a su dueña, era grande y con los ojos color miel. En cuanto vio a Lara se subió a dos patas para intentar lamerle la cara.

—Puedes tocarle sin problema, se te subirá porque es un bruto. Es tontorrón y cabezota, pero pasado un rato se relaja.

Lara dudó de que aquel pedazo de perro pudiese relajarse, pero al final le bajó las patas y tocó despacio la enorme cabeza. Y como Berta había dicho, después del fulgor inicial se fue a su cama y se hizo un ovillo sin dejar de mirarlas con esa cara de felicidad propia de los labradores.

Las dos pasaron una tarde entretenida. Después de dar una larga vuelta a Brownie, estuvieron viendo fotos antiguas de Berta. Fotos de sus viajes, de su familia, de la apertura del BarnaStetic… Esas cosas a Lara le gustaban. Sentía que unían de una forma especial a las personas, que de alguna forma les hacía parte de una historia que no habían podido vivir, y así podían ser parte de su pasado.

Luego Berta se puso a preparar la cena. Veía a su amiga cortar la verdura en trozos pequeños, casi idénticos. Se notaba que le gustaba cocinar de verdad. Mientras hablaba iba moviéndose por la cocina como si estuviese bailando, con una coreografía grabada en su cabeza. A ella nunca se le dio bien, ni cocinar ni bailar, la paciencia no era una de sus virtudes.

Mientras la *pizza* se hacía en el horno abrieron dos cervezas a las que echaron limón.

Después de cenar y darle el triunfo y la razón de que aquello no tenía nada que envidiar a la comida del Ecologie, se prepararon para ir a tomar unos cócteles al sitio favorito de Berta, un hawaiano situado a unas calles de allí.

Cuando llegaron al local, estaba bastante lleno. Tenía dos plantas. En la de arriba, había mesitas bajas con sillas de bambú, una barra y un baño. A la izquierda de la barra, unas escaleras conducían al piso de abajo, donde estaban las mismas mesas de bambú, pero esta vez con sofás y butacas verde oscuro. Toda la decoración era muy colorida, con las paredes pintadas de playas e islas exóticas, palmeras y chicas con flores bailando. Había flores hawaianas y máscaras *tiki* por todas partes, y el olor afrutado de los cócteles inundaba la estancia.

Pidieron un volcán y una piña colada. El primero era una estructura con forma de cono de la que salía una especie de humo. Sabía a vodka, a melocotón, a naranja y a almendras, con un suave y exótico toque de piña que daba paso a la explosión de granadina.

La piña colada, con su ron y su sabor a piña bañada en la crema de coco, estaba servida en una figura de un tótem *tiki* de madera, unas figuras de la cultura polinesia que representaban dioses encargados de guardar las puertas de los lugares sagrados.

Después de varios cócteles y de intentar arreglar el mundo, Lara acompañó a Berta a casa, y desde allí se fue caminando hasta el piso con el sonido de la gente de fondo y un toque tropical aún en los labios.

Seis

El dolor de hoy será la fuerza de mañana

Se despertó antes de que sonase la alarma. Era lunes, y el domingo lo había pasado descansando y estudiando. Álex la recogería en dos horas, pero debía prepararse. Cuando estuvo de compras con Berta fue a una tienda deportiva donde se compró un par de conjuntos de mallas y camisetas de tirantes, ligeros y cómodos para la semana que empezaba. Sabía que sería duro, debía aprender a protegerse llegado el caso, y eso incluía ser hábil en la autodefensa y rápida de reflejos.

Lara tenía una constitución delgada. Siempre se había cuidado: las piernas largas y definidas, la cintura marcada por una ligera curva, un vientre plano y unos brazos fuertes y firmes. Pero aquello no bastaba, debería tener resistencia y agilidad. Para ello entrenaría todos los días entresemana tres horas diarias en un gimnasio preparado para el departamento, que además contaba con una especie de *ring* de boxeo para practicar defensa personal y una sala de tiro.

Después de desayunar y ducharse, se recogió el largo pelo en una coleta y se puso el conjunto negro nuevo. Cogió la bolsa de deporte, se calzó las deportivas y bajó los cinco pisos de escaleras de tres en tres. Cuando llegó al portal de un salto y abrió la puerta, Álex ya la estaba esperando.

El gimnasio se ubicaba cerca del Castillo de Montjuïc, una antigua fortaleza cargada de historia. Situada en la montaña del mismo nombre, poseía un mirador único para disfrutar de una vista de 360 grados de la ciudad y el mar. Era un lugar de paseo entre el verde y el azul. Un auténtico pulmón que limpiaba la ciudad.

La dejó enfrente de un polideportivo a los pies de la montaña. Tendría que ir a la tercera planta y abrir la puerta usando su código.

Se trataba del centro de actividades deportivas de la ciudad. Era monumental y tenía varias estancias donde se podía ver a la gente practicando desde natación en dos grandes piscinas olímpicas hasta tiro con arco en el exterior.

La segunda planta estaba dedicada a un gimnasio con *spa* con varias aulas de clases colectivas. Tras la cristalera que separaba el *hall* lleno de sofás y los vestuarios de la sala, se veían chicos y chicas que endurecían sus músculos en la zona de pesas, mientras que otros sudaban en las cintas o en las máquinas.

Cuando subió las escaleras de la tercera planta y llegó a otro *hall* muy parecido al anterior, pero sin cristalera que dejase ver su interior, la puerta se abrió y Laia salió vestida con un conjunto deportivo de color gris que marcaba cada uno de los puntos cardinales de su espectacular cuerpo.

Se quedaron mirando, a punto de chocar por segunda vez desde que se conocían, y Lara sonrió.

—Pensaba que aún seguirías de viaje —dijo Lara con una media sonrisa y la voz, una vez más, cargada de sensualidad.

—Álex me ha avisado de que ya estabas aquí. Llegué anoche y no podía perderme tu debut en el campo de batalla, cuando, además, hoy soy tu instructora —dijo mirándola fijamente a los ojos.

Eso provocó que la corriente eléctrica volviese con más fuerza aún y recorriese el cuerpo de Lara de arriba abajo.

Atravesaron las puertas y empezaron a andar mientras Laia le explicaba la distribución del lugar. Era una sala diáfana, dividida en dos secciones separadas por cuatro columnas blancas. La de la izquierda era un *ring* de boxeo donde se practicaba y a la vez se enseñaba defensa personal. Había dos chicos en ese momento y reconoció a uno de ellos. Se trataba de un ingeniero llamado Enzo, un chico italiano con el pelo rizado, hoyuelos y cara de listo. Su instructor, que era el doble que él en todos los sentidos, le agarraba desde atrás, enseñándole cómo debía zafarse de su agresor en caso de que este le apuntase con un arma.

La sola idea de que Laia pudiese agarrarla así le hizo cerrar los ojos y mover el cuello hacia un lado, haciendo crujir sus vértebras y llegando a tocar el hombro. Solía hacerlo de esa forma cuando quería hacer volar un pensamiento. Debía concentrarse.

La segunda sección era una sala de máquinas donde había seis cintas de correr y varias de piernas y abdomen, y aparte estaba la zona de pesas, donde una chica mulata guapísima con pelo largo y afro estaba levantando una cantidad que en un primer momento impresionó a Lara. Al final de la sala había una puerta, tras la que se encontraba la sala de tiro.

—Espero que estés lista, hoy no seré muy dura contigo. Empezaremos con las reglas básicas de la defensa personal, pero primero necesito que entrenes la primera hora por tu cuenta. Tus músculos deben despertar, ponerse en tensión, porque es lo que sentirás cuando necesites usarlos aquí.

Lara asintió y dejó la mochila en la taquilla que la pelirroja le había asignado. Empezó corriendo media hora en la cinta variando la intensidad. Luego cogió la barra de pesas de diez kilos e hizo veinticinco repeticiones de cada ejercicio. Después se tumbó bocarriba y levantó las piernas ejercitando los abdominales para volver a coger la barra y hacer unas sentadillas.

Laia la miraba de lejos. Miraba cada gota de sudor resbalar por su cuello, cómo se le tensaba cada músculo, su respiración agitada, cada gesto de esfuerzo… y no pudo evitar pensar en cómo sería todo aquello en su cama.

Con la última sentadilla Lara miró el reloj digital de la sala, unos enormes números negros sobre la pared marcaban el final de la hora.

Soltó la barra de golpe con un grito y miró hacia donde se encontraba Laia, observándola, con esa cara que la volvía loca. Cada vez tenía menos dudas acerca de su situación.

Sintió el dolor del ejercicio a medida que se enfriaba. Hacía mucho tiempo que no iba al gimnasio de esa manera, pero eligió la misma rutina que usó para conseguir el cuerpo que tenía y recordó la frase que se dijo la primera vez:

«El dolor de hoy será la fuerza de mañana».

Se dirigieron a la zona en la que se encontraba el *ring*, ahora vacío. Cuando Laia subió delante de ella, el movimiento de su cuerpo dejó un rastro de colonia que le hizo cerrar los ojos para poder atraparlo. El tacto de la superficie era blando, sin hundirse del todo. Laia le explicó las diferentes situaciones en las que podría encontrarse, cómo podían inmovilizarla y cómo debía moverse para evitar que la agarrasen. Pero en el caso de que no lo consiguiese, tendría que ser capaz de soltarse.

Cuando le hubo explicado todo le pidió que se acercase y se mantuviese quieta. Lara volvió a girar el cuello e hizo caso omiso a la sensación que se despertó en su estómago y que descendía vertiginosamente.

Laia se acercó por detrás y se quedó a escasos centímetros de ella, pasó con cuidado su brazo por delante y le agarró el hombro contario, apretó lentamente y le susurró en su oído:

—Ahora voy a hacerlo rápido. Te doy ventaja. Enséñame de lo que eres capaz —dijo mientras apretaba ligeramente su cuerpo contra el suyo. Lara cerró los ojos, se mordió el labio y mientras Laia la soltaba y repetía el movimiento esta le agarró el brazo, se lo dobló por detrás de la espalda y la arrinconó contra las cuerdas.

Se quedaron cara a cara, sus bocas demasiado cerca, demasiada electricidad, demasiada respiración entrecortada. Laia agitada giró la cara hacia su oído para susurrarle:

—Con un sospechoso esto no será tan fácil, tendrás menos tiempo para reaccionar y él seguramente tendrá más fuerza. No intentes luchar. Solo si consigue agarrarte por la espalda, da un cabezazo hacia atrás, y si tienes las manos libres también un codazo en la boca del estómago —dijo mientras le tocaba con la mano que tenía libre la zona de la que hablaba.

Lara cerró los ojos y se apretó contra esa mano.

En ese momento la puerta de la sala de tiro se abrió y el instructor de Enzo llamó a la mulata, de nombre Camila, diciéndole que la sala ya estaba preparada.

Ellas se separaron y Laia carraspeó, mientras que Lara agarraba las cuerdas aún con los ojos cerrados.

—Nosotras también vamos, Mario —dijo Laia mientras se daba la vuelta y le sonreía—. ¿Preparada para el tercer asalto?

La sala de tiro era una estancia de paredes grises y alógenos blancos en el techo. En el medio, diez cubículos separados unos de otros por paredes del mismo color, y cada uno de ellos con un carril de unos veinte metros y en el final una diana con forma de busto humano de color negro con círculos concéntricos y números en cada uno. Cuanto más cerca de la cabeza, más alta era la puntuación, y como si de media sombra se tratase se erguían desafiantes esperando un tiro certero. Todo ello separado por una cristalera gruesa de la puerta de entrada.

Había cuatro personas disparando con unos protectores en las orejas que les aislaban del estallido de la pólvora. El olor la sobrecogió por primera vez y un escalofrío recorrió su cuerpo al escuchar la explosión de la bala al salir. Laia se dio cuenta y la cogió de la mano sin mirarla, llevándola al último de los espacios entre esas paredes. Los carriles estaban muy bien iluminados, pero las pequeñas estancias permanecían en una penumbra que ayudaba a la concentración.

El calor de la mano de la pelirroja la tranquilizó, y a pesar de la excitación que le provocaba cualquier contacto con ella la hizo sentirse segura.

Laia se puso los cascos y le ordenó que se los pusiese ella también, entonces sacó su arma y sin vacilar disparó con un tiro certero en mitad de la cabeza de aquella diana. Le dio la vuelta y se la entregó a ella.

—Solo tienes que pensar que el arma es una extensión de tu brazo, no hagas caso de su peso ni del tacto frío del metal, no vaciles o empezarás a temblar. Tu pulso aquí no es tu amigo, no pienses, solo apunta; donde tengas la vista fijada, irá la bala —dijo mientras volvía a ponerse detrás, apretando otra vez su cuerpo contra el suyo.

Lara giró levemente la cabeza hacia atrás, pero el peso de la pistola en sus manos la devolvió a la realidad. Entonces levantó ambas manos sujetándola, respiró hondo, fijó la mirada en el objetivo y, sin pensar, disparó. La bala atravesó la diana de papel entrando por el círculo número sesenta, en la zona izquierda del pecho, justo en el corazón.

—Vaya, no está nada mal para ser tu primer día. Está claro que eres toda una caja de sorpresas —dijo Laia aplaudiendo y con los ojos muy abiertos.

—Gracias, pero me considero más bien como la de Pandora —le provocó Lara mirándola a los ojos.

Fue a añadir algo más, pero en ese momento Mario y los demás se acercaron para felicitarla, dejando a Laia a un lado, que no paraba de mirarla de aquella manera, con esa media sonrisa mezcla de orgullo y sensualidad.

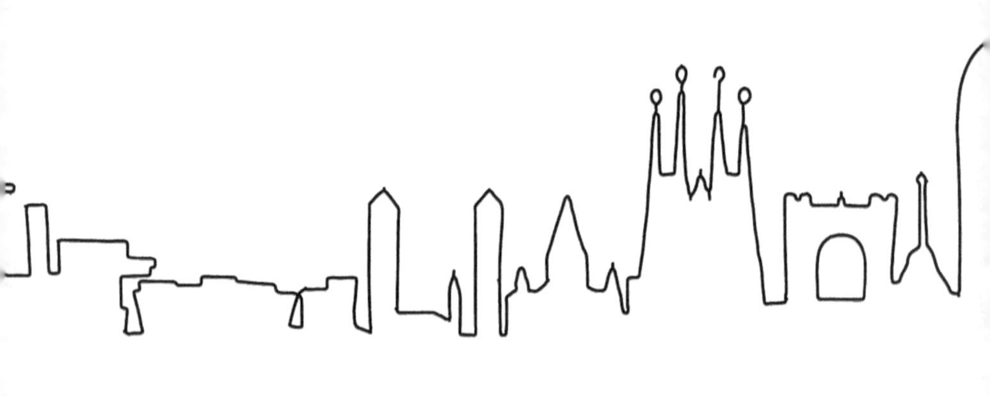

Siete

Copacabana

Esa tarde decidió volver al piso andando. Laia había tenido que irse a una reunión de última hora, así que se tomó su tiempo para ducharse en el gimnasio. Disfrutó de cada gota que caía por su cabeza. Entonces pensó en el reconocimiento de todos por su disparo y en aquellos momentos de tensión sexual (aún no resuelta) con la pelirroja.

Caía la tarde y el cielo tenía una mezcla de colores rosas y naranjas. Paseó por los jardines del castillo y observó el teleférico y a todas las personas que disfrutaban de las vistas. El olor a limpio y a naturaleza distaba mucho del de la ciudad, y aunque para ella Barcelona olía a dulce y a mar, agradeció la pureza de aquel entorno.

Se demoró mucho más de la media hora que se tardaba en llegar, pues se deleitó con cada artista callejero que encontró, gente que pintaba cuadros con espray, otros que hacían figuras con latas de refresco o con tiras de palmera, músicos de *jazz* que contaban historias tristes con su saxofón…

Volvió a darse cuenta de que estaba viviendo una vida totalmente distinta a la que había imaginado al llegar, cuando pensaba encontrarse a sí misma en un país muy lejos de allí, pero el mundo la había encontrado a ella antes, y estaba dispuesta a comérselo.

Cuando llegó, el dulzor de la vainilla la envolvió. La señora Scott había elegido aquella fragancia para ese día. Tras desvestirse, cortó verdura y la metió en el horno, y mientras se daba una ducha pensó en el gran salto personal que había dado disparando esa bala. No lo podía explicar, era como haberse quitado muchos de sus miedos para de golpe sentirse más fuerte, más segura y, sobre todo, más libre.

Después de cenar con una copa de vino, estuvo viendo un rato la televisión. Todo eran malas noticias, guerra, muerte, maltrato, drogas, contrabando, mentiras, corrupción... Entonces sonrió pensando que, de alguna manera, con su trabajo ella podría ayudar a que pequeñas de esas malas cosas cambiasen.

Se acostó pronto, al día siguiente le tocaba entrenamiento, aunque primero debería pasar por la oficina a seguir formándose. En ese momento, antes de dormir, el iPhone negro vibró.

Una vez más, enhorabuena por tu primer día. No todo el mundo aguanta en pie tantas emociones, aunque claro está que tu control sobre ellas es admirable. Estas semanas entrenarás con Mario y, cuando acabes, volveré al ring para ver si eres capaz de sorprenderme una vez más. Buena suerte y nos vemos mañana.

Lara supo que ese pequeño mensaje contenía más cosas de las que podían leerse.

Espero no dejar de sorprenderte. También espero que Mario me dé tregua, como lo has hecho tú, aunque creo que no la necesitaré tanto, ya que tendré una capacidad mayor de concentración al no tenerte cerca.

No pudo evitar tomar la iniciativa. Había tirado la primera carta. Solo tendría que esperar a que su contrincante no abandonase y empezaría la partida. Como se esperaba, su órdago dio resultado y la pelirroja estaba tan dispuesta a jugar como ella.

Pero nunca olvides que esa concentración con una pizca de presión puede convertirse en un cien en vez de un sesenta, y esta vez directo a la cabeza. Solo hay una forma de averiguarlo. Practica esta semana, porque la próxima vez exigiré un cien.

Ese juego numérico en referencia a los porcentajes de la diana le hizo gracia. Puede que Laia hubiese esquivado el golpe, pero si quería un cien, se lo daría. En todos y cada uno de los sentidos que su imaginación y ella le permitiesen.

A la mañana siguiente, cuando llegó puntual a la oficina, Sergio y los demás le aplaudieron nada más verla. El rumor de su porcentaje en tiro no había pasado desapercibido y todo el departamento se había hecho eco de él. Incluso Montse la miró con más orgullo aún. Ella nunca quiso utilizar armas ni aprender la defensa personal. Nunca quiso salir de la oficina, pero vio en aquella chica un reflejo de lo que habitaba dormido en su alma. Verse reflejada en una versión más joven y atrevida de ella le hizo sonreír con melancolía y una pizca de envidia. Era buena. Laia no se equivocaba, y una vez más lo había demostrado.

Los días siguientes pasaron rápidos y fueron muy emocionantes. Las horas en la oficina le cultivaban la mente, cada vez más despierta. Apenas tenía fallos en los test, se había visto cientos de redadas y poco a poco iba sabiendo cómo actuar, qué pruebas coger y cómo interpretar los datos obtenidos por los informáticos. Había vuelto al piso de la simulación un par de veces, y siempre conseguía un tiempo por debajo de diez.

Le gustaba estar allí, era como estar en otro mundo. Nunca sabía qué se iba a encontrar, debía estar atenta y ser rápida, y eso hacía que su cerebro entrenase de una forma asombrosa.

Laia estaba otra vez de viaje. Los primeros días la vio un par de veces por el despacho, siempre corriendo, pero sin dejar de mirarla fijamente y sonriendo de esa forma tan sexi en que lo hacía.

En cuanto a su forma física, el gimnasio empezaba a dar sus frutos. Llevaba menos de tres semanas y ya se notaba más fuerte y ágil. La adrenalina que sentía cada vez que disparaba y aquellos forcejeos con Mario en el *ring* hacían que sus músculos y sus sentidos se agudizasen más cada día. Ya había conseguido aprender a zafarse cuando la agarraban por detrás, incluso una vez estuvo a punto de romperle la nariz a Mario al darle un cabezazo para poder soltarse, y también cuando la agarraban cara a cara o cuando estaba atada por las muñecas.

Debía aprender a quitarse unas esposas o una cuerda, cosa que no era nada fácil de conseguir, y no dejaba de pensar en todas aquellas cosas que podía hacer con las esposas puestas, e inevitablemente pensaba en Laia.

Un viernes, tras pasar la prueba de simulación con éxito y anticiparse y conseguir bloquear a Mario antes de que pudiese atraparla, cerró el día con un círculo ochenta en la galería de tiro.

Después de ducharse en el vestuario, salió al *hall* donde estaban sus compañeros. Entonces Enzo se acercó y le dijo:

—*¡Bambina! ¿Come stai?* Esta noche los chicos y yo vamos a ir al Copacabana a tomar unas copas. Es un bar donde nos reunimos los viernes, ponen música fantástica. ¡Así podremos celebrar que estás que te sales!

Eso último lo dijo gritando mientas le pasaba un brazo por los hombros y la llevaba con el resto de los compañeros.

Se acercaron al grupo y todos la animaron a ir. Era su primera salida con ellos y la verdad es que le apetecía mucho la idea.

—¡Claro! ¿Por qué no? Pasaré primero por el piso a cambiarme, así que mandadme la ubicación y nos vemos allí —dijo mientras agarraba la bolsa de deporte.

—¡Fantástico! —gritó Enzo—. Te mando la *posizione* ahora mismo.

Esta vez pidió a Álex que fuese a buscarla. Si quería aguantar toda la noche, tendría que ir en coche. Durante el trayecto hablaron sobre el bar al que irían. Él por supuesto estaría allí, por lo que luego la recogería, sobre las once, e irían juntos. Habían quedado en cenar cada uno en su casa y después encontrarse allí.

Se preparó algo ligero, un sándwich vegetal y un poco de gazpacho, y a las diez empezó a prepararse.

Se alisó el pelo y se lo recogió en una coleta alta. Se vistió con unos vaqueros pitillo por encima de los tobillos, una camiseta de tirantes lencera en color negro y unas cuñas de estampado de serpiente. También se maquilló, se pintó los ojos de color negro y se puso máscara de pestañas y colorete rosa. Cogió su bolso negro largo de Bimba y Lola con la cadena dorada y bajó las escaleras para encontrarse con Álex, que iba vestido con una camiseta blanca con un esqueleto de un T-Rex en negro, una americana negra, unos pantalones vaqueros también oscuros y unas Vans. Mientras él conducía el Audi, ambos se dijeron lo guapos que estaban, se encendieron un cigarro y con la música a todo volumen arrancaron hacia el bar.

Era un gigantesco local de dos plantas. Por fuera se veía entero de color negro brillante con reflejos de algo parecido a la purpurina y, sobre la puerta, la palabra «Copacabana» con unas enormes letras cursivas y en neón blanco. Un portero de un metro noventa mínimo y vestido con traje negro controlaba la entrada, y Álex lo saludó con un fuerte apretón de manos al entrar.

El sonido de la música y las luces de neón llenaban las dos plantas que tenían delante de ellos. Enfrente había una gran puerta abierta que daba a la pista de baile central, con barras de bebidas en los laterales. Dos grandes escaleras a los lados abrazaban la puerta y conducían a la planta de arriba. Subieron las escaleras y vieron la zona de reservados y sofás rodeando la estancia, con una barra justo delante, donde se servían cócteles, y una barandilla que rodeaba el círculo que dejaba ver la pista de la primera planta.

El departamento tenía un reservado a cambio de hacer la vista gorda, a veces, y evitar las redadas. El suyo era el más alejado de la puerta de entrada, justo al lado de la barra. Allí se encontraban ya Enzo y los demás, Camila y él bailaban y reían. Todos se alegraron de verlos y el primer chupito de tequila cayó en las manos de Lara.

El local estaba a reventar. Todo el mundo bailaba y saltaba. Sus compañeros contaban una y otra vez cómo habían conseguido tumbar a Mario o cómo aún no eran capaces de atinar con la diana. Ella los miraba de lejos, parecían buena gente, listos, de los mejores en sus respectivos campos. Les gustaba su trabajo y querían ayudar, no eran como algunos de los policías con los que trabajaban, que se lo tenían demasiado creído por tener una placa; ni siquiera Álex, que era guapo, fuerte, listo y gracioso.

Una pena que a ella le gustasen tanto las mujeres…

Llevaba ya dos copas de vodka con limón y algún chupito cuando se apoyó en la barandilla mirando la planta de abajo. Entonces empezó a sonar la canción de Izal que daba nombre al local, y de repente la vio.

Laia estaba de pie mirándola fijamente en medio de la pista de baile, impresionante, con su pelo rizado, unos vaqueros negros, una camiseta de tirantes gris y unos tacones altísimos del mimo color que el pantalón.

La música sonó más fuerte en el estribillo, bajó los ojos y sonrió mordiéndose el labio. Ella la miró, le devolvió el gesto y el alcohol que corría por sus venas hizo el resto. Entonces supo que era el momento perfecto.

Comenzó a andar entre la gente sin dejar de mirarla. Cuando llegó al piso de abajo tuvo la sensación de que en la pista de baile la gente se movía frenética y ella demasiado lenta. Aceleró sus pasos en cuanto la encontró entre la multitud.

Y al llegar a su altura, sin pensar ni pedir permiso, la besó con esas ganas que la devoraban. El estallido entre ambas fue casi tangible. Lara la agarró de la nuca y apretó su cuerpo contra ella sin dejar de besarla, y Laia simplemente se dejó hacer. Había caído rendida, sin la más mínima intención de oponer resistencia. Hacía demasiado tiempo que la deseaba, desde que la vio caer en la oficina como un meteorito, misterioso e inexplorado, que incluso podría acabar con toda una especie si se lo propusiera.

Cuando por fin pararon de besarse, Lara, aún con su mano en el pelo de ella, dijo:

—Pensé que no ibas a venir, pero en cambio has sido tú la que me ha sorprendido a mí.

Y susurró en su oído aquellas palabras mientras su mano dejaba aquel mar de fuego para bajar lentamente por la espalda hasta acabar deslizándose hasta el final de la misma.

Laia cerró los ojos y soltó el aire que había estado reteniendo hasta entonces. Se dieron cuenta de que llevaban demasiado tiempo ahí y de que, a pesar de que a ninguna de las dos les apeteciese estar en otro lugar, debían parar. Así que subieron la escalera que conducía al reservado.

Lara se encontró con Álex de frente. Tenía lo que parecía un cóctel de frutas tropicales. Se lo cogió de la mano y le dio un sorbo.

—He ido al baño y me he encontrado con Laia —dijo mientras le devolvía su bebida.

—¡Ey, jefa! Te invito a un chupito —dijo mientras hacía señas al camarero para que se aproximase.

Ambos chocaron el tequila y con el ritual del limón y la sal dieron pie a la primera de muchas rondas.

Ocho

Rojo fuego

Despertó a la mañana siguiente sola. Después de ese beso, la noche había transcurrido regada por el alcohol y las felicitaciones. Ya era como una más del departamento, pero como en cada proceso debía pasar el examen final. No estaba nerviosa, sabía que estos casi dos meses los había aprovechado bien. Las simulaciones estaban por debajo del tiempo obligatorio, no tenía apenas fallos en los test y había conseguido bloquear a Mario varias veces. Y también estaba su seguridad, que crecía con cada logro.

Se dio la vuelta y agarró la almohada pensando en la chica que era cuando llegó. Estaba consiguiendo lo que había ido a buscar. Cambiar.

Y vaya si lo estaba haciendo…

Cogió su móvil y llamó a Berta. Sabía que estaría trabajando, pero hacía mucho que no la veía y la echaba de menos. Se habían escrito y hablado por teléfono casi todos los días, pero no era lo mismo.

—¿Qué te pasa, *chocho*? Pensé que habías muerto o algo —contestó Berta mientras echaba el humo de su cigarro.

—He estado con los cursos de la oficina, ya sabes. La previa al verano con la contratación de alquileres e intercambio de casas, la llegada de turistas nuevos cada día… estamos hasta arriba. Pero bueno, he pensado que puedo ir a buscarte cuando salgas y comemos en la playa. Llevo ensalada de pasta, ¿te apetece?

Le había dicho que su oficina se encargaba de gestionar casas de alquiler por días o semanas, e incluso a algún empresario por horas.

—Me parece perfecto, ahora mismo no tengo a nadie, me acerco a casa y cojo el bikini. ¡Nos vemos a las dos! —Y colgó mientras se oía de fondo la campana de la entrada.

Lara se terminó las tortitas que se había preparado para desayunar, puso a cocer la pasta y se metió en la ducha. Parecía que el beso con Laia se iba a quedar en secreto, cosa que por un lado era muy excitante.

Sabía que ese fin de semana ella se había ido a Escocia para visitar a su familia. Su padre, Christian Roch, era un importante abogado escocés y debía ayudarlo con un caso. Se quedaría allí unos días, pero llegaría a tiempo para su examen final el miércoles, puesto que como coordinadora sería una de sus evaluadoras; cosa que volvió a agradecer para poder terminar de concentrarse hasta que llegase el día.

Después de cambiarse y ponerse el bikini y un mono playero gris terminó de hacer la ensalada. Llevaba pasta de colores, maíz, queso fresco y huevo cocido. Lo metió todo en una mochila y salió a la calle.

Una brisa marina cargada de sal y humedad le hizo respirar hondo para llenarse de aquella sensación de libertad con la que se estaba empezando a llevar muy bien. Era pronto para recoger a Berta, por lo que decidió parar en un Starbucks y comprarse un Mocca blanco.

El olor a café que sintió al entrar le hizo pensar de nuevo en la pelirroja. Su cuerpo entero vibró y le hizo cerrar los ojos y sonreír mientras se mordía el labio. Entonces se dio cuenta de las ganas que tenía de volver a besarla.

El barullo del local la sacó de sus pensamientos. Una chica gordita y guapísima que llevaba un aro en el lateral de la nariz, con el pelo castaño rizado y larguísimo y con una boca grande y unos labios rojos que no dejaban de sonreír, le tomó nota. Le gustaba la gente así, que sonreía, que te hablaba con cariño aunque no te conociera. Eso acercaba a las personas.

Cuando la chica apuntó su nombre en el vaso y le preparó el café, Lara se fue a una encimera donde estaban los distintos tipos de azúcares y demás aderezos. Finalmente se decantó por la canela y la vainilla, lo endulzó un poco y salió de nuevo a la calle.

Caminó despacio. Era finales de junio y se notaba un aumento considerable de turistas. Gente de todas partes y de todos los colores llenaban Barcelona en cada rincón; niños gritando, ingleses y alemanes rojos por el sol, asiáticos con sus cámaras de fotos y sus ropas imposibles…

Y luego estaba ella, que ya no se sentía una turista, que había hecho de aquella ciudad su casa.

Llegó a BarnaStetic a menos cuarto. Berta estaba terminando de atender abajo. Emma estuvo hablando un rato con ella, hasta que una moto estilo Harley aparcó justo en la puerta, y entonces se le iluminó la cara. Un chico con chupa de cuero negra, vaqueros rotos y un pendiente en la oreja se quitó el casco rojo y les sonrió con unos blanquísimos dientes detrás de su espesa barba.

Emma salió corriendo y lo empezó a besuquear. Ambos entraron y él se presentó directamente:

—¡Hola! Soy Nacho, el novio, encantado de conocerte. Tú debes de ser Lara.

—La misma, ahora entiendo todas las maravillas que Emma cuenta de ti.

A los pocos minutos subió Berta, secándose las manos, y los saludó a todos con esa efusividad y cariño que la caracterizaban. Emma se cambió de ropa, se despidieron y se fueron en la moto.

Lara ayudó a Berta a terminar de recoger y ambas salieron a la calle rumbo a la playa.

A esas horas del mediodía la gente se arremolinaba en las terrazas de los restaurantes y chiringuitos, por lo que quedaba bastante hueco en la playa para poder comer tranquilamente. Mientras Lara sacaba las cosas, Berta se fue a comprar sus tintos de verano con limón. Disfrutaron de una comida al sol sin apenas hablar, simplemente haciéndose compañía y dejándose envolver por el sonido del mar.

Cuando terminaron se tumbaron en la arena. Se había nublado un poco, por lo que el ambiente era suave y agradable. Berta empezó a hablar de las formas de las nubes, ella generalmente veía cosas obscenas en todo, pero eso las hacía reír. Hablaron también de poder vivir juntas en algún momento. Desde que lo había dejado con Jaime y este se había ido de la casa de Berta, se había quedado una habitación libre que estaba siempre pensando en alquilar. La idea les gustó. Lara pensó que si conseguía graduarse en el cuerpo, tendría que dejar el Lázaro y podría ser una muy buena opción.

—Yo acabo el curso de formación y los meses de prueba en dos semanas. Si todo sale bien, el uno de julio dejaré el piso que la empresa pone a los empleados que vienen de otra ciudad. Así que me parece una idea genial —dijo Lara.

—¡¿En serio me lo estás diciendo?! —gritó con emoción Berta y se incorporó para tirarse encima de su amiga.

—Ja, ja, ja, ja. ¡Claro que sí! —dijo mientras se revolvía para zafarse de ella sin poder parar de reír.

Pasaron el resto del día planeando cómo sería todo. Las cosas que tendrían que comprar, cómo se dividirían los gastos, las fiestas que harían… y muchas cosas más. Mientras Berta hablaba y lo planeaba todo, Lara volvió a mirarla y, sonriendo, se alegró una vez más de tenerla en su vida.

Regresaron andando por el paseo hasta que llegó el momento de que cada una se encaminase hacia sus respectivas casas. Berta tenía una comida familiar como cada domingo; estaba muy apegada a su familia, además también iría su hermana, que llevaba un tiempo sin poder ir por cuestiones de trabajo. Era enfermera en un hospital y había tenido unos turnos horribles, y aunque estaba estudiando para sacarse la oposición, mientras tanto debía aguantar aquellos horarios, y más aún de cara al verano y con tanta gente.

Al llegar al piso, la señora Scott había estado recogiendo como siempre. Una parte de Lara tuvo una leve sensación de culpa, nunca le había gustado que la sirviesen, pero, por otra parte, casi se estaba acostumbrando a ello.

Era ya casi de noche cuando sonó la puerta. Antes de abrir y a través de la mirilla vio a Alfred, el conserje. Alfred era polaco, tenía el pelo blanco y era alto y delgado. Se trataba de un hombre muy recto, muy educado y cariñoso a su manera, que vestía con su eterno traje y chaleco grises con corbata y camisa negras y que siempre le hablaba de usted, por mucho que ella le pidiese que la tutease.

—Buenas noches, señorita Díaz, ha llegado esto para usted. Lleva el remitente de la señorita Roch, así que no se preocupe, no hay peligro. Buenas noches y que lo disfrute —dijo mientras le entregaba un paquete envuelto en papel *kraft* y atado con una cuerda de hilo marrón.

Alfred también pertenecía al departamento. Custodiaba el piso franco y se encargaba de revisar los paquetes que llegaban, todos y cada uno pasaban antes por su casa, que se encontraba en el primer piso, donde tenía todo un laboratorio con escáneres para detectar cualquier sustancia o artefacto que pudiese atentar contra alguien del departamento. En Polonia trabajaba como químico y experto en explosivos en la SB (*Sluzba Bezpieczenstwa Ministerstwa Spraw Wewnetrznych*), o lo que es lo mismo, Servicio de Seguridad del Ministerio de Asuntos Interiores polaco. Destacó muy pronto en la universidad y se graduó muy rápido, mucho más que sus compañeros. Era brillante y entró en el SB muy joven. Una vez acabada la guerra, decidió venir a España donde, como a ella, lo reclutó Lázaro.

—Muchas gracias, Alfred, que tengas una buena noche —dijo Lara sonriendo mientras cerraba la puerta y él le hacía una sutil reverencia con la cabeza antes de irse.

Se sentó en el sofá y puso la caja sobre la mesa. En la cuerda había una nota en un sobre blanco enganchada que decía:

«Espero que disfrutes lo que hay dentro tanto como yo disfruté de ese beso. Laia».

Sintió una oleada de calor cuando recordó la noche en el *pub* y todas las miradas que no podían ocultar entre los compañeros, o que quizás ni lo intentasen de verdad.

Dentro de la caja había una botella aún fría de su vino favorito, una memoria USB y una bomba de baño. Fue al baño y empezó a llenar la bañera mientras ponía el *pendrive* en el equipo de música que se encontraba en la estantería. Y entonces sonó de nuevo *Fly*, lo que la hizo regresar al retrovisor de aquel Audi. Cuando la bañera estuvo lista, se desnudó lentamente, como si ella pudiera estar observándola. Se metió envuelta en aquel sonido y, con la copa llena, dejó caer la bomba que tiñó el agua de rojo, rojo como el color de su pelo y el del fuego que la quemaba por dentro.

Nueve

Ese mismo domingo había decidido levantarse pronto para ir a explorar la verdadera esencia de la ciudad. El olor a fresa de aquella bomba seguía aún en su piel.

Desayunó un bol de frutas con yogur griego y muesli. Se puso sus mallas de andar, las deportivas, una camiseta y salió de nuevo a respirar.

Fue directa al Barrio Gótico. Quería disfrutarlo callejón a callejón, sin miedo a perderse porque, en realidad, era lo que quería, perderse entre aquellos rincones.

Sus callejuelas intrincadas y estrechas, los antiguos edificios y las pintorescas historias provocaban una placentera experiencia al imaginar el verdadero olor de aquel lugar en tiempos pasados. Pensaba en las personas que en otra época habrían vivido allí y en su relación con Dios y con el universo, muy distinta a la de ahora.

Ella sabía que aquel barrio no era del todo gótico. Más bien era el resultado de la imaginación de los arquitectos de cómo hubiese sido el pasado medieval catalán. Pero ¿eso qué importaba? La mezcla perfecta entre pasado y futuro ganaba la batalla a la realidad.

Lo primero que llamó enteramente su atención fue la Catedral de Barcelona, también conocida como la Seu o Catedral de Santa Eulalia, dedicada a una doncella cristiana torturada durante la época romana. Ahora, patrona de la ciudad, se erguía como un majestuoso titán dominando la Pla de la Seu con una impresionante fachada neogótica.

No pudo evitar fijarse en cada pared que rodeaba la catedral. Cada detalle, cada dibujo le hacía viajar en el tiempo una y otra vez. Dragones, leones, águilas, incluso unicornios… con sus formas grotescas talladas de las piedras de Montjuïc se aferraban a las cornisas, dormían a la sombra o montaban guardia. Aquellas, las gárgolas, eran demonios que recordaban a los fieles la batalla infinita entre el bien y el mal.

Cuando atravesó el precioso Puente Bisbe, de un estilo que más bien le recordaba a los pueblos vikingos, observó en la parte inferior una calavera atravesada por una daga. Según contaba la leyenda urbana, si la daga se retirase, Barcelona se hundiría en sus cimientos. Otra leyenda afirmaba, sin embargo, que si atravesabas el puente de espaldas mirando a la calavera se te concedería un deseo. Lara prefirió la segunda y no dejó de mirar aquella calavera mientras caminaba hacia atrás.

Después llegó a la *plaça* del Rei. Esta tenía sus orígenes en los antiguos corrales del Palacio Real, y aunque quedaba cerrada por la muralla que la rodeaba, se usó durante siglos como mercado en un espacio abierto para el pueblo.

Callejeando encontró la Basílica de Santa María del Pino o Basílica de Santa María del Pi, llamada así, según la leyenda catalana, por haberse encontrado la imagen de la Virgen en el tronco de un pino. Por ese motivo, uno de estos árboles fue plantado en la puerta principal. Lo que más destacaba era su gran rosetón de colores vivos en la fachada central, como un gigantesco arcoíris que lucía estallando en mil colores al sol. La plaza estaba llena de artistas callejeros que vendían sus cuadros, artesanos y un sinfín de puestos de comida orgánica.

Cuando llegó a la Basílica de Santa María del Mar, más conocida como la Catedral del Mar, famosa por la novela escrita por Ildefonso Falcones, se dio cuenta de la austeridad del edificio comparado con el de Santa Eulalia. Estaba construida sobre un antiguo anfiteatro romano y la fachada principal estaba enmarcada por dos torres. Era imponente, pero sin apenas detalle.

Después de recorrer cada recoveco del barrio e impregnarse de pasado, siguió andando hasta llegar a un pequeño pulmón muy cerca de allí.

El *parc* de la Ciutadella, un oasis en medio de una ciudad cosmopolita, era idílico lo mirase por donde lo mirase. Poseía una cascada monumental, un proyecto hidráulico llevado a cabo por Gaudí, que estaba coronada con una estatua llamada *La cuadriga de la Aurora*, una imponente mujer encima de un carro tirado por cuatro caballos, todos ellos relucientes y dorados.

También estaba el invernadero, una estructura que mezclaba el cristal con el metal y que tenía dos salas laterales y una central, que actualmente albergaba exposiciones de cualquier tipo.

Y los jardines del Umbráculo, un espacio para los amantes de la botánica, y ella lo era. Amaba la naturaleza, las plantas y los animales. Creía que los árboles tenían la cualidad de sanar a las personas, por eso abrazarlos, a veces, no era tan mala idea.

Se tumbó al sol y disfrutó de la visión de aquella gente que, como ella, admiraba aquel parque. Los niños, que jugaban con la escultura de un mamut a tamaño real, podían subirse a la trompa para hacerse fotos; otros, en cambio, jugaban a la pelota mientras sus padres los observaban agarrados de la mano... Dos personas mayores paseaban, ella cogida de su brazo, agarrándolo fuerte con la mano, como con miedo a perderse o perderlo; y él, con la suya, le agarraba fuertemente la mano.

Entonces se fijó en una pareja que se encontraba cerca de ella, el chico acariciaba la mejilla de su novia. No debían de haber cumplido aún los veinte años, pero el amor con que la miraba, esa devoción pura del que seguramente fuese su primer amor, la enterneció. En ese momento se acordó de Sandra, ella no había sido eso. No había sido su primer amor, quizás sí su primera relación larga y formal, pero no el primer amor. Ese que te vuelve loca, que te quema por dentro, que te hace olvidar el resto del mundo, que hace que solo exista esa persona y que, pese a todo, quieras compartir cada respiración a su lado. No, definitivamente ella aún no lo había encontrado.

Siguió andando y descubriendo cosas de aquella ciudad que cada vez la maravillaba más. Decidió deshacer el camino andado y coger algo de comer en alguno de esos puestos orgánicos del Barrio Gótico. Se decantó por uno argentino. Un chico rubio con el pelo rizado y un montón de collares de cuero y plata y de nombre Matías le instó a probar la empanada casera que estaba rellena de pimiento rojo, amarillo, berenjena, una crema de queso Tafí y huevo duro. *Tafiana,* la llamaba.

El argentino no se equivocaba. Estaba muy buena, con un ligero toque picante al final y un fuerte aroma a queso. Matías había llegado desde Buenos Aires hacía ya dos años y conservaba aún ese acento tan característico que luchaba por no perder. Vivía en un piso con varios de sus compañeros habitantes de la plaza, tenía un perro de nombre Chancho, que le recordó a un dingo, y veintisiete años. Le gustaba España, y a pesar de simplemente tener un pequeño puesto, se le veía feliz. Tenía poco, pero lo poco que tenía lo hacía suyo. Juntos se fumaron un cigarro. Él le regaló otra empanada y la promesa de que volverían a verse, quizás, algún día.

La vuelta decidió que sería por el paseo. Necesitaba ver el mar. Se perdió en todos aquellos barcos amarrados y meciéndose en el puerto, blancos, algunos más grandes, otros más pequeños, pero igualmente hipnóticos. Las algas subían por las gruesas cuerdas como enredaderas con olor a sal.

Al caer la tarde era cuando más bonito le parecía todo, parte de la ciudad comenzaba a encenderse y ese contraste de luz artificial y natural hacía que los colores se percibiesen distintos. El cielo se reflejaba en el agua con una mezcla de tonalidades naranjas, amarillas y rojas, rojas como el pelo de Laia. Así que decidió hacer una foto a la secuencia cromática celeste y mandársela.

«No he podido evitar acordarme de tu pelo y de ti. Lara», escribió en el pie de la foto. Acto seguido fue a guardar de nuevo el teléfono, pero, antes de que lo hiciese, el sonido de este se lo impidió:

Dentro de poco no necesitarás verlo en el cielo. Laia.

Un mensaje cargado de promesas. Ese beso le había sabido a poco, pero también el juego, la locura, esa inconsistencia… Ese lento goteo de sensualidad le hacía pensar que aquella relación sería explosiva. Despertaba en ella su instinto más primario, más animal, la veía como una presa que tenía que atrapar y dejar libre al mismo tiempo.

Como los vampiros que deben beber la sangre de su víctima sin llegar a matarla, pues esto los mataría a ellos también, así era Laia. Una peligrosa corriente de sangre caliente y roja que ella estaba deseando beber.

El lunes, como ya era costumbre, se levantó mecánicamente a las ocho. Miró por la ventana de la habitación y vio los restos de un fin de semana de verano en el centro de la ciudad. Aún había gente regresando a sus casas después de salir de fiesta, otros corrían en dirección a Las Ramblas y los servicios de limpieza se encargaban de borrar las huellas antes de que la ciudad terminase de despertar…

Cogió aire hasta llenar sus pulmones y se fue directamente a la ducha. Fue rápida, tenía la sensación de ir más deprisa que otras veces, quizás porque inconscientemente sabía que en dos días sería el examen. Aquellas pruebas que determinarían si podría seguir con esa vida de ensueño que algo o alguien le había regalado o si, por el contrario, sus esperanzas, sus esfuerzos y sus sueños de esos dos meses se desvanecerían de la misma forma que aparecieron. Estaba segura de que lo haría bien. Había descubierto en ella cosas que no sabía que tenía; su seguridad y agilidad, tanto mental como física, habían crecido a pasos agigantados. No tenía duda de ello, pero nunca le gustó trabajar bajo presión, y ahora, si aprobaba, todo su trabajo estaría jodidamente rodeado de eso.

Miró hacia arriba y el agua de la ducha golpeó sus ojos, mojándole los miedos. Aún tenía tiempo para repasar, de momento solo tenía que pensar en eso, en ser apta para el puesto. Una vez conseguido eso, lo demás vendría solo.

Después de desayunar pan de centeno y aguacate, coger la bolsa del gimnasio y los libros de leyes, llamó a Álex para asegurarse de que estaba abajo.

En el trayecto hacia la oficina de Park Güell hablaron sobre el fin de semana, sobre el examen y sobre lo que sería entrar a formar parte activa del departamento. Cuando llegaron, Álex se despidió y le dijo que vendría a recogerla para llevarla al entrenamiento.

Las horas siguientes las pasó haciendo test, repasando los manuales de actuación, los de leyes y los archivos de antiguas redadas. Montse estuvo muy insistente en no dejarla levantar la cabeza de aquellos papeles, sabía que serían unos días duros para ella, pero que el esfuerzo valdría la pena para todos.

Después de que parase únicamente para comer una ensalada y fumarse un par de cigarros con Sergio, las primeras seis horas del día habían pasado. Pero para Lara era un flujo constante de entrada de información que almacenaba en su cabeza como un disco duro. Sabía que al final la experiencia trabajando haría de ella una buena buscadora. No obstante, la prueba había que pasarla.

Cuando Álex pasó a buscarla la llevó a la simulación. Debía estar allí tres horas hasta hacer los diferentes niveles más difíciles con un porcentaje de éxito suficientemente alto para poder aprobar. Estaba con varios compañeros que también venían a hacer simulaciones, ya que era la forma de ejercitarles la mente a cada uno en su campo, como en un gimnasio.

Las simulaciones para informáticos consistían en varias secuencias de letras y números blancos en movimiento y mezclados entre sí sobre un fondo negro. Se sentaban en esa silla, se ponían las gafas y los guantes y movían las manos como rebuscando en aquel laberinto. Las de los ingenieros también se hacían sentadas, y se les añadía una mesa blanca en la que virtualmente arreglaban todo tipo de aparatos electrónicos o cajas que habían sido manipuladas; una especie de puzle que debían conseguir unir. En cambio, la de los buscadores se hacía de pie y en movimiento. Las gafas y los guantes para ellos eran especiales, no poseían cables que los conectasen al ordenador y podían andar por toda la sala, por eso estaba acolchada. Debían buscar cualquier prueba, cualquier objeto, por pequeño que fuese, que ayudase a resolver el caso.

Después de esperar a que la sala quedase acondicionada para ella, entró. Gracias al escáner facial y ocular la sala se programó para que el ordenador adaptase el escenario de acuerdo con el nivel que debía practicar. Una vez dentro se descalzó, se recogió el pelo y metió su código en el programa para poder operar con la secuencia «PREVIA». Esta estaba especialmente diseñada para poder representar los diferentes niveles a los que se sometería el día de la prueba.

A continuación, se puso los guantes, que automáticamente encendieron sus yemas blancas, las gafas y comenzó una vez más a practicar nivel por nivel. Todos únicos y distintos, cada uno de ellos la mantenía alerta e iba abriendo su mente como si de una ventana en verano se tratara.

Una vez en el gimnasio, decidió nadar un rato antes de empezar el entrenamiento, y en su taquilla negra encontró su ropa de baño. Nadó durante media hora, no lo hizo rápido, no estaba entrenando. El agua siempre conseguía que sus músculos se relajasen, esa ausencia de gravedad la vaciaba por dentro.

La dos horas que pasó en la sala de máquinas y en el *ring* fueron muy enérgicas. Consiguió que Mario no la tumbase en varias ocasiones y había ganado a Camila en el cuerpo a cuerpo. Aún dudaba de que una situación así pudiese darse en su departamento, pero debía estar más que preparada para lo que fuese.

En la galería de tiro había conseguido llegar hasta ochenta la mayoría de las veces, y estuvo practicando la hora entera sin parar. Rozó el cuello de aquella sombra de papel, y aunque Lara quería un tiro limpio en la cabeza, quizás la espera del sonido de la bala al salir o su mal pulso no le permitían avanzar.

El día de la prueba se despertó mucho antes de que sonase la alarma. Se había estado diciendo los días anteriores que no estaba nerviosa, intentando convencerse de que tenía todo controlado, pero en el fondo sabía que no. Intentó dormir un poco más, puesto que aún no se veía ni siquiera el amanecer. No pudo.

No dejaba de repasar mentalmente todos los códigos de actuación, todos los protocolos, todas las leyes, todos los pasos que debía realizar cuando tuviese que entrar en el escenario de un crimen y en cada una las formas de reducir al sospechoso o de zafarse de él. Dio otra vuelta en la cama y se levantó. Se duchó despacio, dejó que el agua se llevase sus pensamientos, y en ese momento decidió no pensar más. Esa decisión, o tal vez el agua, le quitó un peso de encima.

Desayunó, y pasado un rato salió a correr. Quería activar cada célula de su cuerpo. Álex no llegaría hasta las diez, y las pruebas no empezarían hasta las once. Al llegar al puerto se apoyó en la barandilla mientras recuperaba el aliento. Entonces vio un pequeño pez en una roca que luchaba por volver al mar. La roca era enorme y estaba demasiado seca, lo que le dificultaba el moverse. Pero él no se rendía, su instinto de supervivencia era más fuerte. Cuando parecía que ya se había rendido, una gran ola mojó la roca, haciéndola más resbaladiza, y con un inmenso esfuerzo dio la bocanada que lo impulsó de nuevo al mar. Entonces Lara comprendió que ese pequeño pez, que había logrado sobrevivir, era una señal de que ella también sobreviviría a la gran ola que en unas horas debería aprovechar para impulsarse a lo más alto.

Cuando Álex y ella llegaron a Montjuïc, atravesaron las puertas y subieron a la planta de siempre, Lara se extrañó. Nunca se habría imaginado que sería allí donde se llevase a cabo la prueba. En un principio pensó que las pruebas serían por separado, pero algo le decía que no iba a ser así. Entraron a la sala de máquinas, que estaba más llena que de costumbre, la gente practicaba para las pruebas. Había aprendices, como ella, y gente que intentaba subir su nivel para tener la oportunidad de ascender.

—Yo te dejo aquí, novata, mucha suerte. No te hagas daño. Confío en ti —dijo Álex mientras le guiñaba el ojo.

En ese momento se dio la vuelta y vio a Laia, que salía de una sala contigua a la galería de tiro que siempre había estado cerrada. Llevaba un traje de chaqueta gris, una camiseta blanca metida por dentro que caía un poco por el lateral y un finísimo cinturón marrón. El traje era informal y algo ancho. Tenía los puños de la americana arremangados y la melena rizada le caía como una cascada roja por la espalda. Laia se acercó a ella, le estrechó la mano, la acercó para quedarse a la altura de su cara y le susurró al oído:

—Mucha suerte en la prueba. No te he escrito ni llamado antes porque quería que te concentrases. Pero no te olvides de que el premio, si la superas, somos Lázaro y yo. Vamos —dijo mientras la soltaba y se encaminaba a la puerta de la misteriosa sala. El barullo del gimnasio y la profesionalidad que Laia quería aparentar delante de los demás formaron un delicioso caos que activó todos los sentidos de Lara.

Cuando ambas se adentraron en la sala, pudo comprobar que sus instintos no fallaban. La sala era totalmente diáfana y estaba casi a oscuras, pero se veía perfectamente que simulaba un hangar. Había cajas, lonas e incluso un pequeño helicóptero. La zona del techo estaba abierta y daba a un piso superior, así los miembros de la junta apreciarían cada detalle. Era todo tan real que un nudo en su estómago creció, mezcla del miedo y las ganas.

Laia se despidió de ella y subió por una escalera lateral que conducía al piso superior. Allí se encontraban tres mujeres y cuatro hombres más, todos ellos con diferentes uniformes que los catalogaban por rangos y departamentos. Cuando esta se sentó, la sala se iluminó y ellos quedaron a oscuras. Entonces sonó una voz metálica y distorsionada a través de la megafonía de la sala que decía:

—Agente en pruebas 18518, como habrá podido comprobar se encuentra usted ante una representación a escala real de un hangar situado en México que pertenece a una importante red de narcotráfico y trata de mujeres. Encuentre lo necesario para poder incriminarlos.

El cronómetro de la sala se iluminó y la cuenta atrás de veintitrés minutos comenzó a correr. Ese era el tiempo reglamentario para que la misión tuviese éxito. En ese momento y para su sorpresa le vino a la cabeza el pez, y supo que acababa de coger su primera bocanada. Apretó los puños y cerró los ojos, respiró profundamente y, al abrirlos, toda la sala se había vuelto estructural en su cabeza. Recordó los manuales de antiguas redadas. Los documentos importantes o los libros de contabilidad solían esconderlos en estructuras como columnas huecas o falsos suelos; nada que la policía pudiese llevarse. Cogió una barra metálica que había entre las telas y golpeó las cuatro columnas de madera que envolvían la sala; estaban llenas de fardos blancos que simulaban a los que se usan para distribuir cocaína. Había encontrado la droga, pero aún necesitaba papeles con nombres y direcciones que los incriminasen.

La temperatura de la sala aumentó, una táctica que incrementaba la presión para dificultarle pensar. Se arrancó la camisa verde militar y la tiró al suelo. Laia no pudo evitar soltar un leve jadeo frente a ese gesto y al verla empapada en sudor.

De repente reparó en una pequeña caja de tequila. Era lo único que no parecía encajar ahí. Fue hacia ella cuando, de golpe, un hombre con la cara semicubierta la abordó por detrás, pero ella tuvo tiempo de agacharse y evitar que la cogiera. Aprovechó su posición para girar y ponerse por detrás de él, entonces entrelazó las manos y bajó los codos sobre la espalda de aquel hombre.

Su compañera Camila apareció por detrás del helicóptero y se encargó de detenerlo, ella se había estado entrenando para los ELATE (Equipo Lázaro de Armas y Tácticas Especiales). Una vez se lo hubo llevado de allí, Lara regresó donde estaba la caja, la movió y observó que la tierra del suelo estaba demasiado revuelta, escarbó y encontró una caja fuerte.

Había aprendido que algunos delincuentes dejaban ocultas las combinaciones de las cajas fuertes como si fuesen pequeñas pistas para sus compañeros, por si ellos acababan detenidos.

Miró el cronómetro. Trece minutos la separaban del final. Se sentó en el suelo y pensó. El calor la asfixiaba más cada segundo que pasaba. Volvió a repasar todo con la mirada, pero estaba bloqueada y el tiempo no dejaba de correr. Entonces, volvió a pensar en el pez, en que se encontraba en la misma situación, en la roca seca. Necesitaba agua… Necesitaba tequila… Y de repente le vino una idea a la cabeza.

Miró de nuevo la caja y la abrió. Había siete botellas, un número inusual para esa caja. Sacó una, era casera. La rompió y miró el tapón de corcho que la cerraba. Había un número uno escrito, un guion y un seis. Entonces supo que era una combinación numérica. Se lo había oído decir a Sergio: «A veces las cosas más sencillas son las correctas».

El primer número era el orden en el que el segundo debía ir. Después de romper todas las botellas y meter la combinación, la caja se abrió y allí estaba su mar. La ola que la había salvado. Y cuando solo quedaban tres minutos, agarró las pruebas y levantó el brazo con un grito que liberó todos sus miedos.

En el mismo instante en que recobró el aliento y las luces se encendieron, miró hacia arriba y pudo ver cómo todos aplaudían. Pero ella solo podía mirar a Laia, que se levantaba mientras su pecho subía y bajaba acompasado por el ritmo de su respiración. Las mariposas de su estómago luchaban por salir y una euforia envolvía cada centímetro de su cuerpo. La siguió con la mirada mientras recorría la barandilla y bajaba por las escaleras.

—Enhorabuena, ya estás a un paso de entrar. Dúchate y come algo, hasta dentro de dos horas no tienes la siguiente prueba —dijo Laia mientras la miraba de arriba abajo. Lara no dijo nada, solo sonrió devolviéndole aquella mirada y asintió.

Se fue a su taquilla, donde tenía siempre un cambio de ropa, algo sencillo y cómodo; una camiseta blanca y unos pantalones de chándal jaspeados negros y algo ajustados sin llegar a ser una malla. Lo cogió todo y se encaminó a la ducha.

Cuando el agua resbaló por su cuerpo y relajó sus músculos pensó en todo lo que había sentido allí y en que no quería limitarse a una oficina. La adrenalina disparada había hecho que su mente se activase como nunca creyó posible. Y entonces se preguntó si podría ser la primera buscadora que formase parte activa en un caso, que fuese a la escena y no esperase a recibir el material. Ella saldría a buscarlo. Nunca antes se había procedido de esa manera, pero quizás ella…

Al salir de la ducha se secó el pelo y se lo recogió en una coleta alta. La siguiente prueba era tipo test, sobre procedimientos y leyes. Montse sería la supervisora y se haría en una sala contigua al hangar. Cogió un sándwich vegetal de la máquina y se lo comió en los sofás que había al lado de las columnas mientras repasaba los apuntes.

Pasada una hora y cuarenta y cinco minutos desde que Laia se había vuelto a meter en la sala, Montse salió con una lista y los llamó para poder entrar al examen. La sala tenía una mesa al final y unas gradas con una especie de pupitres que a Lara le recordaron a las aulas de las típicas universidades americanas. En aquella mesa uno de los rectores apuntaba a los que iban entrando. Cuando todos estuvieron dentro, Montse entregó los folios e indicó que el cronómetro de la pared, idéntico al anterior, finalizaría en una hora y media. Había trece personas sentadas a su alrededor. Reconoció a Camila y varios informáticos e ingenieros.

Una vez que el cronómetro empezó la cuenta atrás, el sonido de los folios al darse la vuelta se sincronizó con el de la respiración de todos los que allí estaban. El examen constaba de cien preguntas separadas en cinco folios. Algunas eran directas, otras enrevesadas. Contenían acertijos, trampas, verdades, mentiras… sí, no, verdadero, falso, A, B, C, ninguna, todas… Pero solo podía pensar en la sala anterior, en cómo esa tensión que antes temía ahora la necesitaba. Se sintió florecer de nuevo, más ágil, más atrevida, y entonces su mente inevitablemente volvió de nuevo a Laia.

Movió el cuello en ya un clásico modo de concentrarse y se metió de lleno en las preguntas, porque sabía que, si no superaba aquel test, nunca podría demostrase a sí misma y al mundo de lo que era capaz. Y entonces dejó de pensar, solo leía las preguntas y contestaba, debía tener un mínimo de noventa y tres aciertos para poder aprobar.

La hora y media pasó rápida, igual de rápida que su mano al marcar aquellas respuestas. Solamente leyó el test una vez más, no cambió nada. Confió en su instinto y en el subconsciente. Se levantó, entregó el test a Montse, quien le sonrió con orgullo y una pizca de cariño, y abandonó la sala sabiendo que las cartas estaban sobre la mesa.

Cuando todo el mundo terminó el examen, el rector Kraus notificó que en una hora tendrían los resultados y podrían pasar por orden alfabético a saber la nota. Decidió salir a tomar el aire para fumarse un cigarro y llamó a Berta.

—Bueno, bueno, bueno, *chocho*, ¿cómo te ha ido el examen? Un *coñazo* de test y de exposición de trabajo frente a un montón de vejetes verdes, ¿eh? —dijo Berta mientras se reía.

«Si tú supieras, amiga mía», pensó Lara.

—Nah, acaban de darnos una hora de descanso para corregir los test y ahora me dirán. Ha sido un poco aburrido, pero ya sabes, con ganas de aprobar y quedarme definitivamente.

—¡Ya verás que apruebas y te dan el puesto fijo y te vienes a casa! ¡Y salimos a celebrarlo y nos emborrachamos y, y, y… un millón de cosas más! Te dejo que voy a quitar el *peeling* a la señora que tengo en cabina, pero ¡avísame en cuanto sepas algo! Un beso. ¡Te quiero! —dijo casi gritando, y colgó.

Dio la última calada antes de apagarlo en una papelera cercana, miró el cielo despejado, se inundó de sol y calor, bajó la vista, se encaminó a la puerta y entró. Cuando el chico que iba antes que ella salió con una sonrisa que ella le devolvió, cogió aire y entró en aquella sala.

Entonces la vio. Laia estaba de pie junto a Kraus y Montse. A Lara le temblaron las piernas y se mordió el labio sin dejar de mirarla. Cuando llegó y se puso enfrente de la mesa, Laia extendió la mano, la miró de esa forma que provocaba que todo su interior ardiera y le dijo:

—Enhorabuena, señorita Díaz. Noventa y ocho aciertos en el test y un notable alto en la prueba activa. Ahora sí, bienvenida a Lázaro.

Once

La estantería

Estaba dentro. Comenzaba su nueva vida, ahora de verdad. Todo lo anterior, esos meses desde que llegó, había sido un calentamiento, y ahora empezaba a jugar la liga.

Después de estrechar la mano de Laia, cargada de una exquisita electricidad, y de recibir las felicitaciones de Montse y Kraus, Lara salió por la puerta y se encontró con Enzo, que estaba entrenando en el gimnasio. Le contó que había aprobado y a él le faltó tiempo para organizar una quedada en su honor el viernes en el Copacabana.

Llamó a Álex para que la fuese a buscar, salió a la calle y respiró un aire que parecía más puro y limpio que antes. Cuando él llegó Lara se tiró a sus brazos gritando que había aprobado y que irían a celebrarlo el viernes.

Durante todo el trayecto hasta el Lázaro estuvieron hablando de la prueba y del test. Álex le contó que el rector Albert Kraus era un antiguo veterano del ejército que había combatido en la guerra de Irak y que estuvo a punto de perder la vida por culpa de una mina terrestre en una de las operaciones. Después de aquello, decidió que tendría un futuro más tranquilo junto a su mujer y sus tres hijos.

Cuando estaban llegando al piso, Lara cambió de opinión y le dijo a Álex que la acercara al BarnaStetic; iría a darle la noticia a Berta en persona. Cuando llegó, Berta y Emma estaban en la recepción hablando con una clienta, y cuando entró por la puerta las tres la miraban con asombro y con una sonrisa pícara.

—Pero bueno, ¿quién es ese titán que te ha traído en coche? —dijo Berta frotándose las manos.

—Es un compañero de trabajo. Es el que se encarga de llevar a los directivos, y dado que he aprobado, me lo podía permitir. —En ese momento Berta se puso a gritar como una loca mientras no dejaba de abrazar a su amiga.

—Pues vaya pijerío hay en tu empresa, ¿no? —dijo Emma mientras salía del mostrador también para felicitarla.

—Una que sabe —contestó ella encogiéndose de hombros y guiñándole un ojo.

Quedaron en que Lara se haría un tratamiento corporal en una máquina mientras que Berta terminaba los masajes que tenía y que cuando cerrasen se irían a tomar algo para celebrarlo. El Ecologie tenía un *after work* que cambiaba su menú según el día, y ese miércoles servían uno que constaba de un cóctel de bebidas orientales y varias piezas de *sushi*.

Hablaron de cómo había sido el día para cada una. De los masajes y los tratamientos de Berta, de las llamadas eternas a la compañía del aire acondicionado, de la planificación de la agenda *online* de Emma que llevaba fallando todo el día, del examen de acceso a la empresa y de la exposición del trabajo final que había presentado Lara.

Les había contado que su puesto consistiría en ser la organizadora de los eventos que tendría la empresa a nivel nacional, que tendría que viajar en algún momento y que debería presentar proyectos y aprobar otros. Ellas no habían hecho demasiadas preguntas, cosa que agradeció, puesto que no le gustaba mentir a la gente que le importaba, aunque sospechaba que lo iba a tener que hacer más a menudo de lo que le gustaría.

Después de unos cuantos cócteles más, se fue cada una a su casa. Lara decidió ir andando y disfrutó de la brisa templada de aquella tarde. El cielo rojo le hizo pensar de nuevo en Laia y decidió escribirle.

Me preguntaba qué estarías haciendo ahora, quizás aún sigas poniendo nerviosos a esos pobres chicos y chicas que van a examinarse…

La respuesta de Laia no tardó en llegar:

Nada me gustaría más, pero he tenido que venir a la oficina de Sants a dejar todo el papeleo y a hacer el informe del día de hoy, ya que nadie podía venir.

Y entonces ese mensaje y los cócteles que había estado bebiendo formaron una mezcla explosiva en su cabeza y todas las mariposas salieron volando en aquella dirección. En ese momento Lara paró un taxi y lo único que pudo hacer fue seguirlas.

Cuando llegó a la estación había gente que iba de un lado a otro, con prisa, aunque no más de la que tenía ella. Sabía que había llegado el momento, que Laia estaría sola y que todas las emociones de aquel día y los cócteles la empujarían a abrir esa puerta con una urgencia que era incapaz de controlar.

Y allí estaba, descalza, se había quitado la americana y la música de Ludovico sonaba de fondo. Se sobresaltó cuando vio a Lara en la puerta, pero sonrió y dejó sobre la mesa la carpeta que tenía en las manos. Su mirada lo decía todo, sus ojos de un verde tan claro como el sol y sus pupilas, tan negras, grandes y tentadoras como el maldito infierno... Pero sus labios, ahora entreabiertos, tenían toda su atención.

Aquella situación les arrebataba el aire mucho antes de que pudieran respirarlo. Lara comenzó a andar hacia ella, pero se detuvo a escasos centímetros. La corriente que había entre ellas habría incendiado aquella habitación de haber sido posible. Entonces Lara lo vio. Ese sutil cambio en la expresión de Laia cuando se dio cuenta de que iba a perder el control.

Su cuerpo tembló, Lara la miró de arriba abajo, de izquierda a derecha, sin esconderse. Se detuvo en cada centímetro de su piel, y aunque las ganas la empujasen a acelerar el ritmo, se tomó su tiempo para disfrutarla. Recordó cuánto llevaba queriendo hacerlo. Todas aquellas veces que había imaginado su cuerpo. Cuántas veces había deseado ese momento.

Entonces Lara puso las manos en las caderas de la pelirroja y fue avanzando hacia delante haciéndola retroceder, lentamente, sin dejar de mirarse, sin hablar. El único sonido que se escuchaba era el de su respiración entrecortada, hasta que las piernas de Laia chocaron con la estantería de la máquina de café, haciéndole soltar un leve gemido. Bajó las manos hasta rodear su culo, la levantó y la sentó en ella. Subirla a esa estantería y notar lo fría que estaba fue lo que terminó de desatar su locura. No sabía cuál de las dos tenía más ganas, no sabía cuál de las dos temblaba más. Les sobraba la piel y les faltaban manos.

Laia se dejaba, la besaba, la mordía, la apartaba para luego volver a acercarla agarrando fuertemente el cuello de su camiseta mientras sonreía y jadeaba. Lara enredó los dedos entre su pelo y con su lengua entreabrió de nuevo sus preciosos labios y buscó dentro de su boca como quien busca algo perdido, disfrutando de cada movimiento, de cada rincón... disfrutando de aquella humedad con sabor a café.

Volvió a bajar las manos sin dejar de besarla con esa necesidad casi animal y rozó ligeramente su pecho haciéndole apoyar la espalda contra la pared. Se detuvo allí y desabrochó con habilidad los botones de la camisa, introdujo la mano por dentro del sujetador de encaje negro, rodeó el pecho abarcándolo y lo notó erizarse contra su palma mientras que Laia le mordía el labio.

Laia estaba cada vez más preparada, más ansiosa por llegar. Lo notó en sus gemidos, en sus jadeos y en sus suspiros. Y Lara deseaba disfrutar del lugar donde residían sus ganas, quería ser su clímax, y supo que entre sus piernas estaba el problema y la solución. Así que descendió las manos por su vientre, que se agitaba más y más con cada centímetro que recorría. Guiándose por sus gemidos, que los usaba como mapa, aflojó poco a poco su cinturón mientras hacía pausas para mirarla. Le desabrochó el botón de su pantalón de la misma manera, rodeó su cadera con las manos y las metió dentro de él, levantándola ligeramente, para después bajárselo a la vez que mordía y recorría con los labios sus suaves piernas mientras ella seguía sentada.

Entonces una fuerza incontrolable se apoderó de ella y le rompió las bragas, también de encaje negro. Con la mano izquierda le agarró la nuca y la besó con más ganas si cabía, al mismo tiempo que introducía los dedos en su centro de gravedad. Laia soltó un gemido, esta vez agudo y lleno de placer, y Lara los movió aún más fuerte dentro de ella. Lara no dejaba de moverlos, ni Laia de moverse al ritmo que ambas marcaban, entonces llegó el orgasmo y silenció el mundo, la silenció a ella y empapó su cuerpo y su ser.

Lara le besaba el pelo mientras ella, apoyada contra su pecho, se recuperaba de aquella explosión. En ese momento, Laia levantó la cabeza y la apartó con un movimiento inesperado para empujarla contra la pared más cercana. Mientras le inmovilizaba el brazo por detrás de su cuerpo la besaba con fiereza y desesperación.

Había recuperado el control y deseaba volverla tan loca como lo había hecho ella. Le dio la vuelta y apretó su cuerpo contra el suyo sin dejar de agarrarle el brazo. Lara gimió al notar la sensación fría de la pared en la cara. Laia introdujo la mano que tenía libre en el pantalón de Lara, despacio, disfrutando de sus ganas, sabiendo que la sensación de tener su cuerpo semidesnudo detrás la estaba torturando. Cuando Lara notó aquella mano por encima de su ropa interior se retorció con un jadeo suplicante y apretó su cuerpo contra ella.

Laia a su vez le mordía el cuello como un depredador que juega con su presa antes de matarla. Hundió los dedos, aún por encima, haciendo que se retorciera desesperadamente buscando aquel inevitable final. Laia entendió sus ganas, apartó la ropa interior a un lado y comenzó el descenso por ese canal sagrado que la conducía a lo más profundo. Al rozar el centro de uno de sus mayores receptores nerviosos, Lara soltó un «joder» alto y claro, y eso hizo que Laia se detuviese ahí y disfrutase cada vez que pronunciaba esa palabra con cada movimiento.

Aceleró el ritmo. Lara jadeó, tembló y se corrió entre dulces espasmos. Laia paró de apretarle el brazo y le dio la vuelta, dejando su espalda contra la pared. Ambas se quedaron frente a frente y su respiración se acompasó como si de un metrónomo se tratase.

Ya era de noche, pero fuera de aquella oficina nada importaba.

Doce

Barceloneta

El jueves Lara se levantó con los primeros rayos de sol que entraban por la ventana, los últimos días de junio aquellas franjas de luz comenzaban a calentar. Se dio la vuelta y pensó en la estación, en cómo lo había hecho con Laia en aquella estantería, en la pared, en su despacho… Y en cómo una llamada telefónica del inspector jefe había hecho que ella se fuese a una redada en uno de los contenedores que transportaba un barco que acababa de llegar al puerto.

Había sido irracional, animal y apasionado, pero, sobre todo, muy prometedor. Aún se habían quedado con muchas ganas y pronto tendrían que ponerle solución a eso. Aunque sospechaba que aquellos encuentros con Laia serían así, llenos de pasión, fugaces y sin saber cuándo ocurrirían. Y ese juego tenía un plus de peligrosidad que le resultaba más que estimulante. Lara había vuelto al Lázaro andando, necesitaba respirar de nuevo ese olor a mar que tanto la calmaba, se había duchado rápido y se había dormido aún con el pelo mojado. No empezaría a trabajar hasta el lunes, así que decidió pasar el día en la playa, esta vez sola.

Se levantó de un salto, fue a la cocina y se preparó el desayuno. Volvió a la habitación aún con la tostada en la boca y empezó a preparar las cosas. Metió en una bolsa grande de tela una toalla, un vestido por si acaso se cambiaba, el tabaco, un cenicero portátil que le había regalado Berta y una botella de agua. Dejó los móviles y los cascos y se llevó un libro. Le encantaba leer en la playa. Se puso el bikini, las Converse, una camiseta de tirantes blanca, unos pantalones de deporte negros y salió por la puerta.

Bajó los escalones de dos en dos, tenía ganas de ver el mar y sentir la arena bajo sus pies. Había estado dando una vuelta antes de llegar a la playa. Las calles de aquella zona recordaban a un típico barrio italiano, con ropa secándose por la ventana, algunas incluso de balcón a balcón, y con vecinos en el exterior viendo la tele o charlando con los demás, dándole a ese lugar vida propia. Cuando llegó, la Barceloneta estaba ya a reventar. Era casi mediodía y la gente se iría pronto a comer. Los turistas alemanes y los chinos solían llenar los restaurantes mucho antes que los españoles, y eso le daría ventaja a la hora de encontrar la tranquilidad que había ido a buscar.

Anduvo por el paseo hasta llegar al final, donde el inmenso Hotel W se alzaba majestuoso. Encontró un hueco cerca de la muralla de rocas que daba por finalizada la playa, al lado de lo que parecía ser un club de surf. Allí el olor a mar a causa de las algas que abrazaban la roca se hacía más notable.

Sus aguas no estaban demasiado limpias, era absurdo esperar que fueran cristalinas en una playa comida por la gran ciudad, pero lo que la hacía tan especial era el ambiente que allí se respiraba, ya que se practicaban varios de los mejores deportes acuáticos que existían. Había *paddle surf,* originario de la Polinesia y que consistía en ir remando de pie sobre una tabla de surf, y esquí acuático, en el que una lancha tiraba de una cuerda a la que la persona se agarraba mientras «esquiaba» sobre el agua. Las clásicas motos de agua también surcaban a toda prisa esa parte del Mediterráneo. Un par de chicos jóvenes practicaban *flyboard,* que consistía en un *jet pack* (o tabla) enganchada a los pies y que desprendía un potente chorro de agua que los hacía volar por encima del mar. Pero el deporte estrella de ese día era el surf.

A Lara siempre le atrajo la idea de surfear, aunque nunca había practicado ese deporte. Sin embargo, ahora su cuerpo era más ágil, más atlético y ella más atrevida. Se tumbó bocabajo y encendió un cigarro mientras veía cómo, a lo lejos, un monitor y su grupo iban por la zona acotada para el surf hacia la orilla para poder practicar.

Entonces se dio cuenta de que Álex era el profesor. Llevaba un neopreno negro de pantalón corto y le seguía un grupo de cinco chicas babeando y cuatro chicos con sus tablas, todos ellos con el mismo neopreno que él. Lara se giró para estar de cara al mar, se bajó un poco las gafas de sol y observó cómo les colocaba en línea recta. Él de espaldas a la orilla, ellos mirándolo con las tablas en la arena. Les contaba las reglas básicas del surf, qué tenían que hacer para no caerse, qué debían hacer si al final caían, la posición del cuerpo, de las manos… Se tumbó sobre su tabla y les demostró la forma en la que se remaba. Todos lo imitaban, se reían, bromeaban… Se notaba que le gustaba lo que hacía.

Cuando terminó la lección, cogieron las tablas y se fueron al agua. Repitieron lo mismo, pero esta vez todos sentados. Álex cogió una ola y les mostró cómo debían surcarla tumbados. Los alumnos le siguieron, y al cabo de unos diez minutos practicando esa posición, Álex les mostró cómo deberían hacerlo de pie. Aprovechó una gran ola y la surfeó como si de un delfín se tratara. Cuando llegó a la orilla, les hizo una seña a sus alumnos para que practicasen y se sentó en la arena.

Entonces Lara se levantó y fue hasta él por la espalda. Al llegar, le tapó los ojos y él se sobresaltó:

—Hum, ¿quién eres? Vamos a ver, unas preciosas manos de mujer, suaves pero con callos de las pesas… Hum… Vaya, conozco a demasiadas así, vas a tener que darme más pistas —dijo mientras palpaba las manos de Lara y ponía una voz sensual que la hizo reír. En ese momento le agarró la muñeca y en un giro la tumbó sobre la arena—. Vaya, vaya, no llevas ni un día en el cuerpo y ya vas de espía, ¿o qué? —le preguntó mientras le hacía cosquillas—. Supe que eras tú en el mismo momento que te oí reír. ¿Qué haces aquí?

Lara lo apartó sin dejar de reírse.

—Estaba tranquilamente tomando el sol cuando un guapo profesor de surf me ha distraído.

Él se levantó y le tendió la mano, echó un vistazo a sus alumnos, que seguían practicando, les dio unas cuantas instrucciones de lo que debían hacer y comenzó a hablar con ella. Le contó que llevaba cuatro años siendo profesor de surf y que lo compaginaba como podía con su trabajo en Lázaro. Ayudaba en la escuela de una amiga suya, y ella sabía a qué se dedicaba Álex y que en cualquier momento del día podrían necesitarlo, pero hoy él tenía el día libre y Elena estaba en Valencia comprando una nueva remesa de tablas de surf.

Estuvieron un rato más hablando y Lara le prometió que probaría una de sus clases pronto. Luego ella volvió a su toalla y él siguió con sus clases. Estuvo leyendo durante un par de horas y Álex había tenido varias clases más, puesto que la tal Elena no volvería hasta bien entrada la tarde. Después de despedirse y recordarle el plan del día siguiente en el *pub*, Lara deshizo el camino andado, esta vez por la orilla del mar. Mientras caminaba, la tierra mojada se hundía bajo sus pies, el frescor de las capas más profundas contrarrestaba con la sensación caliente de los granos secos y el sutil golpe en los tobillos del espumoso final de las olas limpiaba lo que ensuciaba el siguiente paso. Ese rítmico suceso, que se repetía una y otra vez, la acompañaba.

Había mucha gente volando cometas, unas más grandes, otras más pequeñas, pero casi todas con colores vivos que brillaban, aún más, bajo el sol. Cuanto más grande era la cometa, más costaba moverla. Los giros bruscos que el aire provocaba arrastraban incluso a la persona más fuerte de aquella playa, porque en realidad no era solo la fuerza con la que el viento la movía, sino la rapidez. Y como con todo en la vida, había que tener cuidado con el factor sorpresa.

No había sabido nada de Laia esa mañana antes de irse a la playa, aunque aquello solo hacía que sus ganas creciesen más y más. Esa lucha que la pelirroja tenía por no perder el control la excitaba mucho más que si todo fuese fácil. Sabía que la vería al día siguiente, iría al *pub* con los demás. Por muy jefa que fuera, no se perdía nunca un buen Hot Toddy, un cóctel típico escocés que se bebía caliente y que llevaba *whisky*, jugo de limón, clavo, azúcar y canela. Laia siempre se bebía uno al llegar, aunque los chupitos de tequila o de Jägermeister la obligasen de vez en cuando a romper esa tradición.

Siguió andando y le llamó la atención un grupo de chicas jugando al vóley playa. La mayoría tenían el cuerpo decorado con tatuajes. Había algunas en las toallas tomando el sol, otras, fumaban y bebían. De repente, el balón fue a parar a sus pies y ella lo cogió. Una de las chicas, la más tatuada, con un cuerpo fibroso y delgado, con los ojos azules, el pelo negro, un corte *bob* con un lado más rapado y un bikini negro, se acercó a Lara. La miró de arriba abajo y sonriendo le dijo:

—Hola, preciosa, ¿me devuelves la pelota o quieres venir a jugar?

Le gustó la forma que tuvo de mirarla, de tontear con ella… Entonces se dio cuenta de que lo que quería era eso, la libertad de poder hacer lo que quisiera sin dar explicaciones, de vivir todo lo que no había podido vivir hasta ahora. Y ahora que por fin estaba soltera, iba a disfrutar de cada persona, de cada oportunidad, y no iba a aferrarse a nada ni a nadie.

—Quizás en otra ocasión —dijo Lara con la misma sensualidad que aquella desconocida.

Cuando llegó al portal del Lázaro, Alfred se levantó de la silla detrás de la mesa y le entregó un paquete.

—Buenas tardes, señorita Díaz, ha llegado esta mañana para usted, es del departamento. Bienvenida a bordo.

—Muchas gracias, Alfred, por todo. —Y le dio un inesperado beso en la mejilla.

Subió por el ascensor. El paquete pesaba demasiado para los cinco pisos y estaba cansada por el paseo y las agujetas del día anterior. Sonrió de nuevo al acordarse.

Cuando entró, dejó la caja en la isla de la cocina, fue a la nevera y se bebió media botella de agua helada. Revisó los mensajes de su iPhone. Había dos de Berta contándole lo mal que lo había pasado depilándole el pubis a un hombre y que ahora estaba en un curso. Otro de Laia. Solo una foto de su ropa interior rota con la frase «Mañana nos vemos», lo que hizo que un calor le recorriese el cuerpo entero. Leyó los correos electrónicos del iPhone negro. Eran de Montse, que le mandaba nuevos casos y la avisaba de la llegada del paquete.

Llamó a Berta, que le contó que llevaba cuatro horas en un curso de formación de técnicas de masajes orientales y que había salido a fumar un cigarro y a respirar. No le gustaban las formaciones, ella decía que se aprendía tocando, pero que con todos los avances y la demanda de cosas nuevas tenía que estudiar.

Después de ducharse y mientras se cocía la pasta integral de su cena, abrió la caja. En ella había un manual de protocolos oficiales personalizados de buscador; un documento de leyes que «se podía saltar»; un micro, un *walkie-talkie* y el manual de instrucción de ambos; un conjunto de chándal que constaba de un pantalón gris claro largo y uno corto; una sudadera también gris con el logo del cuerpo bordado en negro, y dos camisetas, una blanca y una negra, con el logo en la parte de arriba de la espalda y que debería llevar cuando entrenase. También había un menú de lunes a viernes que la señora Scott se encargaría de comprar y los horarios que debería cumplir obligatoriamente en la oficina, en la simulación y en el gimnasio.

Cuando la pasta estuvo lista, cortó berenjena en tiras, las doró en la sartén, añadió tomate natural y lo mezcló todo. Cenó viendo un documental sobre la incautación de material en los controles del aeropuerto que había en la caja y se empapó de lo que un día tendría que hacer ella. Lucharía por no quedarse en la oficina, por cambiar las normas, por dar mucho más de lo que le ofrecían.

¿Por qué no? Ella estaba allí para hacer historia.

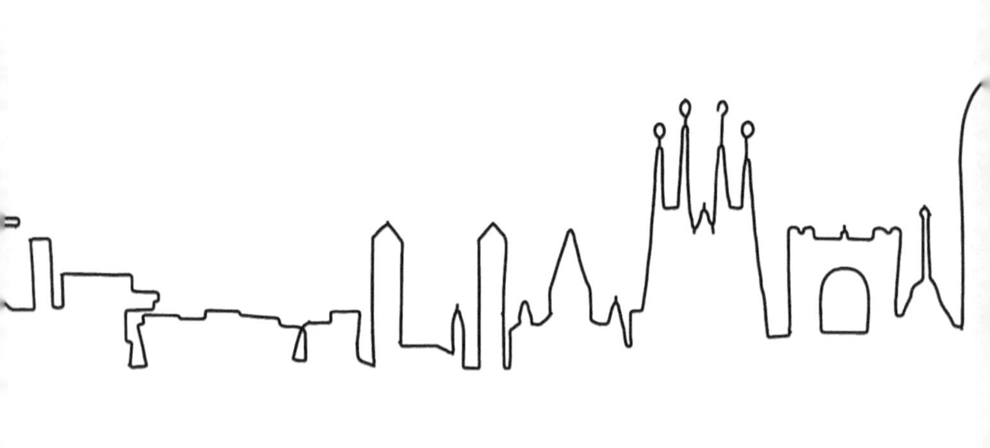

Trece

Tormenta de arena

Lara llegó a BarnaStetic pasadas las doce. Había dormido bien, se sentía renovada por dentro. Quizás se había ido quitando capas de miedos que formaban una armadura que no la dejaba respirar, y quería que eso se viese por fuera. El día anterior, antes de acostarse, escribió a Berta para preguntarle si tenía tiempo para hacerse unos tratamientos. Al cancelar el viaje a Tailandia y gracias a la devolución de gran parte del dinero, tenía lo suficiente como para darse esos caprichos. Antes de ir al centro, Lara se había pasado por el puesto de Matías y le había comprado doce empanadas. Le gustó ver al argentino, con su inseparable Chanchito.

Berta reservó dos horas para su amiga. Le hizo la cera, un tratamiento de luminosidad en la cara, la pedicura y la manicura, esta vez en granate. Luego Emma le cortó las puntas, le desfiló algo más las capas y le aplicó un tratamiento hidratante para el pelo. Luego se lo secó y onduló. Una vez terminaron, comieron las empanadas juntas en la cocina de la planta de abajo y luego Lara se fue. A Berta la recogería su hermana a las siete, tenía el cumpleaños de su prima ese fin de semana y cerraría el sábado para irse a Cambrils, a una casa rural con toda su familia.

Paseando por Las Ramblas, Lara reparó en una pequeña tienda *boho* que tenía cosas de segunda mano. Era pequeña, las paredes estaban pintadas con tonos tierra y tenía un enorme tronco de árbol que hacía de banco y otros más pequeños que servían de banquetas y estanterías. En ellas había sandalias, botas, pantalones de lino, camisas, faldas, vestidos... Entonces uno en especial llamó su atención; era de un tono *beige* con diminutas flores de colores: granates, azul claro, verde, amarillas... Eran tan pequeñas que apenas se apreciaban, pero ahí residía el encanto. Era de manga corta, escote de pico y tenía tres botones. Llegaba por encima de la rodilla y se estrechaba ligeramente en la cintura, tenía algo de vuelo y un tacto ligero y suave. Entonces cambió por completo el *look* que tenía en mente para esa noche y supo que iría con ese vestido.

Cuando llegó al mostrador para pagar el vestido vio unas botas de media caña, marrones oscuro, sin tacón y de punta redonda; tenían un aspecto desgastado y viejo que les daba un toque muy personal.

—Son una maravilla, muy cómodas, y le irían genial a tu vestido nuevo —dijo la chica que había al otro lado del mostrador. Nunca le habían gustado las botas, pero había algo en ellas que la hizo cogerlas sin pensar.

Cuando llegó al Lázaro estiró su nuevo vestido en la cama, se quitó el sujetador y se quedó con la ropa interior y una camiseta blanca.

Se fue al sofá y se puso a leer mientras caía la tarde. Una vez que se acabó el libro, miró el reloj de la encimera, las seis y media. Habían quedado para cenar en un restaurante mexicano al lado del *pub* en dos horas y media, tenía tiempo de repasar los vídeos del aeropuerto y darse un baño.

Se hizo un moño para que su pelo recién peinado no se mojase, llenó la bañera con agua templada, se tumbó, con una esponja llena de gel frotó los restos de cera que aún le quedaban en las piernas y se relajó con una copa de vino. Cuando llegó la hora de arreglarse, se maquilló. Se hizo la raya negra en el párpado superior y alargó un poco el final con el dedo, se puso máscara de pestañas, colorete rosa y un intenso color granate en los labios. El vestido y las botas se ajustaban a su cuerpo como si estuviesen hechos para ella, y eligió ropa interior de encaje blanco, pues el vestido tenía un rastro transparente que de momento no quería aprovechar. Le había dicho a Álex que iría andando y que le guardase un sitio a su lado si llegaba tarde.

El restaurante estaba lleno. Su ambiente desenfadado, divertido y colorista retrataba el espíritu mexicano a la perfección. Con recetas ancestrales típicas, era una feria de sabores, olores y sensaciones. Las paredes estaban llenas de color y dibujos típicos de México; artistas, músicos y demás caras se mezclaban con la comida y los mariachis. Las mesas, cada una de un color igual al de las sillas. Había banderas mexicanas en cada rincón y un ir y venir de bandejas con todo tipo de manjares aztecas.

Lara llegó de las últimas. Laia no estaba, pero las jarras de margaritas granizados llenaban la mesa. Álex le señaló su sitio y todo el mundo alzó la copa dándole la bienvenida y la enhorabuena. No quería cenar en exceso, pero los tacos, las enchiladas, el chile, el guacamole y un sinfín de platos deliciosos empezaron a llegar. Y ella no tuvo otra opción que dejarse llevar por aquel banquete picante.

Después de una gran cena y muchos margaritas se fueron al Copacabana. Como cada viernes el sitio estaba atestado de gente, y ellos, como siempre, tenían su reservado. Lara entró bailando y riendo del brazo de Álex, pero al llegar al sofá vio a Laia. Estaba impresionante, sentada en uno de los taburetes de la barra con su *whisky* escocés. Llevaba un top lencero negro metido por dentro de una falda de tubo del mismo color y unos altísimos zapatos con estampado de leopardo. Hablaba y reía con el camarero, y Lara sintió un deseo de subir su mano por aquellas piernas infinitas.

Una botella de tequila lucía en la mesa rodeada de sal y limón. Sergio le acercó uno y comenzó el ritual. En ese momento, Laia se encontraba a su altura y, cuando se dio la vuelta, se encontraron de frente.

—Enhorabuena por tu entrada. Sabía que lo conseguirías —dijo elevando su vaso.

—Claro que sí, jefa —dijo Álex mientras le tendía un chupito—. Tuviste buen ojo con ella.

—Yo nunca me equivoco —dijo Laia mientras cogía el chupito de tequila sin dejar de mirar a Lara a los ojos.

Las dos horas siguientes las pasaron bailando, riendo y felicitando a los aprobados; Camila y ella habían sido las nuevas integrantes y Enzo y Sergio habían conseguido el puesto de coordinadores de equipo, había mucho que celebrar. Y en aquellas dos horas ellas no habían parado de mirarse, de jugar a ver quién aguantaba más, pero las copas y las ganas les dificultaban mucho las cosas. Entonces, en una de esas ocasiones, Lara ya no apartó la mirada.

En ese momento Laia se acercó a su oído y rozándole con los labios dijo:

—Necesito ir al baño.

Y el camino que hizo su mejilla al separarse lo recorrió deslizándose por la de Lara. Pero al llegar a los labios, se separó y la miró con aquellos preciosos ojos verdes, llenos de deseo.

Lara solo pudo seguirla entre toda la gente que se agolpaba a su alrededor, gente que bailaba, saltaba, se reía, bebía, se besaba… Era como si una vez que cruzasen las puertas del Copacabana todos los instintos más primarios se viesen exaltados entre música y alcohol. Lo mismo que le pasaba a ella. Miraba cómo Laia se movía al andar, y como si de una fuerza invisible se tratase, la gente hacía hueco a su paso.

Cuando llegaron a los baños, la cola era larga, incluso habiendo seis cubículos. Las chicas se agolpaban en la puerta o frente al espejo retocándose. Laia pasó de largo y abrió una puerta negra más apartada, después de meter un código, donde ponía «Privado» con letras de neón blancas. Miró a Lara a los ojos mientras se mordía el labio, entró y cerró la puerta. Fue una señal clara para ella. Se encaminó de manera decidida hacia aquella puerta, agarró el manillar y la abrió. Era un baño individual de color rojo. Tenía una gran encimera con lavabo, un espejo hasta el techo que ocupaba toda la pared, y había colonias y diferentes utensilios de baño, un retrete, una estantería con toallas y jabones e incluso una ducha. El departamento tenía su propio baño privado.

Lara soltó una carcajada, movió la cabeza y se dio la vuelta. Allí estaba Laia, apoyada en la pared, cerrando el pestillo de la puerta mientras se subía la falda. En ese momento Lara se abalanzó contra ella y la besó, fuerte, dejando libre ese animal en el que Laia la convertía. Lamió su cuello, mordió su hombro y volvió a besarla.

Bajó el tirante de su top de encaje, dejando al descubierto su pecho, el cual también besó, lamió y mordió. Laia no dejaba de jadear, de agarrarle el pelo, de suplicarle sin hablar que no parara. Lara le subió la pierna y le apoyó el tacón en la encimera, cogió una de las toallas, la tiró al suelo y se arrodilló encima de ella. Empezó a besar el tobillo de Laia y recorrió con la lengua el camino que llevaba a lo más profundo de su ser. Al llegar al muslo, se dio cuenta de que esta no llevaba ropa interior, la miró y excitadísima hundió la boca entre sus piernas. Saboreó cada centímetro de piel mientras ella se deshacía en gemidos. Entonces rápidamente y sin limpiarse subió de nuevo a su boca para poder besarla y compartir el sabor dulce que tenía en los labios. Bajó de nuevo la mano e introdujo los dedos sin dificultad. Laia gimió en su boca mientras Lara no dejaba de besarla ni de moverse en su interior.

Sus respiraciones cada vez eran más fuertes, más rápidas y desesperadas, así que Lara sacó sus dedos y la acarició hasta que el orgasmo llegó, arrasándolo todo y cegándolas como la tormenta de arena de la canción de Dorian que sonaba fuera en ese momento.

Unos golpes en la puerta las sacaron del edén que habían creado en ese baño. Laia se bajó la falda sin dejar de reír y Lara se limpió el pintalabios corrido y lo remplazó por unos inocentes nuevos trazos que ocultaban toda prueba de lo sucedido allí.

Cuando abrieron la puerta era Álex, medio borracho y con muchas ganas de mear.

—Venga, hombre, jefa. Lleváis una hora ahí. Madre mía, ¿qué hacéis las mujeres tanto tiempo en el baño? Nunca lo entenderé —dijo mientras entraba y sin ninguna intención de obtener alguna respuesta.

Atravesaron toda la multitud que las separaba del reservado y se unieron de nuevo a los demás. Siguieron los chupitos y las copas hasta bien entrada la madrugada, pero Lara no podía dejar de pensar en las ganas de sentir de nuevo ese cuerpo que volvía a estar sentado en la barra.

Cada vez que bebía de su copa aspiraba el olor dulce, mezcla de colonia, crema y sexo, que aún tenía en su mano y que la incendiaba por dentro. Esta vez no se quedaría así, no sabía cuándo volvería a pasar, pero esa noche ella tenía el control.

A las tres de la mañana, el *pub* estaba en su hora punta, la gente disfrutaba y solo pensaba en seguir bebiendo y bailando. Pero Lara no, ella tenía otros planes.

Se acercó a Laia y le susurró en el oído.

—Vámonos, tengo más hambre de ti —dijo mientras su mejilla se apoyaba peligrosamente en la de ella.

Laia suspiró, cerrando los ojos y mordiéndose el labio, sacó su móvil y marcó.

—Max, ven a buscarnos al Copacabana.

Max llegó en un Audi negro todoterreno. Él era un poco más mayor que Álex. Fuerte, alto y muy americano, con el pelo canoso y ojos azules. Aún conservaba el acento, pero hablaba un perfecto castellano. Vestía un traje negro con camisa blanca, y a través de la chaqueta abierta, en el cinturón, se podía vislumbrar la brillante pistola.

Bajó del coche y les abrió la puerta de atrás. Ellas se subieron.

—Buenas noches, Max. Llévanos al Lázaro.

—Por supuesto, señorita Roch.

El trayecto hasta llegar estuvo cargado de aquella corriente eléctrica que las unía a ambas. Laia se concentraba en hablar con Max de los casos en los que estaba trabajando, a pesar del alcohol y de la mano de Lara, que subía y bajaba por su pierna.

Cuando llegaron, Lara sacó las llaves del bolso y abrió la puerta del portal. Laia se despidió de Max y este arrancó. La respiración de ambas fue acelerándose a medida que esperaban el ascensor. Cuando este por fin llegó, las dos entraron y apoyaron a la vez la espalda en el espejo. La puerta se cerró y el suspiro de Laia hizo que Lara se girase y empezase a besarla con desesperación. El ascensor se movía mientras Lara cogía entre sus manos la cabeza de ella y mordía sus labios. Laia a su vez se deshacía con cada beso y su lengua se enredaba con la de ella en una coreografía casi perfecta. Las puertas se abrieron de nuevo en la quinta planta, Lara cogió la mano de Laia y prácticamente la arrastró hasta la puerta, abrió y encendió las luces.

Laia había estado mil veces en ese piso, unas sola y otras acompañada. Sabía perfectamente dónde se encontraba todo. Mientras Lara cerraba la puerta con llave, ella se descalzó y comenzó a caminar hasta la habitación, girando de vez en cuando la cabeza y mirándola de reojo para asegurarse de que la seguía.

Cuando llegó, encendió la lámpara de la mesilla y reguló la luz hasta conseguir un ambiente tenue. Lara observaba cada movimiento desde la puerta, apoyada en el marco. Después de conseguir el ambiente perfecto, Laia fue hasta el equipo de música que había en la estantería, lo encendió y puso un disco de Kaleo, y la canción de *I Can't Go On Without You* llenó toda la habitación.

Entonces Laia miró de nuevo a Lara, esta vez fijamente a los ojos, y empezó a caminar hacia atrás muy despacio mientras ponía las manos detrás de su espalda y empezaba a bajarse lentamente la cremallera de la falda. Lara movió el cuello cuando esta cayó al suelo. Laia sacó primero un pie, luego el otro, y siguió su camino de espaldas hacia la cama. Mientras, Lara empezaba a quitarse el vestido y las botas y comenzaba a seguir sus pasos, sin dejar de mirarla fijamente. Cuando Laia llegó a la cama se tumbó bocarriba moviéndose al ritmo de la canción.

Cuando Lara llegó a los pies de la cama apoyó las manos y empezó a subir gateando. Giró la cara y rozó la pierna izquierda de Laia con los labios por el camino, haciéndole soltar un leve gemido. Siguió avanzando hasta llegar a su entrepierna. Y paró un instante en su muslo, no sabía si para contenerse o para torturarla a ella, pero la mirada lasciva de Laia hizo que subiera bruscamente hasta besarla con ferocidad.

Mientras la besaba, su mano, que había estado jugando con su pelo esparcido por toda la almohada, bajaba por su cuello hasta su hombro y deslizaba el tirante por el brazo hasta dejar su pecho al descubierto. Quedaba poca ropa entre ellas, pero la sentían arder sobre su piel.

En ese momento Laia giró el cuerpo, tumbó a Lara en la cama y se sentó a horcajadas encima de ella, entonces esta pudo ver sus ojos verdes teñidos por el placer y la locura. Laia aprovechó ese instante para bajarse más los tirantes mientras se movía en círculos encima del vientre de Lara. Con su mano se tocaba el pecho, que subía y bajaba con su respiración, cada vez más agitada. Cerró los ojos y Lara aprovechó el descuido y se incorporó para recorrer su espalda con las manos y terminar de quitarle aquel top que cubría sus ganas.

Se besaron aún más rápido, más fuerte, y se volvieron a morder sentadas en esa cama. Lara bajó su mano y la giró para poder adentrarse en ella. Laia gemía con cada embestida, se movía de arriba abajo sin parar de jadear.

Cuando Laia estaba a punto de alcanzar el orgasmo se tumbó encima de Lara y con una mano liberó su pecho izquierdo y empezó a degustarlo, haciendo que se retorciese de placer. Lara, que aún no había sacado los dedos de su interior, empezó a moverlos haciendo círculos cada vez más rápidos.

Entonces Laia perdió la poca cordura que le quedaba y empezó a morderle más fuerte, y cuando estaba a punto de correrse, bajó su mano y la introdujo dentro de Lara, que estaba demasiado mojada como para resistirse, y el alcohol, el deseo y la locura hicieron que la rapidez se descontrolara.

Y ambas se corrieron a la vez en una sublime explosión.

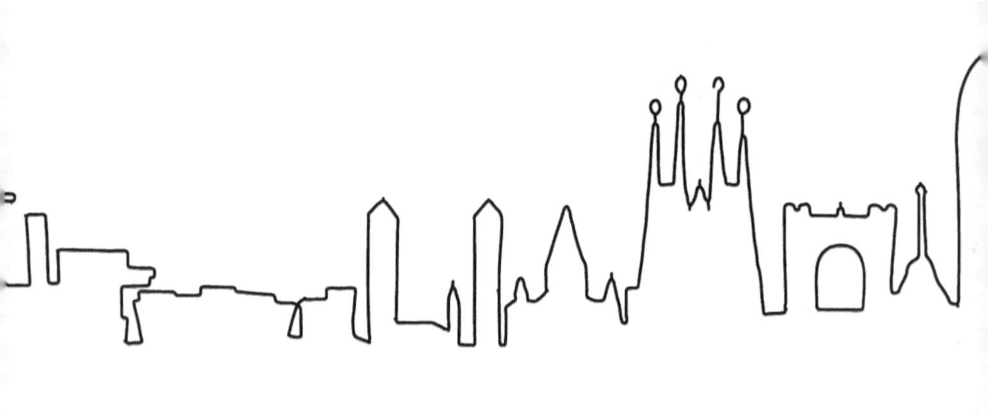

Catorce

Otro gran cambio

A la mañana siguiente Lara se despertó sola en su cama. Laia nunca se quedaba a dormir, decía que eso de alguna forma «la ataba» a la persona. Habían estado hablando, le había contado que ella no creía en la monogamia, se consideraba un espíritu libre, estaba en contra de la posesión de las personas y del término «mío».

Lara pensó en la relación que había tenido con Sandra, tan posesiva… con una exclusividad casi enfermiza. Había empezado al principio de un verano, y al final de este Lara sabía que no estaba enamorada. Intentó dejarlo, pero Sandra no le puso las cosas fáciles, era celosa y con una personalidad algo agresiva, aunque esas dos cualidades no las descubrió hasta que fue demasiado tarde. Durante los cuatro años que esperó sentir ese amor tuvo episodios de felicidad, o eso creía ella, pero que solo enmascaraban una relación tóxica para ambas. Lara se metió en su juego de celos y de encierro; habían tenido más de una pelea en la que las cosas se habían puesto feas, con algún que otro empujón y muchos insultos. Sobre todo al final de su relación, cuando empezaron a salir más con las amigas de Sandra, las del equipo de fútbol.

En su grupo había una amiga nacida en Camerún y criada entre Francia y España por sus tíos llamada Gael, con la que Lara se llevaba muy bien, y que estaba saliendo con una mujer mayor llamada Marta. También estaba Leire, una chica que llevaba tatuajes y una eterna cresta rubia, íntima amiga de Sandra. Más tarde al grupo se unió Jana, también del equipo, la mejor amiga de Gael y con la que Lara empezó a llevarse especialmente bien.

Pero Sandra y sus celos siempre lo jodían todo, por lo que poco a poco se fueron distanciando del grupo. Entonces se dio cuenta de lo refrescante que le resultaba Laia, sin mentiras, sin promesas, sin ataduras… Sonrió al darse cuenta de que aún estaba el olor de su pelo en la cama. Cogió la almohada, se llenó de él y se levantó. Notó el mareo de la resaca, así que se fue directa a la ducha. Estuvo allí largo tiempo, dejando, con un poco de pena, que el agua templada se llevase las cenizas de la noche anterior.

Había quedado con Berta después de trabajar, el lunes era uno de julio y tenían que hablar de compartir su piso. Le había contado a Laia la idea de vivir con Berta, y después de que le dijese que podía quedarse todo el tiempo que quisiera en el Lázaro y ella se negase, comprendió que aquella chica empezaba a ser independiente de verdad. Laia se encargaría de comunicárselo a los superiores y Lara solo tendría que darles la nueva dirección y estar siempre operativa.

Después de ducharse llamó a su amiga.

—Menuda resaca tengo, ¿qué te parece si comemos en tu casa y así estamos tranquilas? —dijo Lara en cuanto Berta descolgó.

—Ja, ja, ja, ja, eres una floja. Bueno, vale, pero si me amuermo nos vamos y hoy te quedas a dormir —dijo ella sabiendo que tenía muchas posibilidades de terminar por convencerla.

—Hecho. Te recojo a las dos y media, que me paso antes para coger un par de hamburguesas en el Ecologie, la tuya sé que es la Carnívora, no hace falta que me lo digas.

—Mmmm, ya sabes que me encanta la carnaza. ¡Come hierbas! —dijo Berta metiéndose con ella.

Ambas colgaron y Lara volvió a mirar el reloj, eran las doce y media. Dudó si debía desayunar o esperarse a comer, pero el rugido de su estómago decidió por ella. Se comió unas tortitas con queso y fue de nuevo a la habitación, abrió las ventanas, quitó las sábanas de la cama y esparció toda la ropa sobre ella.

No tendría que llevar demasiadas cosas al piso de Berta, una maleta grande y una mochila mediana; desde que decidió irse de casa había aprendido a llevarse lo necesario. Pensó en su madre, había hablado con ella por teléfono muchas veces desde que estaba allí, le había dicho lo mismo que a Berta y a Emma, que había empezado a trabajar haciendo prácticas en una oficina y que había superado la prueba de acceso. Acordó con ella que iría a verlos para el puente de mayo. Era mucho tiempo, pero tenía que arreglar demasiadas cosas fuera y dentro de su cabeza, y su madre sabía que debía darle su espacio.

Cogió la mochila y metió una camiseta blanca y unos pantalones cortos para dormir, el bikini y la toalla. También metió el neceser con las cosas básicas y se encaminó a la puerta. Le daría pena irse de ese piso, pero sabía que lo que le esperaba fuera sería mucho mejor, le haría más libre, y podría compartirlo con Berta.

Cuando llegó al restaurante estaba lleno, como de costumbre. La terraza tenía plantas por las que subían unos aspersores que pulverizaban de vez en cuando agua para refrescar a los que allí comían. Lara cogió una hamburguesa vegetariana para ella y la Carnívora de Berta, con *chips* de boniato regadas de especias y una botella de vino dulce.

Al llegar al BarnaStetic vio a su amiga fumando un cigarro en la puerta.

—¡Madre, qué hambre tengo! Ya está todo recogido, cojo mis cosas y nos vamos —dijo mientras tiraba el cigarro y se metía dentro echando el humo.

Pasaron la tarde en el sofá, hablando, fumando y bebiendo vino.

—He oído que lo mejor para la resaca es más alcohol, o unos callos. Pero claro, en tu caso mejor la primera opción —dijo mientras miraba su copa—. ¡Oye! Se me ha ocurrido, ¿y si vamos a la tienda de muebles que está a las afueras? Esa *vintage* de la que te hablé y de la que son prácticamente todos los muebles de mi casa.

—Me parece perfecto, vamos a ver la habitación, medimos y miro qué me gustaría poner —dijo Lara dejando su copa de vino en la mesa blanca y levantándose del sofá de un salto.

La casa de Berta era pequeña y con una decoración muy parecida a la de su local. Tenía una barra americana y un salón cuadrado que daba directamente a las habitaciones y a uno de los baños. Había un sofá blanco con cojines turquesas y un mueble bajo para la tele. En la pared, dos baldas blancas a diferentes alturas y una vitrina de cristal donde guardaba muñecos de películas de acción. Tenía además una terraza llena de plantas, con una mesita pequeña y cuatro sillas a la izquierda y un sofá de palés, y por toda la barandilla había enredadas unas tiras de bolas con luces blancas. Tenía dos habitaciones, la principal, que era la suya, con un baño propio y una gran cama con dos mesillas, y otra un poco más pequeña pero espaciosa, en la que había una cama de noventa, que era blanca con un cabecero de forja del mismo color, y un escritorio.

Lara se quedó contemplando la que en unos días sería su nueva habitación, una muy distinta a la que había tenido estos meses, sin la señora Scott, pero con Berta. Eso la hizo sonreír y darse cuenta de que, aunque esos lujos no defraudasen a nadie, quería algo más sencillo en su día a día.

Berta la sacó de sus pensamientos gritándole desde el baño con la puerta abierta mientras hacía pis.

—Oyeeeee… ¿y ese tal Álex tiene novia? Porque podría perfectamente ser yo, ¿no? —dijo con un tono curioso y picante.

—Mmm, pues yo creo que no. Lo que descubrí el otro día es que es profe… —iba diciendo Lara de camino al baño.

Allí Berta se estaba quitando con las pinzas de depilar pelos del pubis que estaban saliéndole.

—Ag, ¿en serio tienes que hacer eso así? ¡Tienes un maldito centro de estética! —dijo Lara dándose la vuelta.

—Es que me relaja y encima luego no me duelen tanto, deberías probarlo —contestó ella sin dejar de hacerlo y sin la menor vergüenza.

Y eso era lo que más le gustaba de ella, esa naturalidad que la hacía sentir como en casa, como si más que amigas fuesen hermanas, con esa complicidad y formas tan parecidas de ser, aunque la de Berta rozase la vulgaridad, pero eso al mismo tiempo le daba ese toque soez y basto que resultaba tan cómico.

—Ni loca me los quito así, prefiero el tirón, limpio y rápido —sentenció Lara.

Había un autobús que las dejaba muy cerca del polígono donde se encontraba el almacén de muebles de segunda mano. Aquella nave era pequeña y no estaba demasiado llena de gente. Berta conocía al dueño y estuvo hablando con él mientras Lara echaba un vistazo.

Lara vio una preciosa cama de 2 x 2 con la estructura sencilla y de madera, la tenían en oferta con un colchón por estrenar, y una mesilla del mismo color cuadrada, con las patas muy largas y de un solo cajón. También compró dos baldas de madera, unas sábanas y colchas blancas y cuatro plantas, dos pequeñas y dos grandes; entre ellas un cactus, que como le dijo el dueño y según las enseñanzas del *feng shui*, eran plantas que llamaban al éxito y protegían la casa de las malas energías. Acordaron que el miércoles les llevarían todo casa.

Lara quería volver andando, pero Berta era demasiado vaga para eso, así que cogieron de nuevo el autobús, del que se bajaron una parada antes para celebrar la mudanza tomándose unos cócteles en el hawaiano. Tras beberse unas cuantas piñas coladas, subieron a casa y prepararon la cena; Berta hizo una tortilla de calabacín y cebolla mientras Lara hacía de pinche.

—Oye, ¿qué estabas diciendo antes de llegar al baño? Era algo del *pibonaco* de Álex si mal no recuerdo. —Y otra vez puso ese tono de perra en celo.

—Decía que el otro día me enteré de que es profesor de surf y que da clases en la Barceloneta. La escuela es de una amiga suya, me dijo que debería probar una clase. ¿Quieres venir? Podría preguntarle cuándo va a tener la próxima y vamos juntas —le propuso Lara mientras batía los huevos.

—¡Madre mía! Yo por ver a ese hombre en bañador… ¡hago hasta ejercicio! —dijo mientras echaba la cabeza hacia atrás y sacaba la lengua fingiendo babear. Ambas rieron y más tarde se comieron la tortilla en la mesa de la terraza, sentadas a la luz de aquellas pequeñas bombillas colgadas y las calles de Barcelona.

Después de pasar el domingo en casa de Berta organizando cómo sería su nueva vida, las tareas de cada una, el precio del alquiler y demás, se fueron a la playa y estuvieron tomando el sol hasta el mediodía. Lara le pagaría un pequeño alquiler mensual y ambas pondrían un fondo para los gastos de la casa y la comida. Y como cada domingo, Berta se fue a comer a casa de sus padres y Lara volvió al Lázaro. Tenía que repasar los papeles del caso Polonia, organizar las pruebas y hacer los informes; de momento su trabajo en la oficina la obligaba a releer todo aquello una y mil veces, y aunque el caso no tenía demasiado peso, era el primero que tenía de forma oficial dentro del cuerpo.

Unos kilos de cocaína y unos pocos nombres de unas cuantas personas que estaban muy por debajo de los grandes de la organización vendrían desde Polonia en tren. Sabían que la persona a la que debían detener para interrogar se habría hecho pasar por uno de los operarios que descargaban las mercancías.

Lara organizó todos los documentos que debía llevarse a la casa de Berta. Había visto un armario empotrado donde podría guardarlos, pero no quería correr el riesgo, así que se vistió y bajó a un bazar chino que se encontraba cerca del piso y compró una caja fuerte portátil con llave.

Se quedó mirando el piso con la caja aún en la mano. Repasó cada detalle, deslizó los dedos entre las cortinas y admiró la ciudad. Luego fue a la habitación, y al pasar por el baño se acordó de la bomba de agua que tiñó la bañera. Se sentó en el Chester rojo y admiró la gran cama en la que el viernes Laia había estado tumbada. Recordó su piel, su pelo enredado en sus manos, su boca, todos los orgasmos que le había dado... y aquella corriente eléctrica la recorrió de arriba abajo una vez más.

Era su última noche en el Lázaro. Podría haberse quedado más, pero sentía que su vida empezaba a estar marcada por los cambios, y este era otro de los importantes.

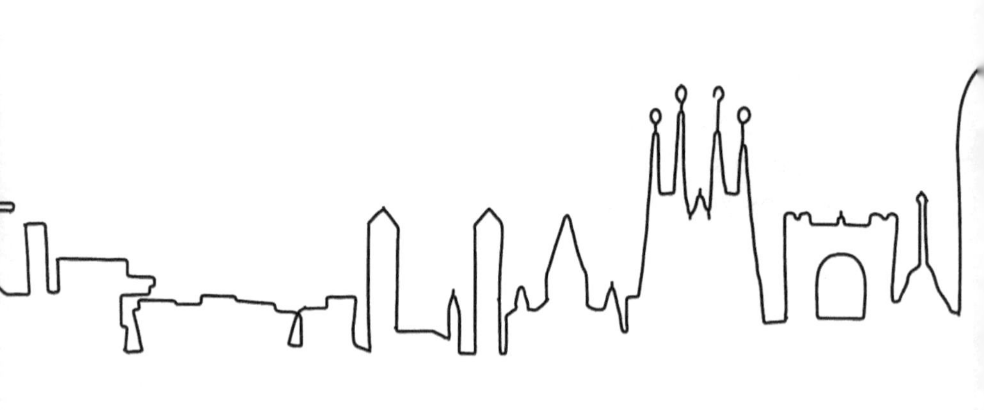

Quince

El caso Polonia y la mudanza

El lunes por la mañana Lara llegó a la oficina antes. Había comenzado la cuenta atrás para que llegase el tren; sabían que lo haría en esa semana gracias a un «chivatazo», pero aún no sabían cuándo, así que debían darse prisa. Montse la esperaba con una nueva caja de pruebas en las que había códigos de letras y números que tenía que analizar con Sergio y los demás. Estuvieron dos horas y media hasta que, de repente, Lara gritó:

—¡Es morse! ¡Tiene que ser morse! Mira, si te fijas bien, los números seis y siete se repiten en todas las secuencias; el seis siempre es uno, por lo tanto, representa el punto, y el siete, que está en grupos de tres, representa la raya.

—Pero eso no tiene ningún sentido, Lara —le cortó él.

—Sergio, por favor, hazme caso, tengo un presentimiento —insistió ella.

Sergio cogió los papeles, los llevó al proyector y los números y letras aparecieron en la pizarra.

—Chicos, venid aquí, Lara ha tenido un presentimiento de esos suyos —dijo moviendo la cabeza—. Ella cree que el número seis representa los puntos en el código morse, y el siete, las rayas. Vamos a trabajar a partir de ahí y ya vemos.

Todos se pusieron en marcha mientras Lara salía a fumar un cigarro fuera. En aquellos códigos se encontraba la hora, el día, el número y el trayecto en el que el tren sospechoso de traer un cargamento de droga llegaría desde Polonia. Cuando terminó de fumar y entró de nuevo a la oficina, el grito de Sergio la sobresaltó.

—¡Eres una puta máquina! ¡Tenías razón! ¡Es morse! El tren llegará en dos días, es el convoy 1812 y parará en Sants a las doce y treinta y cinco de la noche. Voy a llamar a los ELATE para que preparen el operativo, ¡buen trabajo! —En ese momento, Lara miró a Montse, la cual le hizo un gesto de aprobación con un ligero movimiento de cabeza.

La operación se pondría en marcha el miércoles por la mañana, doce horas antes de que el tren efectuase la parada en Sants. Debían acondicionar la oficina para que los ELATE y los demás pudiesen montar el operativo; veinte personas entrarían en aquella sala.

Laia había avisado a la central de Girona para que, cuando el tren hiciese parada allí, la locomotora tuviese un «fallo». Eso les daría tiempo para que un agente infiltrado colocase una cámara oculta. Debía hacerse en el menor tiempo posible para no levantar sospechas.

Al llegar a la estación dejarían que el tren siguiese su curso y los operarios lo abandonasen. Debían estar muy atentos a cualquier movimiento una vez se quedase vacío, ya que los traficantes esperarían a la noche, cuando este estuviese parado en las cocheras, para recoger el cargamento. La idea era hacerles creer que todo estaba saliendo como habían planeado, hasta que un equipo de los ELATE los detuviese. No sabían de cuántas personas estaban hablando ni si la táctica funcionaría, por eso debían prepararlo desde ya.

Cuando Laia apareció por la puerta iba hablando por teléfono, los saludó a todos con un sutil movimiento de cabeza, miró a Lara, sonrió y se metió en su despacho. Estuvo reunida dos horas. Primero, al teléfono; luego, con una videoconferencia. Cuando hubo acabado, salió a tomarse un café.

—¿Cómo va la preparación del operativo? —dijo mientras se apoyaba en la estantería.

En ese momento Lara se acordó de la noche que pasaron en la estación y unas ganas terribles de repetirlo la invadieron. Sabía que la manera tan sugerente en la que Laia se había apoyado allí era una exquisita forma de torturarla.

—Muy bien, jefa —contestó Sergio—, tenemos las horas fijadas y hemos programado el fallo electrónico que se enviará vía satélite al cuadro de mandos de la locomotora para que se bloquee a su llegada a Girona. Tardarán quince minutos en dar con el fallo y otros quince en repararlo. Los operarios del tren no están avisados para que todo fluya con más normalidad. —Laia asintió y miró a Enzo.

—Por nuestra parte sabemos que el cargamento debe de encontrarse en las columnas y en el techado, la única parte hueca del vagón. Sería fácil sustituir el aislante o incluso meter los paquetes o planchas entre él. Tenemos las herramientas y seré yo quien entre cuando el equipo ELATE despeje la zona —dijo mientras señalaba una maqueta con una réplica del tren.

—Perfecto, buen trabajo, equipo —dijo sin dejar de mirar aquella miniatura—. Enhorabuena, Lara, me han dicho que fue a ti a quien se le ocurrió lo del morse. Sigue así. —Esta vez habló mirándola a ella directamente a los ojos.

Laia volvió a su despacho, donde estuvo la mayor parte de la mañana. Luego tendría una comida con la unidad de Girona, donde debía preparar el operativo, así que a mediodía cogió un tren y se fue.

En la simulación, Lara volvió una y otra vez a aquel vagón y repitió varios escenarios distintos; uno en concreto le pareció más difícil que de costumbre. El objetivo era encontrar un microchip que contenía los planos de una máquina usada para perfeccionar la producción de cocaína, además de las listas de los clientes a los que estaría destinada.

Después de una hora y de comerse mucho la cabeza, se dio cuenta de que una de las tablillas del suelo de madera tenía una pequeña hendidura y no era exactamente del mismo color y textura que las demás, lo que para cualquier persona sería normal en un viejo tren de mercancías como ese, pero para ella no lo fue. Cogió la pequeña tabla virtual de madera y vio que en ella había incrustada una pequeña caja metálica que contenía aquel chip.

En el gimnasio peleó contra Camila y ganó dos de los cinco combates, pero teniendo en cuenta que ella estaba entrenada para el ELATE, era mucho. Con la cara aún pegada al suelo del *ring* y con Camila encima de ella, Mario las llamó a ambas para hacerlas pasar a la galería de tiro.

Mario había cambiado las clásicas cartulinas negras con los círculos y los números por unos torsos de silicona transparente. Ese día practicarían el tiro en movimiento, y al final de la tarde deberían de haberle dado como mínimo una vez cerca de la cabeza.

Lara se fue a su carril y cogió el arma que había en la repisa metálica, estaba fría y pesaba. Supo, por el peso, que estaba cargada con las nueve balas que contenía ese modelo de 9 mm. Quitó el seguro y apretó el gatillo sin pensarlo. La bala rozó el hombro del muñeco, produciendo un desgarro en la silicona. Aún cerraba los ojos cuando oía el estallido de la pólvora, pero sabía que si quería aprender de verdad a disparar debía tenerlos abiertos. También tenía que ser capaz de cargar el arma en el menor tiempo posible, y disponía de un cargador siempre cerca, que Mario iba reponiendo a medida que se gastaban.

Se le daba bien el juego de montar y desmontar el arma. Había aprendido a limpiarla y a sostenerla con una mano al tirar, pero su precisión a la hora de disparar al blanco indicado distaba mucho de la que tenía con el arco. No conseguía sintonizar su cabeza con el pulso, esperaba demasiado el sonido y eso la ralentizaba.

—Toma todo el aire cuando quites el seguro de la pistola y dispara a la vez que lo expulsas rápidamente —dijo Mario detrás de ella.

Lara lo hizo tal cual le había dicho él. Inhaló profundamente, fijó el blanco y dejó escapar todo el aire a la vez que apretaba el gatillo, y la bala silbó y atravesó el centro de la garganta de aquella escultura blanda para acabar estrellándose contra la pared.

Cuando Álex la recogió del gimnasio en el que él también había estado entrenando le propuso ir a tomar una cerveza. Los dos llegaron a un local en mitad de Las Ramblas que producía cerveza artesanal y tenía su propia tienda al lado. El bar contaba con hasta cien variedades de cerveza y nueve barriles rotativos para degustarla; estaban especializados en la cerveza artesanal nacional y las marcas de cervezas iban rotando según el día.

A Lara no le gustaba especialmente aquella bebida, y aunque el local fuese pequeño, era muy acogedor. Tenía las mesas y las sillas típicas de madera, las paredes de piedra le daban un aspecto de cueva y la temperatura era ligeramente más fresca dentro. Los dueños, dos hermanos enamorados de aquel elixir dorado, tenían la teoría de que el frío aumentaba el sabor de la cebada, por lo que disponían de todo tipo de mantas en las estanterías del local.

—Me voy del Lázaro. ¿Te acuerdas de Berta? Es la dueña del centro de estética al que me llevaste. Lo dejó con su novio y ahora tiene una habitación libre. Además, no quiero seguir en el piso cuando pueden usarlo para lo que se necesite. Así que recogeré las cosas hoy y me iré esta noche, y quería que fueses tú el que me acompañase.

—Vaya, algo me había comentado Laia, pero no sabía que sería tan de inmediato. Haces bien, cuanto menos le debas a la gente, mejor —dijo levantando su jarra—. Brindo por tu nueva vida y por esa clase de surf.

—Hablando de la clase de surf, cuando pase todo el caso del tren, me gustaría ir a probar, pero ¿puede venir Berta también? —preguntó Lara.

—¡Sí, claro! Tus amigas son mis amigas, recuérdalo siempre.

Cuando llegaron al Lázaro, había una nota en la isla de la cocina de la señora Scott que decía:

«Ha sido un placer tenerla aquí. Mucha suerte en su nueva vida».

Lara cogió un bolígrafo de color negro que había en el primer cajón y contestó:

«El placer es de cada uno de los que tenemos la suerte de encontrarte en nuestro paso por Lázaro».

—Tengo que hacer la maleta, no tardo nada. Puedes coger lo que quieras de la nevera, me doy una ducha y nos vamos —le dijo a Álex mientras se dirigía a la habitación.

—*No problem*, veré el fútbol, hoy hay partido del Barça —contestó mientras abría la nevera y cogía una cerveza.

Lara encendió la ducha y se metió en el baño. Sacó su móvil y escribió a Berta:

***Acabo de llegar al piso. Me voy a duchar, recojo las cosas y me voy a tu casa! O tengo que decir NUESTRA casa? Bueno, es igual, mete una botella de vino en el**

congelador, que en una hora y pico estoy allí. Besos.*

La respuesta de su amiga no tardó en llegar; solamente había un millón de emoticonos y una foto de la botella de vino.

Se duchó rápido, y mientras tenía el pelo enrollado en una toalla y el cuerpo en otra, empezó a recoger todas sus cosas de aquel baño y a meterlas en el neceser. Luego fue a la habitación y terminó de organizar las cosas que había empezado a colocar el domingo. Se puso unos pantalones Harem mostaza, una camiseta de tirantes negra y sus Vans, también negras, y salió al salón con la maleta grande y la mochila puesta.

En ese momento el Barça ganaba al Almería por 4-0, por lo que Álex estaba más que satisfecho. Era un gran forofo del fútbol, pero sobre todo y ante todo del Fútbol Club Barcelona.

Entre los dos sacaron las cosas al descansillo y Lara miró el Lázaro desde el marco de la puerta por última vez. Cuando las puertas del ascensor se abrieron en el primer piso, Alfred les esperaba en la puerta.

—Señorita Díaz, mucha suerte en su nuevo camino. Espero volver a verla pronto.

—Seguro que sí, Alfred —contestó Lara mientras le daba un abrazo y un beso en la mejilla. Como de costumbre, él no perdió la compostura, aunque su boca se ladeó, dejando ver una sonrisa.

Cuando llegaron al piso, Berta estaba en la terraza fumando, y al verlos gritó:

—¡Esperad, que bajo y os ayudo! —Entonces apagó su cigarro en el cenicero que estaba en la mesita de madera.

Berta los saludó a ambos con un abrazo, quizás demasiado efusivo para Álex, pero este le devolvió el gesto con una sonrisa encantadora.

—¡Muchísimas gracias por ayudarnos, Álex! Soy Berta, puedes quedarte a cenar si quieres —dijo mientras se apoyaba en el coche como si de un cortejo se tratase.

—Gracias por la invitación, pero tengo que recoger a unos directivos que llegan esta noche al aeropuerto, aunque te espero en la clase de surf —contestó guiñándole un ojo.

—Por supuesto, me encanta el deporte —le dijo Berta poniéndole ojitos.

—¿Desde cuán... —empezó a decir Lara hasta que Berta le dio un golpe con la maleta sin dejar de mirar y sonreír a Álex como una auténtica pirada. Ellas le dijeron que podían con todo, se despidieron de él y subieron al piso.

—¡Madre de mi vida! ¡Qué bueno está! Y qué sonrisa, y qué cuerpo, y qué olor a macho… —dijo Berta dejándose caer en el sofá.

—Ja, ja, ja. ¿Y en qué momento te ha gustado hacer deporte a ti? —dijo Lara mientras llevaba la maleta a la habitación.

—Pues desde que sé que ese hombre es profesor de surf. Y el surf, ¿qué es?, pues un deporte. Voy a abrir el vino —dijo mientras se levantaba del sofá de un salto.

Lara meneó la cabeza y empezó a meter la ropa en el armario. Miró hacia la cocina, allí Berta se peleaba con la botella para sacarle el tapón de corcho, y entonces metió la caja fuerte debajo de una montaña de ropa.

—Trae anda, que te ayudo yo —dijo Lara quitándole la botella de las manos, y de un golpe sacó el corcho, acompañado de su sonido característico.

Llenó las copas y ambas, sentadas en los taburetes de la cocina, brindaron por su nueva vida juntas.

Dieciséis

El tren polaco

El martes por la mañana Lara se despertó renovada, había estado bebiendo y comiendo *sushi* con Berta hasta tarde. Ella aún dormía y no abriría el centro hasta tres horas después. Se levantó y fue al baño. Se duchó, se vistió y salió a la terraza con el batido de coco, plátano y melocotón que se había preparado para desayunar aún en la mano, y respiró fuertemente ese olor a mar que sentía cada mañana. Álex pasaría a recogerla en media hora, y hoy se quedaría todo el día en la oficina organizando el operativo y ultimando los detalles del caso Polonia.

Pensó en Laia, volvería el miércoles temprano de Girona. Como coordinadora, ella llevaría el operativo de Sants junto al teniente Rodríguez, el jefe de los ELATE.

—¿Qué tal tu primera noche? —dijo Álex en cuanto se subió al coche. Lara usaba el asiento del copiloto, hacía mucho que no se sentía lo suficientemente intimidada para ir detrás. Además, a Álex le caía bien. Sentía que con ella podía ser él mismo, fumar, reír…

—Muy bien, sé que ha pasado poco tiempo, pero Berta es ya como mi hermana. Así que todo fluye con ella… y, por cierto, le gustas un poquito.

—¿Ah *seeeee*? Es que soy todo un partidazo, ¿eh? —le contestó él mientas se tocaba la barbilla en un plan guaperas que no le pegaba nada.

—Anda, no seas creído que pierdes todo tu encanto.

Cuando llegó a la oficina, Sergio y los demás apuntaban números y ecuaciones en la pizarra. Estaban terminando de programar el virus que dejaría parada la locomotora el tiempo suficiente para poder instalar la cámara. Al ser por vía satélite, debían tener en cuenta las órbitas de este y los posibles fallos. Para ello se habían dado un margen de error de unos once minutos, por si las cosas no salían como querían. Asimismo, un agente de los ELATE viajaría como operario en prácticas del tren para controlar el dispositivo desde dentro.

Enzo y su equipo de ingenieros montaban los equipos electrónicos que se conectarían con los micros, las cámaras y demás aparatos del operativo. También comprobaban una y otra vez los trajes que llevarían las personas encargadas de subir al tren cuando Laia diese la orden.

Los uniformes de los ELATE estaban compuestos de un mono negro ignifugo con unas armaduras corporales, sobre todo en la zona del pecho, la espalda, los codos y las rodillas; un casco; protectores en el cuello; unas gafas; unas pesadas botas militares también negras, y escudos antibalas. Además, poseían visión nocturna y sensores de movimiento para determinar, en la oscuridad, las posiciones de los posibles rehenes y los criminales dentro de estructuras cerradas. Las armas que solían llevar eran fusiles de asalto, una pistola sujeta con correas al muslo y un cuchillo sujeto en el otro. Todos y cada uno de los trajes fueron probados para evitar sorpresas.

Era una operación relativamente sencilla. Camila iría como cámara de grabación para que Lara y Montse pudiesen observar la escena e indicarle dónde buscar. Se comunicarían a través de un micro y Camila sería sus ojos y sus manos en ese tren. Estuvieron todo el día haciendo pruebas, revisando cada punto y cada movimiento del operativo que había organizado Laia.

Cuando Lara llegó al piso había una nota de Berta que decía:

«Siento que tengas que dormir sola en tu segunda noche en casa. Mi madre se ha caído y voy a quedarme aquí para ayudarla porque mi padre está de viaje y mi hermana tiene turno de noche en el hospital, ¡pero sale pronto mañana y viene a casa para recibir tus muebles! Te quieroooooo».

En el fondo agradeció que su amiga no estuviese. Quería repasar todo para el día siguiente; estaría tan cerca y a la vez tan lejos de ese tren... Sabía que era pronto para decirle a Laia que quería formar parte activa de los casos, pero se moría de ganas por volver a sentir esa adrenalina. Se duchó rápido, cenó un plato de pasta integral con salsa de pesto y se acostó.

El operativo empezaba a montarse a las ocho de la mañana, y Álex la recogió media hora antes. Iba cargada con los archivos del caso; las fotos y los planos de cada uno de los vagones y la mercancía que cada uno transportaba; el cómo, cuándo y dónde paraba; el número de operarios... Tenían un sospechoso. Un hombre ucraniano llamado Fedir Kaminski que había empezado a trabajar en la estación como personal de mantenimiento de las vías y trenes desde hacía solo tres meses. Kaminski había estado cambiando turnos para poder hacer guardia durante la noche y, además, estar en la recepción del tren. Se centrarían en él, aunque no descartarían algún cómplice de origen español.

Llegaron justo cuando el equipo ELATE empezaba a meter cajas en la estación. Ellos conseguían pasar desapercibidos pese al constante flujo de aparatos y cables, y para no levantar sospechas iban vestidos con uniformes de un servicio de organización de eventos. Por otro lado, Sergio y su equipo ultimaban detalles midiendo las coordenadas de posición del satélite a la vez que estaban muy pendientes del tiempo, porque, a pesar de ser julio, el cielo amenazaba con dificultarles las cosas con unas nubes de tormenta ensordecedoramente negras.

Enzo aseguró los micrófonos y las cámaras de vídeo para que la lluvia no las dañase. Cuando todas las cajas del equipo estuvieron en la pequeña sala, empezaron a montar los ordenadores. Siete pantallas decoraban la mesa principal donde Sergio y su equipo comenzaron a instalar los programas.

Montse y Lara, por su parte, ponían en orden los documentos en el corcho y en la pizarra de la pared: la hora de llegada del tren, el cargamento que llevaba, el recorrido… todo ello unido por líneas de lana roja que Lara enrollaba en cada chincheta que usaba para marcar aquellos puntos. A ella le gustaba hacerlo así, despejaba su mente de la pantalla del ordenador.

A las tres y treinta y cinco del mediodía Laia apareció por la puerta, los reunió a todos y les dijo:

—El tren está a nueve horas de Sants. A las doce de la noche está prevista la parada en Girona. Los diecinueve minutos que tarda el tren en llegar desde allí serán treinta y ocho debido al «fallo» de la locomotora. Hasta ese momento, seguid en vuestros puestos. Sergio ve a por comida y llévate a varios de tus chicos para que te ayuden, por favor. Lara, ven un momento a mi despacho.

Lara, que en ese momento estaba apoyada en la estantería del café, la siguió. Entró detrás de ella y cerró la puerta. Al girarse de nuevo, encontró a Laia a escasos centímetros de su cara, esta se mordió el labio y la besó. Eso la hizo retroceder y apoyar la espalda contra la puerta. Los estores del despacho estaban bajados, por lo que nadie de ahí fuera podía ni imaginarse lo que pasaba entre sus cuatro paredes. Lara bajó las manos por la espalda de Laia, recorriéndola rápidamente, para subirlas de nuevo y enredar sus dedos entre su pelo, girándole la cabeza a su antojo. En ese momento, Laia paró, le sonrió con los labios rojos y brillantes y le dijo:

—Ahora puedes seguir con lo que estabas haciendo. —Lara soltó una especie de risa mirando al techo y, saboreando la mezcla de café, salió del despacho.

Durante el resto de la tarde estuvieron haciendo el seguimiento del tren. Había empezado a llover, y eso de manera natural ya retrasaba la operación, aunque por el momento no había rayos que pudiesen interferir con la señal de la onda. Un equipo de reconocimiento se había dividido en cada una de las entradas, reforzando la propia seguridad de la estación, y dos informáticos del equipo de Sergio vigilaban en la sala de control de los trenes las cámaras de seguridad.

Cuando el tren llegó a la estación de Girona, la locomotora falló como estaba previsto. Uno de los agentes encubiertos subió con el equipo de reparación con la excusa de echar un vistazo a la mercancía de cada vagón por si había podido quedar dañada por la tormenta, y entonces los recorrió uno por uno hasta llegar al que tenía la numeración 1812. El agente informó de que el vagón, efectivamente, tenía partes de madera en el suelo, el techo y en las dos columnas centrales, todo ello reforzado con cantos de metal.

Había cajas de madera apiladas con unas letras escritas con espray negro sobre una plantilla que ponía *KRUCHY*, que significaba «frágil» en polaco. Estaba húmedo y sucio y había restos de tiras de viruta de madera, esas que se usaban para rellenar el interior de las cajas.

Colocó la cámara detrás de unos listones rotos de la pared del fondo y siguió avanzando por el resto de los vagones. También informó de que, cuando volvía a la locomotora para terminar de ayudar en la reparación, un hombre le había cortado el paso increpándole en polaco que qué hacía allí, lo que le pareció sospechoso. La cámara de vigilancia que el agente había colocado en el vagón captó minutos más tarde a aquel mismo hombre entrando en el 1812 y observándolo todo con atención.

En ese momento, todo el operativo de Sants se quedó callado. El hombre miró directamente a la cámara, pero dio media vuelta y se fue, y entonces el aire volvió a circular por cada uno de los pulmones de todos los presentes en aquella oficina. Pasados unos minutos, el tren volvió a funcionar. En cuanto la locomotora se reinició, todo el equipo ELATE se puso en movimiento, empezaron a vestirse y todo se sumió en un caos totalmente organizado.

Lara miraba de un lado a otro, invadiéndose de aquella excitación colectiva, y vio cómo Laia se ponía un chaleco antibalas y se recogía el pelo en una larga coleta. En ese preciso instante sus miradas se cruzaron, y entonces Laia le guiñó un ojo en señal de que todo saldría bien.

—Está bien, equipo. Los ELATE, tomad posición de los trenes que ya estén parados. Por lo que sabemos hay dos sospechosos: Kaminski en tierra y el polaco del tren. No sabemos si hay más, pero hasta que no se despeje el tren no daremos «luz verde». Enzo, tú entrarás con ellos para incautar el material, y tú, Camila, debes ser los ojos de las buscadoras, ellas te dirán qué coger y cómo cogerlo. ¿Alguna duda de la táctica?

—¡Ninguna! —gritaron todos a la vez.

—¡¡¡*Is mise thu!!!* [1] —acabó gritando Laia, como siempre que conducía un operativo.

Salieron por la puerta de atrás, que daba a un pasillo, el cual desembocaba en una gran puerta blindada que daba acceso a las vías, donde dormían los trenes. La noche era cerrada y llovía. La tormenta estaba en su punto más álgido y los rayos ya iluminaban un cielo sin luna.

---

1 «Yo soy tú», en escocés.

Lara, Montse y los demás se quedaron pendientes de las cámaras y de los micrófonos y viendo la escena como si de una película se tratase. Montse comunicaba directamente con Camila e iba repasando los detalles del tren. Habían hecho un mapa del vagón a raíz de las imágenes de la cámara y del testimonio del agente infiltrado.

El tren llegó a la una menos cuarto de la noche. Las cámaras nocturnas les permitieron ver cómo todos los operarios bajaban del tren. El protocolo de actuación indicaba que todos debían pasar primero por control de aduanas, y los peritos no vendrían hasta las ocho de la mañana para ver que toda la mercancía estaba en buenas condiciones para poder entregarla en los diferentes puntos de Barcelona. Pero aún tenían que esperar a que Kaminski se saltase el protocolo y subiese al vagón, entonces él les conduciría a las pruebas.

Cuando este pasó el control de aduanas, se fue al cuarto donde se cambiaban los empleados. A los quince minutos volvió vestido con el chaleco de seguridad, le tocaba hacer la ronda. Los vigilantes de seguridad no debían subir a los trenes, solo asegurarse de que nadie se acercase. Cuando llegó al vagón 1812 miró debajo de este, dijo una palabra en ucraniano y volvió a incorporarse, sacó una llave y abrió el candado de la puerta corrediza.

En ese momento Laia dio «luz verde» mediante un gesto con el brazo para poder entrar, rodearon el vagón y aseguraron el perímetro. Entraron sin pensárselo dos veces cuando Kaminski empezó a manipular las cajas.

—¡¡¡Alto, al suelo!!! ¡¡¡Fuerzas especiales!!! ¡¡¡No se mueva!!! —gritó Rodríguez mientras los demás lo acompañaban y apuntaban al sospechoso.

Este se giró, sacó su arma y empezó a disparar. En ese momento Laia fue por detrás, abrió la puerta del fondo del vagón y sorprendió a Kaminski, que levantó las manos cuando sintió la pistola de Laia en la nuca.

—No te muevas o te juro que te tragas las nueve balas —lo amenazó mientras que con la otra mano lo esposaba, y dos integrantes del ELATE se lo llevaron detenido.

Cuando todo estuvo despejado Laia prosiguió con la búsqueda. Camila la seguía, acompañada de Enzo, ambos debían ir juntos. Laia apuntó al interior con una linterna; ahora que podía centrar toda su atención en ese vagón se dio cuenta de que estaba húmedo y olía a sal. No tenían tiempo que perder y empezaron a mover las cajas con cuidado.

—Los documentos deben de estar en las cajas situadas en la zona central, protegidas de golpes por las demás, seguramente haya un espacio que simule una bolsa de aire; y me atrevería a decir que hay alguna anclada al suelo —dijo Montse por radio a Camila.

Esta comunicó a los demás que debían encontrar las cajas que tuvieran esas características. Además, también deberían tener algún detalle visual que las caracterizase nada más verlas. Uno de los chicos encontró una en la que las letras estaban algo más finas y difuminadas.

—Agente Roch, tenemos algo.

Laia, junto con Camila, se acercó a la caja que él había señalado. En ese momento Enzo manipuló la caja de tal manera que no sufriese desperfectos, la abrió con cuidado y en ella se encontraban dos discos duros metidos en unas pequeñas vasijas de cerámica. Pudo apreciarlos gracias al pequeño escáner de rayos X en el que había estado trabajando.

—Camila, mira en las tablillas del suelo y en las columnas, pero no en la zona de madera, sino en la parte metálica —dijo Lara a través del micro.

—Chiquilla, la madera es más fácil de manipular —la cortó Montse.

—Ya lo sé, a eso se agarran, y con la humedad que hay

desde Polonia hasta aquí sería muy arriesgado. No sabemos desde cuándo lleva el cargamento en ese vagón. Por favor, Montse, hazme caso —le suplicó Lara.

La mujer la miró con recelo hasta que el sonido de una bala las devolvió a la realidad. El hombre polaco que había grabado la cámara de seguridad después de que fuese colocada en el vagón y tuviese el encuentro con el agente en Girona salió corriendo de detrás de otro tren situado en el flanco izquierdo del que ellos ocupaban, rodó por debajo del vagón y comenzó a disparar. Un agente del equipo ELATE salió con los documentos obtenidos y los protegió hasta llegar a la puerta. Allí, uno de los ingenieros estaba esperándole para abrirla y poder verificar que estuviese en condiciones de que los informáticos desencriptasen la información.

Laia empezó a disparar hacia abajo, puesto que las tablas del suelo eran de madera y las balas de aquel hombre podían herirles. Entonces Rodríguez aprovechó la distracción del hombre y se tiró al suelo, quedando a su altura y apuntándole directamente entre los ojos. Él dejó de disparar.

En ese momento Camila bajó del tren y Lara pudo observar gracias a la cámara que ella llevaba adherida al traje que en el momento de la detención el sospechoso no dejaba de mirar al mismo sitio donde antes lo había hecho Kaminski.

—Camila, por favor, sitúate en la parte de abajo del vagón y déjame ver lo que hay —le dijo por radio.

—Sí, claro, Lara. ¿Qué es lo que estoy buscando? —contestó ella mientras se metía arrastrándose.

—Creo que debajo de ese tren está el microchip que contiene los nombres de los clientes. Ambos sospechosos han estado muy pendientes, y he traducido las palabras que dijo Kaminski cuando miró hacia abajo, *tam idziesz*, que significa «ahí sigues», por lo que ahí tiene que haber algo, estoy segura —dijo Lara.

—¡Lara! Hay una especie de caja metálica que parece estar soldada y que no aparecía en los planos originales del tren, podría ser algo —dijo Camila.

En ese momento Lara se levantó de la silla, golpeó la mesa y gritó «¡Sí, lo tenemos!», y el resto del departamento que allí se encontraba aplaudió y gritó como ella.

Al mismo tiempo, en el vagón se había encontrado el cargamento de cocaína que se hallaba envuelto en un material que los rayos X no habían atravesado, pero que la máquina de Enzo sí. La operación había sido todo un éxito, se había incautado el suficiente material para entregar a la policía.

Cuando Lara llegó a casa eran casi las tres de la madrugada. Berta dormía, pero se habían estado mandando mensajes durante todo el día, y Lara le había dicho que tenía una cena benéfica de la empresa para recaudar fondos y que llegaría tarde.

Entró despacio en la habitación y se emocionó al verla, parecía completamente nueva. Sus muebles estaban montados, la cama hecha y sus plantas colocadas; en cada rincón se respiraba paz.

En su escritorio estaba su portátil con un paquetito envuelto en papel marrón y atado con una cuerda, se acercó y lo cogió. El tacto era blando y desprendía un olor azucarado. Quitó la cuerda con mimo y cerró los ojos al ver el *croissant*, que parecía recién horneado.

Junto al paquete había una nota escrita a mano que decía:

«Para que todos tus sentidos se sientan como en casa. Bienvenida a tu nueva habitación. Con cariño. Berta.

»P. D.: También sirve para la resaca».

Se agarró a ese sentimiento de serenidad y calma que le transmitía ese lugar. Sonrió y, por segunda vez desde que llegó a Barcelona, sintió una casa nueva como suya.

Diecisiete

Armarios y tablas de surf

El ruido de una taza rompiéndose contra el suelo despertó a Lara. Miró su móvil, las nueve de la mañana.

—¿Todo bien? —gritó sin levantarse de la cama.

—Sííí, ¡todo controlado! —le contestó Berta desde la cocina.

Después de escuchar cómo esta recogía los pedazos y los terminaba de barrer, su puerta se abrió y apareció Berta con unos pantalones cortos negros y una camiseta de tirantes blanca con flores. Llevaba su larga coleta lisa recogida en un moño alto e iba descalza.

—Tú, perdona por despertarte. ¿Qué tal la gala de anoche? ¿Desplumasteis a un montón de *abueletes* pijos? —dijo apoyándose en el marco de la puerta y bebiendo un batido de frutas. Lara se revolvió entre las sábanas y se quedó sentada en la cama.

—Meh, más o menos, ya sabes que cualquier motivo es bueno para soltar la pasta mientras beben Moët & Chandon, pujan por viajes en yates y fines de semana en cabañas de lujo en los Alpes franceses —dijo Lara haciendo un mohín.

—Madre mía, chica, con menuda gente te codeas, ¡¿eh?! —contestó Berta mientras se sentaba a su lado en la cama. Lara le robó el batido de frutas y ambas estuvieron hablando un rato. Berta, como cada día, abriría el BarnaStetic, y Lara tenía el día libre.

Una vez incautado todo el material, debían pasárselo a la policía. Ellos se encargarían del tema judicial, y de eso se ocupaba Laia, ya que ella sí que pertenecía al cuerpo policial y era la intermediaria entre ellos y Lázaro; así que dados los acontecimientos del día anterior, hoy estaría de reuniones.

Como cada jueves, Álex estaría en la playa con las clases de surf, así que decidió que se pasaría más tarde. Cuando Berta se fue a trabajar, Lara se levantó y se duchó rápidamente mientras su pan se hacía al horno. Con el pelo recogido en una toalla trituró un aguacate con la batidora y lo extendió en el pan caliente con un chorrito de aceite y sal. Después de desayunar preparó su bolsa de playa. Se puso el bikini, un pantalón vaquero corto que le quedaba algo grande y una camiseta sin mangas negra.

Recogió la habitación, se calzó las Converse y salió a la calle. El calor que se respiraba ya a las doce era bochornoso. Llegó a la Barceloneta en media hora, ya que por el camino se estuvo entreteniendo en el mercado comprando fruta fresca y recorriendo los mercadillos de Las Ramblas, embriagándose de aquellos olores y de la gente que allí se agolpaba. La playa, como siempre, estaba a reventar. Caminó por el paseo sorteando motos eléctricas, patinetes y bicis.

Cuando llegó a la zona de surf Álex no estaba allí, quizás era pronto. Lo había llamado, pero este no había cogido el teléfono; esperaría su llamada mientras tomaba el sol. Llevaba un rato tumbada cuando de la cabaña del club salió una chica con una tabla azul bajo el brazo. Era más o menos de su estatura, delgada pero fuerte, y con el pelo corto y rizado que le caía por la frente. Tenía unas grandes espirales negras en las orejas y un *piercing* de aro con dos bolitas bajo el labio. Llevaba un neopreno de pantalón corto y manga larga. Al pasar por su lado, la miró y sonrió mientras se dirigía al mar para surfear. Entonces supo que era Elena.

Lara se giró para poder mirarla, se lio un cigarro y disfrutó de cómo aquella chica surcaba las olas. Se le daba muy bien, de ahí que fuese profesora, aunque quizás lo hacía incluso mejor sabiendo que ella la miraba, y de repente tuvo muchas más ganas de recibir esas clases. El sonido del móvil la sacó de sus pensamientos. Era Álex.

—Buenos días, señorita. ¿Qué tal ha dormido la princesa después de su primer combate? —dijo mientras bostezaba.

—No me puedo creer que te hayas levantado ahora mismo —dijo Lara negando con la cabeza.

—Peeerrrdona, bonita, pero esta mañana he tenido que llevar a Laia al aeropuerto porque Max estaba con los jefazos, así que no me jodas que llevo desde las seis en pie.

—Ja, ja, ja. Perdone usted, majestad, no sabía que fuese tan cumplidor —bromeó ella intentando disimular la decepción de que la pelirroja estuviese otra vez de viaje.

Sabía que tendría que ir a Polonia por los documentos, pero pensó que primero los trataría con el departamento español. Aunque conociendo a Laia, seguramente lo habría hecho ya. Era sorprendente lo poco que dormía y, aun así, sus reflejos y su cara eran perfectos.

—Anda, no llores, el caso es que estoy aquí en la playa, donde pensaba verte para que me dieses unas cuantas clases de esas que dices que das. Pero veo que tendré que quedarme con las ganas y sola en este día de verano, aunque con unas buenas vistas, claro está —dijo Lara exagerando el victimismo.

—Oye, oye, que hoy no me toca currar allí, pero si quieres puedo decirle a Elena que te dé clases, o lo que tú quieras… —dijo Álex con un tono pícaro.

—Ja, ja. No sé a qué te refieres con «lo que quieras», pero yo quiero que seas tú quien me dé las clases, no quiero molestar a los mayores —dijo Lara desviando la atención, no quería hacer el ridículo delante de Elena. Esa chica había captado su atención y su curiosidad. Finalmente, quedó con Álex para comer en su casa y así poder averiguar más sobre ella con la excusa de enseñarle el nuevo piso.

Estuvo toda la mañana viendo cómo Elena daba clases a los niños y a los mayores, cómo serpenteaba las olas y cómo se apartaba los rizos de la cara con un movimiento de cabeza cuando una de estas la zambullía.

Empezó a recoger sus cosas y, cuando hubo terminado y se dio la vuelta, Elena pasó por su lado en dirección a la cabaña. Se había bajado el neopreno y llevaba un sencillo bikini negro. Al pasar por su lado la vio sonreír, esta vez sin mirarla.

De camino al piso pasó por el puesto de Matías y compró empanadas. Chancho le chupó los dedos de los pies y ella le correspondió rascándole la oreja. Cuando llegó, llamó a Berta y le contó lo de la playa y que Álex vendría a comer.

—Maldita perra infame, justo el día que no puedo ir porque tengo clientas vas e invitas al titán a comer.

—No te preocupes que lo invito otro día, tú no sufras —contestó ella mientras sacaba ingredientes de la nevera para hacer una ensalada.

—Eso espero, o te sacaré esos bonitos ojos marrones y te los haré comer mientras te depilo el *chumino* —dijo bajando la voz, seguramente porque estaría entrando en la cabina y colgó.

Lara preparó una ensalada de canónigos con queso de cabra a la plancha y sirope de frutos rojos, a la que añadió pipas y pistachos machacados. Metió las empanadas al horno para calentarlas y preparó una jarra de granizado de margarita, como el que servían en el restaurante mexicano.

Álex llegó a los quince minutos, ambos se abrazaron y comieron en la terraza. Estuvieron hablando del caso Polonia, de cómo Lara había sorprendido una vez más y de lo bonito y acogedor que era aquel piso.

—Oye, y Elena… ¿tiene… novio?, ¿novia? —preguntó Lara mientras bebía un trago de granizado.

—Ja, ja, ja. No te andas por las ramas, ¡¿eh?! —dijo Álex mientras se servía otro margarita y Lara se encogía de hombros—. Pues la verdad es que no está con nadie, todos en el grupo pensamos que le van las tías, pero ella nunca se ha pronunciado al respecto. Así que no puedo ser de más ayuda. Pero ¿por qué no lo averiguas tú? —le preguntó mientras cogía el móvil.

Al momento, el teléfono de Lara vibró y pudo ver en la pantalla que Álex había compartido un contacto con ella por WhatsApp. Se metió y leyó «Elena surf». Miró a Álex con la boca abierta y sonrió.

—Quien no arriesga no gana, morenita —dijo mientras alzaba su copa.

Cuando Álex se fue, Lara se tiró en el sofá después de recoger la mesa. La jarra de margarita le había subido un poco. Miró su móvil, lo cogió y guardó el contacto de Elena. Se fijó en su foto de perfil, en ella se veía lo que parecía ser su mano llena de pulseras plateadas sujetando la misma tabla de surf que había estado usando esa misma mañana. Y en su estado una simple pregunta: «¿Imposible o improbable?».

Aquella frase le hizo gracia, o puede ser que fuesen los margaritas, pero casi sin pensarlo abrió la conversación y escribió únicamente la misma pregunta que acababa de leer.

La respuesta no tardó en llegar.

Hola, ¿quién eres?

Lara, con un cosquilleo en el estómago, contestó.

Soy Lara, nos hemos visto hoy en la playa. Álex me ha pasado tu número, soy su compañera de trabajo. Estaba interesada en clases de surf, pero tu frase me ha llamado la atención. ¿Qué es imposible o improbable?

Lara dio a enviar mordiéndose la parte interna de la mejilla. La excusa de querer información le había salido sin más, pero tiró un anzuelo que estaba deseando que Elena atrapase.

Ella se conectaba, pero de repente se desconectaba y volvía a conectarse. Hasta que apareció un *«Escribiendo…»*, y luego paraba para después volver a escribir. Parecía como si borrase lo que había escrito o, quizás, no sabía muy bien qué contestar. Pero una vez más se demostró que el ser humano es curioso por naturaleza y que, cuando hay cebo, el pez suele picar.

En la vida hay cosas que directamente son imposibles y otras que, aunque lo parezcan, solo son improbables.

Y en ese momento empezaron a hablar de su vida, del surf, del cuerpo, de las cosas que eran imposibles y de las que eran improbables… Lara sentía cómo Elena tenía curiosidad por ver dónde la llevaba todo eso, pero a su vez ponía una barrera entre ellas que Lara estaba dispuesta a intentar derribar. Estuvieron escribiéndose hasta que Berta llegó.

—¡Buenas tardes, compañera de pisoooo! —gritó ella cuando entró por la puerta, pero al ver la jarra de margarita secándose en la pila su expresión cambió y entornó los ojos amenazante—. Encima has estado bebiendo sin mí… —dijo fingiendo lloriquear.

—Venga, aaaanda, no te preocupes, que nos cambiamos y nos vamos al hawaiano y te invito a lo que quieras —dijo Lara mientras se levantaba y abrazaba a su amiga.

Berta, aún con la cabeza en el hombro de ella, dijo:

—Vale, pero me debes un cita con el tío bueno.

Lara también se cambió, se puso una falda roja de gasa y una camiseta negra que le caía ligeramente por un hombro, se calzó las cuñas y se onduló el pelo.

Fueron al Ecologie y se tomaron la primera allí. El *after work* de ese día era italiano y el cóctel que ofrecían era el llamado Bellini (zumo de melocotón y vino *prosecco* servido en una copa de champán) y unos saquitos de pasta casera rellenos de pera y queso con salsa de trufa. Después, en el hawaiano, Berta se tomó su clásica piña colada; Lara, en cambio, prefirió seguir con el toque afrutado del melocotón y escogió el cóctel Atardecer (ron blanco, zumo de melocotón y de naranja, granadina y hielo picado).

Cuando Berta fue a pedir a la barra otra ronda, Lara la vio hablando con un chico. Ella no dejaba de gesticular y de reírse y él parecía encantado susurrándole cosas al oído. Se acordó de Elena y de la conversación que habían tenido sobre lo mucho que ella disfrutaba con una copa bien fría de Bacardí Mojito, entonces Lara cogió el móvil, hizo una foto a su copa y se la envió.

Me he acordado de ti, no es Bacardí, pero entra igual de bien.

Al cabo de un rato Elena contestó. En el mensaje había una foto de su mano sosteniendo una botella en su piscina iluminada.

Yo también me beberé una por ti, aunque esos cócteles sean de niña buena.

Esa forma de tratarla le hacía gracia; aunque Elena era tres años menor que ella, siempre parecía mucho más serena y adulta. La interrupción de Berta en la mesa, que casi vuelca, borró a Lara esa sonrisa que tenía mientras miraba el móvil.

—*Chocho*, te presento a César, es músico y su banda toca en un local de aquí al lado. Mañana dan un concierto y nos ha invitado —dijo ella mientras se sentaba en sus piernas y se agarraba a su cuello.

César era más bien bajo, calvo y con barba. Llevaba unos vaqueros ajustados y una camisa de cuadros negros y rojos. Tenía un pendiente en la oreja y aires de típico niñato creído.

Mientras Lara recuperaba la estabilidad de la mesa, le dijo que sí, que al día siguiente irían al concierto. Ellos estuvieron enrollándose durante el resto de la noche, pero los demás integrantes del grupo, mucho más majos que él, se habían sentado en su mesa y le daban a ella conversación. Su grupo se llamaba Caesar, llevaban juntos cinco años y César era el vocalista. Era un tío aparentemente simpático, pero que presumía de cosas de las que no tenía que presumir, como, por ejemplo, que su ex le había denunciado por malos tratos, aunque él decía que estaba loca y la acusación al final no había llegado a nada, o que se codeaba con los más chungos de Barcelona.

A las dos y media Lara desenganchó a Berta de César y volvieron a casa.

—¡Madre mía, nena, qué hombre! —dijo Berta cogiendo una botella de agua de la nevera—. Es un poco bajito para mi gusto, pero bueno, no me pondré tacones y ya está. ¡Y por lo que he podido tocar la tiene gorda! —dijo mientras se relamía.

—¡Berta! ¡Dios, tía, eres una cerda! Solo piensas en pollas —le contestó Lara dándole un manotazo en el hombro.

—Sí, ¿qué le voy a hacer?, me gustan demasiado. ¿Tendré un problema? Puede que sea ninfómana o *polladicta* —dijo poniendo cara pensativa.

—Lo que eres es una cerda, sin más. Me voy a la cama que mañana trabajo, y tú deberías hacer lo mismo —le gritó Lara mientras se metía en la habitación.

Cuando se metió en la cama y puso el despertador vio que tenía un mensaje de Elena:

Buenas noches, novata.

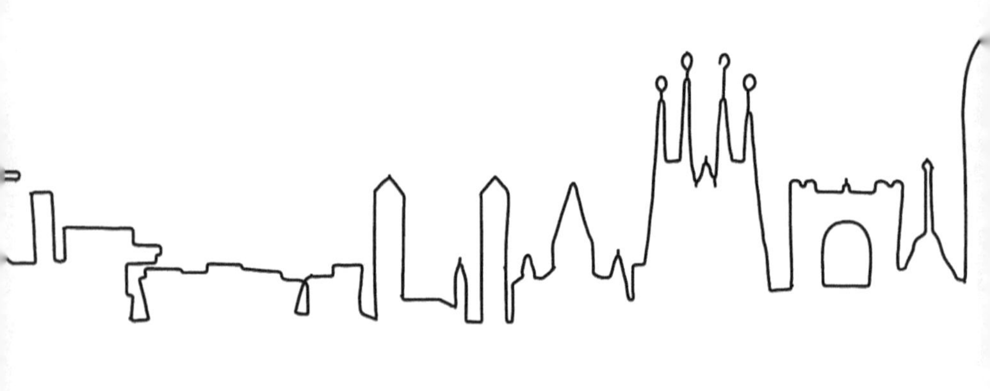

Dieciocho

Villa Igiea

Álex pasó a recogerla para llevarla a la oficina, aunque primero tenía que ir a buscar a Laia, su vuelo llegaba en media hora y Lara lo acompañaría. Había estado distraída con Elena, pero el recuerdo del cuerpo de la pelirroja le devolvió ese calor interno que deseaba apagar. Cuando pensaba en ella su instinto más profundo volvía a salir, como una quimera que espera a ser despertada.

Laia… Y de repente sentía de nuevo la sed por su sangre. Era ese ir y venir lo que mantenía el fuego entre ellas.

Cuando llegaron al aeropuerto su avión acababa de aterrizar, así que Álex la llamó para decirle que habían llegado.

—Jefa, ya estamos aquí. Sí, viene conmigo. Perfecto. Nos vemos allí. —Y colgó.

Pasados cinco minutos las puertas de salida se abrieron y sus rizos anaranjados brillaron una vez más bajo el sol. Llevaba puesta una falda de tubo gris con una americana a juego, una camisa blanca, unos tacones de aguja y un maletín marrón antiguo a juego con los zapatos.

Lara se bajó del coche para dejar que ella fuese delante, pero Laia no paró hasta llegar a la puerta del copiloto, y ambas volvieron a quedarse a escasos centímetros, respirando el mismo aire.

—Bienvenida, pelirroja —le dijo Lara al oído mientras le dejaba sitio para que pasase dentro.

Laia, por su parte, se limitó a sonreír de esa manera tan provocativa y a rozar su cuerpo con el suyo al meterse en el coche. El trayecto a la oficina fue rápido, y aunque Laia estuvo hablando por teléfono casi todo el tiempo, el retrovisor dejó constancia de las ganas que sentían de volver a besarse.

Álex las dejó en la estación y quedó en que volvería a por Lara cuando tuviera que llevarla al gimnasio y a la simulación. En la puerta encontraron a Enzo, que estaba fumando y esperaba a Laia para poder reunirse con ella y hablar sobre la máquina de rayos X que había utilizado en el tren, un proyecto muy ambicioso del equipo de ingenieros y en el que se había invertido mucho presupuesto.

Los tres entraron en la oficina, donde los demás estaban trabajando. Laia y Enzo se fueron directamente al despacho y estuvieron reunidos más de dos horas. Lara estuvo haciendo investigaciones sobre pequeños delitos e informes para mandarlos a la policía.

Cuando Enzo salió, le dijo a Lara que entrase. Laia estaba sentada en su mesa. Se había quitado los zapatos y desabrochado los dos botones superiores de la camisa. Al acercarse, Lara pudo comprobar cómo el sujetador lencero color granate asomaba más abajo. Entonces se dejó caer lentamente en la silla que había al otro lado del escritorio.

—¿Querías algo de mí? —preguntó con un tono demasiado sugerente.

—Mmm, quiero demasiadas cosas de ti, pero por el momento quería darte la enhorabuena por tu aportación al caso. La rapidez con la que gestionaste la información y esa intuición innata que tienes nos hicieron ahorrar mucho tiempo, y en situaciones como esas el tiempo es crucial. Por eso quiero que me acompañes este fin de semana a Sicilia. Estamos investigando un posible contrabando vía marítima de un eslabón de la Cosa Nostra, una de las principales mafias de Italia. Tenemos fuentes que indican que un barco que saldrá a finales de agosto desde Barcelona llevará algún tipo de documentos falsificados —dijo mientras se recostaba en la silla y cruzaba las piernas de una forma muy sexi.

Lara sintió un nudo en el estómago. Un fin de semana en una isla italiana con Laia. Era lo único en lo que pensaba. Luego se dio cuenta de que todo iba más allá. ¿Era una especie de premio? ¿O una excusa de Laia para poder volver a saltarse las normas? En realidad le daba igual. Por fin podría salir de la oficina y ser parte activa en la investigación de alguna forma.

—Vaya, no sé qué decir. Supongo que gracias por la oportunidad de poder involucrarme de esta forma en el caso, sé que las buscadoras no suelen hacer estas cosas. Pero estaré a la altura… en todos los sentidos. —Y eso último lo dijo en ese tono calmado que precede a la tempestad.

Laia se incorporó, apoyó las manos en la mesa y, mirándola fijamente a los ojos, susurró:

—No tengo la menor duda.

Después de su entrenamiento en el gimnasio, sus prácticas de tiro y la simulación, Lara decidió que volvería andando a casa. Pero antes pasó por BarnaStetic, eran las cinco y media y Berta le había dicho que no tenía demasiada gente, así que fue para prepararse para el fin de semana. Vio a Emma en la recepción, terminó el cigarro que estaba fumando y le dio un abrazo cuando entró.

—Buenas tardes, Emma, necesito un corte de pelo y de paso peinar, *porfi*. Este fin de semana tengo un viaje de empresa a Sicilia y tengo que preparar las cosas. Además, esta noche es el concierto y, si no, no me va a dar tiempo de hacerlo en casa —dijo mientras se ponía el pelo en la cara.

—¡Claro que sí! Y si quieres mientras tienes la mascarilla puesta te pinto las uñas. Berta está en un tratamiento de dos horas, así que vamos haciendo tiempo, ¡que luego nos vamos de concierto! —dijo mientras cogía el teléfono fijo por si llamaban y cerraba la puerta con llave.

—¡Genial! Me salvas la vida, de verdad.

Las dos bajaron las escaleras. Una vez abajo, Emma le cortó un poco las puntas y le onduló el largo pelo. Mientras estaba con la mascarilla, le pintó las uñas de su ya permanente negro. Cuando estaba terminando de ponerle el brillo, entró Berta, apoyándose en el marco de la puerta.

—Dioooos, estoy muerta, esa señora ha chupado toda mi energía. Menos mal que esta noche si todo sale bien seré yo quien chupe otras cosas —dijo mientras hacía movimientos obscenos con la mano.

Lara y Emma se rieron al ver a Berta bailando a la vez que subía las escaleras, y cuando la clienta de Berta se hubo marchado, entre las tres recogieron y se fueron andando a casa. Se cambiarían en el piso e irían directamente al concierto.

Berta se puso un mono negro con la espalda al aire y unas cuñas, su enorme coleta y los labios rojos. Emma llevaba un body de rayas, que dejaba ver sus tatuajes de flores en los brazos, unos pitillos negros y deportivas con plataforma blancas. Lara se había puesto unos vaqueros negros cortos y bastante rotos, una camiseta de los Beatles blanca y las Converse. Estaba claro que era la noche de Berta y sus amigas le dejarían llevar la voz cantante.

Cuando llegaron al garito, que estaba tres calles más abajo del hawaiano, había una cola larga. Ellas figuraban en la lista, así que pasaron directamente. El *pub* tenía una luz tenue y era diáfano y con las paredes de madera, llenas de fotos en blanco y negro de todos los conciertos que allí habían tenido lugar. La sala estaba rodeada de sofás rojos y mesas bajas, con una barra que ocupaba todo el lateral izquierdo con un proyector y un escenario al fondo. Detrás de él, unas grandes letras de neón en rojo con el nombre del *pub*: Intruso.

Les habían puesto un sello en la mano que les daba derecho a un par de copas y tenían un reservado en primera fila con una botella de Brugal, el favorito de Berta. «Vaya, sí que quiere que Berta se la chupe bien», pensó Lara.

A las diez empezaba el concierto y la sala estaba llena. Casi todo el mundo parecía amigo de César y su banda, ya que cuando él salió al escenario todos empezaron a silbarle y aplaudirle, incluidas muchas de las chicas que allí estaban. Antes de empezar a tocar, miró a Berta y le guiñó un ojo.

El concierto duró dos horas, las canciones generalmente eran de amor y desamor y de estilo pop, *rock* y rumba. Él tenía una voz rasgada muy del estilo de Melendi. No era el tipo de música que a Lara le gustaba, pero el ver a su amiga disfrutando de aquella manera le era suficiente. César había hecho muchos guiños a Berta con sus canciones, pero había algo de él que a Lara no terminaba de convencerla. Esa forma de agarrar a su amiga tan posesiva y esos comentarios de machito no le hacían ninguna gracia. Pero, al fin y al cabo, era el rollete de Berta y ella no se iba a meter, al menos de momento.

A las doce y media Lara decidió irse a casa. Su avión salía el sábado a primera hora y aún tenía que hacer la maleta, pero dado el fin de semana que le esperaba tampoco pretendía meter demasiada ropa. Se despidió de sus amigas y el resto del grupo y se fue.

Durante la noche estuvo escribiéndose con Elena, ella estaba en una fiesta en la playa y se habían estado mandando fotos y bromeando. Siempre que Lara intentaba dar un paso más, ella levantaba su muralla, que luego derribaba para después volverla a construir.

Cuando llegó se dio una pequeña ducha sin mojarse el pelo recién peinado y metió en la maleta ropa interior, unos pantalones pitillo, una camisa para la reunión y un par de pantalones cortos y camisetas. También metió el bikini, iba a una isla y estaría rodeada de agua por todas partes… Entonces vino a su mente la idea de ver a Laia en el agua, y esa imagen hizo que se mordiese el labio e hiciese su giro de cuello. Entonces se dio cuenta de que debía meterse en la cama ya si no quería más distracciones.

Cuando la alarma la despertó a las seis se levantó como si fuesen las diez. Estaba despierta y llena de energía. Álex la recogió media hora después.

—Ayer estuve en la fiesta de la playa y Elena me preguntó por ti, creo que le caes bien. Ella es muy reservada, así que tómatelo como una especie de halago. El fin de semana que viene hay una fiesta de pintura en uno de los pabellones de La Fira. Iremos todos, ¿te quieres venir? Te manchan con pintura fluorescente y habrá mucha música y alcohol, estará genial —dijo él bajándose las gafas de sol.

—Sí, claro, me encantaría ir, sabes que adoro ensuciarme.

Llegaron al aeropuerto y Álex aparcó en la puerta.

—Laia está dentro, este es tu pasaje —dijo mientras le tendía una identificación y el billete.

Luego salió del coche y sacó la maleta del maletero.

—Planta tres, puerta de embarque siete. ¡Disfruta de Italia, *bella bambina*! —gritó mientras volvía a meterse en el coche.

Lara sonrió y se colgó la acreditación que le permitiría pasar directamente a la puerta de embarque. Cuando llegó a la tercera planta vio a Laia hablando con el personal encargado del control de aduanas. Al llegar a su altura, esta se despidió del chico, llamado Paul, y se volvió hacia ella.

—Buenos días, espero que hayas descansado bien después del concierto, volviste pronto a casa, buena chica —dijo Laia encaminándose a la puerta de embarque.

—¿Cómo sabías que estaba en un concierto?

Laia se volvió y, mirándola de arriba abajo, le dijo:

—Yo lo sé todo.

Entonces ese poder de control y la autoridad que Laia tenía hizo que Lara cerrase los ojos y se mordiera el labio. Era increíble cómo la pelirroja hacía que se doblara solo con susurrarle.

Cuando llegó la hora ambas embarcaron, tenían asientos en primera clase. Estos eran espaciosos e iban distribuidos de dos en dos, separados por un reposabrazos tallado en madera. Laia dejó la ventanilla a Lara, puesto que ella estaría trabajando con su ordenador. Viajarían a la ciudad de Palermo.

A los veinte minutos de embarcar, el avión alcanzó la velocidad de crucero, se apagó la señal y se desabrocharon los cinturones. Laia sacó la mesa plegable y abrió su ordenador; el sonido de las teclas y la agilidad con la que movía los dedos excitaban a Lara sobremanera y solo podía mirarla. La frialdad con la que a veces la trataba Laia la atrapaba cada vez más. Ella lo sabía, así que empezó a mover la cadera en su asiento y a apretar los muslos debajo de su ceñida falda.

Pasados unos diez minutos más, volvió la cabeza y vio cómo Lara la miraba fijamente a los ojos. Su mirada intentaba defenderse, pero se moría de ganas… y Laia lo sabía.

—Vente al baño conmigo —dijo sin más.

Laia se levantó primero. Lara, en cambio, esperó unos instantes, pero una fuerza tiró de ella como si una especie de cuerda invisible la obligase a seguirla. Esa forma irresistible de andar la hipnotizaba. En el ambiente, las ganas y la excitación empezaban a hacerla arder. Pero en realidad era su perfume lo que la quemaba.

Cuando Laia entró en el minúsculo cubículo se dio la vuelta esperando que ella la hubiese seguido, y exactamente siete segundos más tarde, entró.

Lara la miró a los ojos, vio fuego en ellos, y eso fue todo lo que necesitó para lanzarse sobre ella y apretarla contra el lavabo de aquel avión; sin embargo, no fue totalmente consciente de cómo sus labios acabaron en el cuello de Laia, arrancándole un leve gruñido. En ese momento, metió la mano por debajo de su falda y se sumergió de lleno en lo más profundo. Ella gruñó una vez más, y Lara supo que acababa de encontrar su sonido favorito.

Lara alzó el dedo pulgar para estimular su centro de placer y, por un instante, se olvidó de respirar. Pero no le importó lo más mínimo, lo único importante es que estaba muy cerca de conseguir que Laia alcanzase el orgasmo. Estaba tan cerca que ignoró el cansancio de su brazo, la posición incómoda de ese baño y el calor que ambas desprendían. Solo quería hacerla gritar, y así fue. La pelirroja se corrió mientras le sujetaba el cuello e intentaba ahogar los gemidos contra su clavícula.

Durante la hora y veinte restante de vuelo, Lara estuvo estudiando la historia de la mafia italiana. Se hablaba de ella en los manuales, pero si quería saber cómo pensaba necesitaba conocer verdaderamente la historia.

La Cosa Nostra era una sociedad secreta criminal nacida en Sicilia, en donde cada barrio o ciudad estaba dirigido por una familia subdividida en rangos, desde simples *soldati,* pasando por capos, hasta llegar al más alto estatus, denominado *Capo di tutti capi.* Este estatus hacía referencia a un jefe de una familia que se había convertido en el miembro más poderoso de la mafia por haber asesinado a los otros jefes de las demás familias. Existían, además, tres conceptos clave dentro de la mafia siciliana: *omertá* (pacto de silencio que prohibía informar al exterior de cualquier asunto relacionado con la organización), *pizzo* (una tasa para los negocios de la zona a cambio de protección) y *brutalidad* (actos violentos contra quienes cuestionasen su poder). Pero lo que más importaba a Lara eran varios de los delitos que se les atribuía, como el tráfico de drogas, la trata de seres humanos y el contrabando de armas o artículos de lujo.

—El hotel al que vamos se encuentra sobre el puerto deportivo, es una antigua villa muy especial —dijo Laia cuando aterrizaron.

Un coche vino a recogerlas para llevarlas al hotel, que se llamaba Gran Hotel Villa Igiea, y cuando llegaron pasados los treinta minutos Lara solo pudo admirar la gran torre que surgía de aquel edificio alzado sobre un acantilado a orillas del Mediterráneo. El complejo lograba mantener el esplendor de aquellos tiempos en los que los reyes italianos eran coronados. Tenía una apariencia antigua y sobria, pero a la vez acogedora, una exquisita mezcla de contrastes que sobrecogía. Era todo un espectáculo para aquellos que apreciaban la belleza histórica de un edificio con una estructura puramente artística. Y Laia miraba a Lara, que disfrutaba como alguien que ve la vida por primera vez.

Cuando llegaron a la entrada, Laia habló con el hombre de recepción en un perfecto italiano. Se llamaba Tiziano, y este le dio una llave de hierro antigua y las acompañó al ascensor. La villa había sido restaurada por el arquitecto Ernesto Basile a final del siglo XIX y conservaba el mobiliario original y los frescos, que llenaban todas y cada una de sus paredes. Pasaron al lado de la biblioteca, llena de estanterías antiguas atestadas de libros y con una mesa redonda de madera antigua rodeada de sillas de terciopelo rojo, en la que tendría lugar la reunión de esa misma noche.

El edificio tenía tres plantas, la suya era la última y su habitación, la 111. Aquella gran *suite* tenía una sola cama, en la que entraban cuatro personas, y las paredes rojas. La habitación estaba llena de muebles antiguos de casi cuatro metros de altura y en los que el tiempo parecía haberse detenido. Había además un balcón privado que ofrecía vistas a la bahía, a los jardines y a la piscina, que estaba rodeada de piedra blanca en forma de mosaico y en la que se hallaban unas ruinas de un anfiteatro romano como decoración. La *suite* incluía un salón independiente con un gran escritorio y un precioso cuarto de baño en mármol. El estilo *art nouveau* inundaba la estancia. El papel pintado con relieve de terciopelo y las cortinas de colores cálidos transmitían comodidad, un lujo de estilo victoriano, belleza y una gran parte de la historia.

El hilo musical de todo el hotel era el maravilloso piano de Ludovico Enaudi, y Lara se preguntó si tanto aquel sitio como el compositor estarían relacionados con el amor por el arte y la música clásica de Laia. Además, por cómo había hablado con Tiziano, se notaba que no era la primera vez que pisaba esa habitación.

—La reunión tendrá lugar a las diez de la noche. Yo tengo que trabajar, pero tú puedes bajarte a la piscina y empaparte de sol italiano. Yo te estaré vigilando —dijo Laia sacándola de sus pensamientos y señalando al balcón.

—Vale, aunque en un rato subo y te ayudo con la presentación. He estado estudiando ciertas similitudes con antiguas actuaciones en barcos de la Cosa Nostra. Pero sobre todo quiero hablarte de un caso concreto que tuvo lugar en Calabria. He dejado preparado el archivo en el ordenador —dijo mientras sacaba su portátil y lo colocaba encima de la mesa. Laia, que se encontraba sentada en una de las sillas que la rodeaban, miraba cada movimiento.

Cuando Lara se posicionó de pie junto a ella y le fue a enseñar el archivo, giró la cabeza y se encontró con que aquellos ojos verdes la miraban fijamente. Laia había acortado distancias y estaba tan cerca que podía olerla con solo respirar.

Paró en seco lo que estaba diciendo y sus ojos le recorrieron la cara hasta sus labios entreabiertos, la distancia empezó a hacerse cada vez más corta, más prometedora e insoportable... En ese momento sonó el teléfono de Laia y ambas se separaron en un movimiento que dejó un rastro de desesperación y venganza.

—Agente Roch. Sí, no, la reunión está programada para las ocho. De acuerdo, no hay problema. Lo llamaré ahora mismo para especificar los detalles de esta noche. —Colgó el teléfono y miró a Lara—. Lo siento, pero debo hacer una videoconferencia con Roma, no te preocupes y ve a la piscina, leeré lo que hay en el archivo. Luego acabamos lo que habíamos empezado. —Y eso último lo dijo con esa irresistible sonrisa tan prometedora mientras llamaba de nuevo por teléfono.

Lara se cambió y bajó a la piscina. Se tumbó en una de las camas balinesas junto a la estructura de columnas, que parecía perdida en el tiempo. Pensó en el «luego acabamos lo que habíamos empezado...» de Laia, y esa corriente eléctrica la recorrió desde la nuca hasta el final de su espalda.

La mañana transcurrió rápido. Laia había salido varias veces al balcón, siempre pegada al teléfono y en alguna ocasión con un vaso lleno de hielo y lo que parecía ser *whisky*. Era como uno de esos artistas que tanto le gustaban, con un punto de locura. Amaba el arte, la arquitectura y la música. Sabía hablar varios idiomas, entre ellos el italiano y el portugués; era muy culta e inteligente, y a su vez tenía ese halo de oscuridad propio de los genios.

—*Buonasera*, la *signorina* Laia ha pedido esta comida para usted —dijo una voz mientras le dejaban una bandeja de plata con un plato de ñoquis con salsa *tartufo e funghi* y una botella de vino rosado.

Lara se incorporó sorprendida a la vez que Tiziano extendía la tela de aquella cama, ahora enrollada, para darle sombra.

—*Gracie mille* —contestó Lara mientras miraba otra vez al balcón. Allí estaba Laia, que alzaba la copa a su salud.

Diecinueve

La biblioteca de Verne

Cuando Lara subió de nuevo a la habitación, Laia no se encontraba allí, así que cogió el teléfono y le escribió un mensaje.

Una pena que no estés en esta habitación tan grande. Quería agradecerte la comida de hoy y terminar aquello que habíamos empezado…

La respuesta de Laia tardó lo que Lara en empezar a llenar la bañera gigante que había en aquel espectacular baño.

He tenido que salir para recoger al responsable de Roma, no llegaré hasta las seis. Además, estabas tan concentrada en dorar ese cuerpo al sol que no iba a molestarte, al menos de momento. Disfruta de todas las maravillas que esconde el hotel.

Y Lara, una vez más, la obedeció.

Cuando la bañera se hubo llenado con un agua templada y llena de burbujas, se sumergió por completo para después salir y recostarse, admirando aquel lugar y relajando cada músculo de su cuerpo.

El baño era enteramente de un mármol color *beige*, la bañera estaba incrustada en la esquina izquierda de la pared y la bordeaba un margen de unos treinta centímetros. En él se encontraban antiguos frascos de jabones y esencias; y encima de estos, en unos huecos de la pared, se hallaban enrolladas toallas blancas de diferentes tamaños. Enfrente de aquella laguna color desierto había una encimera flotante de gresite en tonos tierra que tenía dos lavabos con grifos antiguos en forja negra, y toda la pared era un espejo que reflejaba los rayos de sol que se colaban por la ventana e iluminaban su cara, dándole ese aspecto pálido de una doncella rica de época.

El agua hizo que se acordara de Elena. Cogió el móvil e hizo una foto a sus rodillas, que sobresalían del agua, y se la mandó.

Menuda niña pija eres, espero que te lo estés pasando bien, nosotros estamos comprando las entradas para la fiesta de la pintura. Ya tengo la tuya.

Entonces Elena le mandó la foto de una pulsera llena de color en la que ponía «COSTACAT», que en catalán significaba algo así como «cuerpo manchado». Lara se fijó de nuevo en sus manos, eran fuertes, morenas y desgastadas; se le notaban los tendones y en algunas partes incluso alguna vena. La muñeca estaba llena de pulseras plateadas y de alguna esclava con su nombre. Elena le atraía, pero algo le decía que no conseguiría derribar ese maldito muro…

Una encerrada en un armario y la otra deseando romper puertas.

Después de aquel baño decidió salir a explorar la biblioteca. Bajó las escaleras de madera, que crujían con cada escalón que pisaba, y se fijó en que las paredes estaban repletas de pinturas que reflejaban paisajes italianos, retratos en marcos viejos y algún que otro bodegón.

Atravesó el pasillo central y se detuvo para observar la bóveda que separaba los ascensores y la escalera de la puerta de entrada. La recorrían nueve arcos de piedra en tonos claros. En los laterales, sofás granates y mesas bajas con lámparas que iluminaban la estancia y daban un toque cálido que resaltaba los colores oscuros. Había también una barra en la que se ofrecían bebidas típicas de la zona a los huéspedes. Lara optó por el cóctel llamado Negrobibbo (ginebra, Campari, Martini Rosso, un poco de lima, tónica, un toque dulce de vino Zibibbo y con una rama de hierbabuena y una rodaja de naranja).

Cuando llegó a la biblioteca, la mesa de su reunión ya había sido preparada. Se situaba en el medio de la sala, era grande y de madera, un poco más oscura que la del resto de muebles, y se encontraba rodeada de doce sillas del mismo color y tapizadas en tono burdeos. Las paredes estaban atestadas de vitrinas desde el suelo hasta el techo con infinidad de libros que daban color, contrarrestando la oscuridad del fresco del techo, que simulaba el cielo nocturno y del que colgaba una lámpara redonda de forja de unos dos metros de envergadura, que contenía una réplica de doce velas que iluminaban aquellas constelaciones. En la parte derecha de la biblioteca, había una barra con bebidas y un *catering*; en la izquierda, unos sofás del mismo color que la tapicería de las sillas.

Miró su reloj y vio que eran las ocho menos cuarto, Laia estaría a punto de llegar y ella debía subir a cambiarse. Terminó su cóctel y volvió a subir las escaleras que abrazaban los ascensores por ambos lados. Despacio y deslizando la mano por la barandilla cerraba los ojos de vez en cuando, embriagada por la mezcla del licor y todo el arte que la envolvía.

Llegó a la habitación y se puso una camiseta blanca con la americana gris, unos pitillos negros y unos zapatos de tacón ancho con cordones estilo masculino en granate. El pelo ondulado secado al aire recogido en una coleta alta y un sutil toque granate en los labios, a juego con sus tacones.

Estaba fumándose un cigarro apoyada en la terraza cuando se abrió la puerta de la habitación. Laia entró y el tiempo se detuvo lo justo para poder observarla. Llevaba una falda de tubo negra con una americana a juego y un top lencero del mismo color; todo eso acompañado de unos altísimos Jimmy Choo de encaje negros, las mejillas ligeramente rosas por el colorete y un *eyerline* enmarcado por unas largas pestañas bañadas en rímel.

—Estás absolutamente espectacular —es lo único que Lara pudo decir.

Laia se acercó lentamente como una pantera, silenciosa pero letal, y agarró la copa de vino que Lara sostenía, rozándole sutilmente la mano. Bebió, aunque no tragó el oscuro líquido. Despacio se acercó más y más, obligándola a retroceder hasta llegar al borde de aquella terraza. Acercó su boca a la de ella, y entonces, Lara, que sabía perfectamente lo que tenía que hacer, la entreabrió, y la pelirroja descargó en ella lentamente aquel vino que le supo más dulce que nunca.

A las ocho y veinticinco empezaron a llegar los jefes del departamento italiano. Había tres hombres, que rondaban los cincuenta años, y dos mujeres más jóvenes. Lázaro tenía un papel importante en la región, ya que Italia era una de las fronteras entre España y Europa.

El presidente del comité se sentó al frente. Alessandro Mancini era un hombre alto, con un cuerpo trabajado, el pelo canoso y corto, de piel dorada y con una expresión atractiva. Llevaba un traje gris claro con una camisa blanca, un pañuelo también blanco que sobresalía del bolsillo de la americana y unas gafas de sol oscuras de estilo aviador que se quitó cuando se sentó.

A ambos lados la subsecretaria y la jefa de gabinete. Les seguían los otros dos hombres, los coordinadores del equipo de informática e ingeniería. Ellas se sentaron a la izquierda, en el lado de la subsecretaria Bianchi.

Laia se puso en pie y habló en italiano:

—*Buonasera a tutti, oggi vi parlerò in spagnolo per farci capire* [2]—dijo señalando a Lara—. Quiero presentarles a Lara, la nueva buscadora del departamento español. En el poco tiempo que lleva con nosotros ha demostrado tener intuición, rapidez y un talento innato para el puesto. Superó la prueba con una puntuación realmente alta. En su primer caso, Polonia, consiguió averiguar la secuencia que nos dio los datos del tren, y durante el operativo nos dio la clave para encontrar el microchip. Por ello he querido traerla a esta reunión, porque, en mi opinión, hay algo en ella que merece la pena ser explotado y poder ver hasta dónde es capaz de llegar la onda expansiva —terminó la frase mirándola a los ojos y sonriendo mientras se sentaba de nuevo.

Mancini también sonrió, de una forma casi paternal pero sexi a la vez.

—*Gracie mille*, agente Roch —dijo mirando a Laia y haciendo un gesto de aprobación—. *Signiorina* Lara, nos honra con su presencia aquí. Las y los buenos buscadores son *molto* importantes dentro de Lázaro, son como... *¿come si dice in espagnolo?*... ¡Ah, sí! ¡Diamantes! Y sin ellos los puzles tardarían demasiado tiempo en encajar. Por eso cada vez que encontramos uno lo pulimos hasta que quede perfecto, por lo que esperamos grandes cosas de usted —concluyó con una suave reverencia con la cabeza y un melódico acento italiano.

---

2 Buenas tardes a todos, hoy me dirigiré a ustedes en castellano para que ella pueda entendernos.

Lara sintió una presión en el estómago, mezcla del nerviosismo, la excitación y el orgullo. Se sentía tremendamente importante y a la vez muy pequeña en aquella sala. La chica que era antes se habría quedado con la segunda sensación, pero de nuevo y en aquella biblioteca tenía una oportunidad de enfrentarse a sí misma. Así que se levantó, llenó de aire sus pulmones y se dirigió a aquella mesa con la cabeza bien alta y siendo más grande de lo que nunca habría imaginado.

—*Gracie mille* por sus palabras, señor. Me siento muy orgullosa de formar parte de este equipo y de superar cada día los retos que se me presentan; para mí ha sido una gran oportunidad que no voy a desaprovechar. Lázaro te cambia por dentro y te pone a prueba de una forma tan brutal que saca lo mejor de ti. Por eso créanme, miembros del comité, cuando digo que no pienso defraudarles.

La reunión duró cuatro horas en las que, entre otras cosas, Laia estuvo exponiendo la conexión que Lara había descubierto con Calabria. Había salido el nombre de Fabriccio Marconi, miembro de la Cosa Nostra, muy conocido por el departamento, y todos quedaron impresionados cuando Lara expuso por qué relacionó el hecho de que Marconi estuviese en ese mismo barco de lujo, donde se reunían los principales empresarios del país, durante un mes. Dos veces en el mismo año no podía ser una mera coincidencia.

La reunión estuvo regada con vino italiano hecho en el mismo Palermo, y pasadas la doce y media de la noche cada miembro del consejo se dirigió a su coche, todos marca Audi, igual que el que conducía Álex… Excepto ellas.

—Ven conmigo, voy a llevarte al mejor rincón de Palermo —dijo Laia mientras agarraba la mano de Lara y entraban en un coche que las esperaba para llevarlas a donde quisieran.

El conductor era un guapísimo chico italiano de pelo rizado, unos ojos enormes y azules y una dentadura perfecta.

—*Piero, portaci alla* Verne, *non tardare*[3]—dijo Laia cuando cerró la puerta.

Cuando llegaron al *pub*, Lara supo por qué era uno de los favoritos de Laia. Volvía ese encanto antiguo, era un lugar inspirado en las novelas de Julio Verne. Tenía una estética *steampunk* con toques victorianos, estaba lleno de sofás Chester de cuero desgastado y de sillas y mesas antiguas sin conexión aparente y en el suelo se extendían alfombras persas. Rodeado de un ambiente con luz muy tenue, podría decirse que el *pub* se encontraba casi a oscuras, iluminado únicamente con algunas luces en las paredes y velas en las mesas.

El techo era de madera y se veían las tres grandes vigas que lo atravesaban de una punta a otra y que parecían sujetar el cielo. En las paredes había ilustraciones de las novelas de Verne, y en la pared situada al lado izquierdo de la barra, un retrato del escritor apoyado en una pila de libros. Frente a la puerta de entrada se encontraba la barra de bebidas, iluminada solo por unas lámparas antiguas en los extremos y una tira de luces de neón blancas que recorría todo el borde. Y detrás de la estructura de madera llena de bebidas alcohólicas en botellas de vidrio antiguas, los tentáculos del Kraken, de un color negro brillante, subían amenazantes por la pared, que recordaba a la estructura de un barco de metal oxidado con luces tenues de neón de color naranja.

Era una coctelería que apostaba por convertirse en un espacio atemporal en la noche italiana. Aquel lugar era todo un viaje sensorial a través del tiempo y las fantasías del escritor. Era posible degustar todo tipo de cócteles con ingredientes extraños, como el humo de eucalipto o la pimienta fría. Tenían una gran variedad de absentas francesas servidas a la antigua, además de los chupitos clásicos que se bebían a principios de siglo.

---

3 Piero, llévanos al Verne, no tardes.

Laia y Lara se sentaron en una mesa vacía que se hallaba a la izquierda de la barra, en un lugar aún más oscuro si cabía.

—Déjame que pida por ti, te va a gustar —dijo Laia. Y fue más una orden que una petición.

Entonces Laia se levantó, se acercó a la barra y habló con el camarero, y Lara solo pudo escuchar un nombre: Opium (un cóctel elaborado con humo, Johnnie Walker Black Label, bíter y almíbar de té negro). Cuando volvió a la mesa, traía dos cócteles de color anaranjado en un vaso con hielo y humo saliendo de ellos. Le tendió uno a Lara, que lo cogió con mucha curiosidad, lo olió y pudo sentir el aroma del té mezclado con el *whisky* escocés.

—Es el clásico del Verne. Tiene un toque amargo que te hará recordar lo que es disfrutar. Has estado sublime en la reunión. Te mereces esto —dijo mientras se lo quitaba, lo dejaba en la mesa y la agarraba por detrás del cuello. Después la besó, la besó fuerte y con rabia. Rabia de estar allí en ese momento, rabia por tener tanta ropa encima y rabia porque aún quedaban unos cuantos cócteles antes de llegar al hotel.

Cuando Piero las dejó en la puerta de la villa, Lara, que aún conservaba el murmullo del *whisky*, se quedó mirando la forma en la que esta, iluminada, parecía aún más impresionante. Tenía exactamente doce focos anaranjados que alumbraban la fachada, cuatro arriba y los ocho restantes abajo, repartidos entre las dos torres laterales y la puerta de entrada. La fuente central que daba paso a las escaleras estaba encendida, y el sonido que producía rompía el silencio de la noche.

Subieron las escaleras, Lara como pudo. Laia, por el contrario, serena e impaciente. Tiziano las saludó con la cabeza.

—*Buona notte. Signorina* Roch, su habitación está preparada —dijo él cuando le dio la llave.

Lara la miró extrañada, aunque no dijo nada. Supuso que se refería a que habían limpiado la habitación, pero… no habían pasado más de cuatro horas desde que habían salido del hotel…

—*Grazie,* Tiziano —contestó ella con la misma reverencia.

Lara soltó una risilla producida por los cócteles de aquel oscuro bar, así que Laia la cogió de la mano y la llevó por esos pasillos hasta el ascensor mientras la miraba y sonreía al ver su estado. No iba del todo borracha, pero sí con esa sonrisa permanente fruto de unas copas de más. «Un estado perfecto para mezclar con lo que viene ahora», pensó Laia.

Lara, en cambio, volvía a mirar todo una y otra vez. En cada una de aquellas paredes encontraba algo nuevo: una cara pintada en un lienzo, un color, un jarrón… Hasta que las puertas del ascensor se abrieron y la mano de la pelirroja la empujó dentro. Trece segundos fue lo que tardó en subir el ascensor, tapizado por un rojo que se mimetizaba con los rizos de Laia.

Al abrirse las puertas la pelirroja salió primero, metió la llave en la gran cerradura y la giró. Lo primero que Lara notó al entrar fue una sensación de humedad en la habitación. Estaba oscura, pero a través de la puerta entornada del baño se apreciaba un haz de luz anaranjado con un ligero movimiento, y entonces supo a qué se había referido Tiziano. Miró a Laia y esta le devolvió la misma mirada llena de lujuria y ganas.

La pelirroja se interpuso entre Lara y el baño y se quedó muy cerca de su cara; las separaban escasos centímetros. Entonces se quitó la americana, que cayó al suelo, y desabrochó la cremallera lateral de su falda, que también cayó a sus pies, abrazando los preciosos tacones de encaje.

Lara soltó el aire que había estado reteniendo cuando Laia se bajó una tira del top e hizo lo mismo con la otra, y como el resto de las prendas tocó el suelo de madera, que crujía como todo su interior. Entonces Lara observó detenidamente cada palmo del cuerpo de Laia en ropa interior, de encaje negro, una lencería italiana seguramente muy cara y delicada que tapaba lo justo y que ella estaba deseando arrancar.

Aún seguía subida en aquellos zapatos cuando volvió a besarla, esta vez más despacio, como sabiendo que ya no tenía que esperar más, mientras le quitaba la americana. Lara no había movido ningún músculo todavía, solo su pecho, que subía y bajaba por su respiración, cada vez más rápida.

Laia le quitó después la camiseta, y el sujetador granate de Lara quedó a la vista, mucho más sencillo que el de ella, pero igual de apetecible. Laia se acercó aún más y le mordió el hombro mientras desabrochaba su pantalón. La excitante y sutil punzada de dolor y las cosquillas del pelo de Laia robaron a Lara un breve gemido. Entonces el cuerpo de Lara reaccionó. Se sacó los zapatos de tacón sin tocarlos con las manos y respondió con otro mordisco en el cuello de Laia mientras esta empezaba a bajarle los pantalones.

Cuando se los hubo quitado, Laia la dejó en medio de aquella habitación y empezó a andar hasta la puerta del baño, la abrió lentamente y volvió a mirar hacia atrás de aquella manera tan sugerente, se descalzó y entró.

Lara empezó a recorrer el mismo camino, iluminada por la luz de casi cien velas que decoraban el baño. Laia, por su parte, había metido un pie en la bañera y se disponía a meter el siguiente cuando Lara le agarró la cintura por detrás. Entonces empezó a bajarle el tanga lentamente mientras le recorría la espalda con los labios. Después, le desabrochó el sujetador sin que ella se diese la vuelta, y cuando lo tuvo desabrochado la rodeó hasta llegar a sus pechos, los cubrió con las manos por debajo de los aros y deslizó el sujetador hacia delante, trazando un recorrido por sus brazos hasta quitarlo del todo. Y allí la tenía, de espaldas y desnuda.

Laia continuó su camino y metió el otro pie, se puso de rodillas y se dio la vuelta. La punta de sus rizos se había mojado y la espuma comenzaba a trepar por ellos.

—Siéntate en el borde de la bañera —le ordenó a Lara. Y ella, sin la más mínima intención de contradecirla, lo hizo.

Metió primero el pie izquierdo y la temperatura agradable del agua la obligó a cerrar los ojos y le erizó cada milímetro de piel. Cuando se hubo sentado, el contraste del mármol la distrajo, y en ese momento Laia salió del agua como una sirena y la besó. Se fundieron en un beso largo y húmedo, reteniéndose las ganas para poder disfrutarlo sin perder el control, y entonces una mezcla de sabores se fundió entre ellas. En medio de ese beso Laia subió las manos por la espalda de Lara, le desabrochó el sujetador despacio y bajó ambas tiras sin dejar de besarla. Después de tirarlo al suelo, siguió su camino por el vientre plano hasta llegar a la costura del culote que ella llevaba, y con un giro de muñecas la incorporó para poder meter las manos por dentro, como Lara le había hecho aquel día encima de la estantería de la estación.

Lara soltó un gruñido cargado de deseo cuando vio cómo ella sumergía la prenda en la bañera, entonces Laia le separó las piernas, la reclinó y la acercó a su boca. Lara gimió de nuevo en cuanto la lengua de la pelirroja separó sus labios y comenzó a recorrer cada parte, quebrando su cuerpo como si un rayo lo hubiese atravesado. Cerró los ojos para percibir mejor cada movimiento, el olor que la impregnaba, el calor de las velas y la tibieza del agua en sus tobillos. Sentía el estremecimiento de su piel y el orgasmo que ascendía en oleadas mientras Laia deslizaba la lengua trazando rítmicas figuras geométricas.

—No te corras —dijo Laia.

Entonces paró, se echó hacia atrás, apoyó la espalda contra la pared fría de mármol y levantó su mano, y en ese momento el agua se deslizó por ella e impactó con el resto, haciendo un frágil sonido acompasado por las notas de la música de Ludovico que se oían por toda la habitación. Lara la miró y supo lo que ella quería, se metió despacio en el agua y volvió a sentir ese delicioso escalofrío. Fue lentamente hacia ella, se puso a horcajadas y la besó, esta vez con más fuerza. Ya ni quería ni podía aguantar las ganas.

Laia no solo le devolvió el beso con la misma intensidad, sino que sumergió la mano dentro del agua para seguir con lo que había empezado. Lara gritó cuando notó los dedos de Laia en su interior, entonces empezó a moverse de arriba abajo mientras ahogaba sus gemidos en la boca de la pelirroja.

Cuando supo que estaba cerca del orgasmo se lo hizo saber jadeando más y más alto, entonces Lara quitó una de las manos que tenía en la nuca de Laia, que descendió por su pecho y se quedó allí, jugando, hasta que la urgencia la obligó a bajarla para buscar su interior y hundirse hasta el fondo en él.

Y ambas se corrieron enredadas como los tentáculos del monstruo que se encontraba a veinte mil leguas de allí.

La luz que se colaba entre las enormes cortinas rojas la despertó enrollada en aquellas sábanas blancas. Abrió los ojos poco a poco y, por un momento, el ligero dolor de cabeza y la sensación de desnudez le recordaron lo sucedido la noche anterior. Habían follado en la bañera y luego en el sofá, aún mojadas por dentro y por fuera, y aunque habían acabado en la cama, Laia no había dormido allí.

Cuando sus ojos terminaron de abrirse y recobraron la capacidad de enfocar, vio que la pelirroja estaba en la terraza, sentada en la mesa y bebiendo café mientras trabajaba con su ordenador. Frente a ese capuchino sus labios con espuma le parecieron extremadamente eróticos. Lara no podía dejar de mirarlos mientras saboreaba el gesto que hacía cuando se quitaba aquella espuma con la lengua. En ese momento Laia giró la cabeza y ella le sonrió.

—Vaya, vaya, vaya… la *principessa* italiana se ha despertado. Si quieres puedes desayunar, he mandado que te suban unas cuantas cosas del bufet —dijo mientras hacía un gesto con la mano para mostrarle todas las delicias que se encontraban allí encima.

Lara se incorporó levemente y se tumbó de lado con la mano apoyada en la cabeza, y aquellas sábanas taparon solo lo justo y necesario.

—Después, tenemos que irnos al puerto marítimo a por los informes del crucero de Marconi. Vamos a seguir la línea de investigación que tú empezaste paralelamente con que la que ya tenemos. Ahora tengo una videoconferencia con Barcelona para hablar sobre la reunión de ayer. Paso a buscarte en una hora y media —dijo mientras se levantaba y recogía su portátil.

Iba vestida con unos vaqueros algo anchos con un par de vueltas en el bajo, justo por encima de los tobillos, unos zapatos estilo masculino marrones, una camisa blanca muy fina con las mangas subidas y metida por dentro y un cinturón marrón a juego con los zapatos.

Laia salió de la habitación guiñándole un ojo con el portátil y los documentos cuando su móvil empezaba a sonar. Lara dio una vuelta más y respiró hondo, el olor a mar y el sonido lejano de las gaviotas la llenó de paz.

Se levantó, se puso unos vaqueros cortos desgastados, una camiseta de tirantes negra y salió a la terraza. Había frutas, pan tostado, aguacate y tomate, una gran variedad de *croissants* y napolitanas de chocolate y crema y algo de queso. Todo parecía casero y todo tenía una pinta demasiado apetecible. Desayunó despacio, disfrutando de aquel paraíso del que muy pronto se iría con la promesa de, algún día, volver.

Después de terminar de comer, se puso a recoger su ropa y se cambió la camiseta negra por una de tirantes más finos, blanca y con flores muy pequeñas de colores. Hizo la maleta muy rápido y se sentó de nuevo en la terraza para pulir los detalles del informe que presentaría en Barcelona. Se sentía orgullosa de que los miembros del comité italiano hubiesen aceptado su línea argumental en el caso Acqua y que hubiesen creado aquel paralelismo.

Aún le quedaba un largo rato para que Laia llegase, así que aprovechó para descansar los ojos del ordenador y llamar a Berta.

—¡Buuuuuenos días, *bella ragazza*! ¿Qué tal por tierras italianas? Nosotros nos acabamos de despertar —dijo Berta cuando descolgó el teléfono.

—¿Nosotros? —preguntó Lara, aunque conocía perfectamente la respuesta.

—Seh, nena, César se ha quedado aquí el fin de semana, pero tranquila, que no lo hemos hecho en tu cama… creo… —dijo con cierta duda.

—Ni de coña habéis follado en mi cama, ¡¿verdad?! —gritó Lara.

—Ja, ja, ja. Mmm, déjame recordar bien… —respondió Berta haciéndose la interesante.

—¡Berta! —volvió a gritar ella.

—Noooo, no hemos follado en tu caaaama, aunque reconozco que en el resto de la casa sí. Madre mía, menuda tranca —dijo fingiendo atragantarse.

—Por Dios… quiero quedarme en esta magnífica villa lejos de todo… no quiero volver y ver los restos de todas vuestras cerdadas —dijo Lara mientras se cubría la cara con la mano.

—¡Anda, tonta, si en el fondo te gusta! Por cierto, ¿a qué hora llega tu vuelo? ¿Vamos a por ti? César tiene un cochazo rojo que te mueres.

—Tranquila, nos recoge el coche de empresa. A las diez de la noche estaré en casa. Tenme la cena hecha, ¿eh? Te quiero.

—Y yo a ti, puta. —Y colgó.

Ni loca se subía a ese coche si podía evitarlo. Pero… ¿estaría juzgando demasiado pronto a ese chico? Quizás no era tan estúpido como parecía, aunque sospechaba que por el *encoñamiento* de su amiga iba a tener mucho tiempo para averiguarlo.

El iPhone negro vibró con un mensaje de Laia.

Estoy en el puerto, no me da tiempo de recogerte, he mandado a Piero. Laia.

Que ella firmase los mensajes le parecía de lo más sexi. Ese punto que tenía antiguo y moderno a la vez, esa mezcla de estilos, le resultaba tan misterioso que la volvía loca.

Lara terminó el informe, se calzó unas cuñas de esparto color *nude*, se puso colorete y máscara de pestañas, se revolvió el pelo y se dirigió al coche que la estaba esperando. El club náutico estaba a quince minutos en coche del hotel.

Piero estaba apoyado en la puerta. Llevaba un traje negro, pero, a diferencia de Álex, de su americana sobresalía un pañuelo de color gris que hacía juego con la camisa, como el que llevaba el presidente Alessandro. «Cosas de italianos», pensó Lara.

La recibió con una gran sonrisa y sus enormes y brillantes ojos azules.

—*Buongiorno, signorina* —dijo mientras le abría la puerta trasera.

El olor que la invadió al entrar fue una mezcla de crema solar y tabaco avainillado. Piero llevaba cinco años en Lázaro, aunque también había trabajado anteriormente como chófer y guardaespaldas de la subsecretaria Allegra Bianchi. Se había casado hacía dos años con una arquitecta griega llamada Ava y tenían un bebé de seis meses: Eros.

Cuando llegaron al puerto, el Vincenzo Florio surgía del mar como una antigua y desgastada fortaleza, con una estética que rompía con el lujo actual de yates y veleros. Fue comprado por Vicencio Florio en el año 1830 y reformado por el arquitecto Carlo Giachery. Se le llamaba *I Quattro Pizzi* por las cuatro torres acabadas en punta que abrigaban el edificio cuadrangular de estilo neogótico suavizado por un romántico ambiente mediterráneo. En la fachada de piedra rojiza se podían apreciar dos grandes ventanales encima de la puerta principal y, a su derecha, los restos de un imponente faro envejecido por el sol y el paso de los años. En su interior había un jardín lleno de frondosa vegetación autóctona, coronada por las antiguas murallas y vigilada día y noche por los ojos de grandes estatuas formando un pequeño oasis de frescor lleno de historia.

Lara atravesó las puertas y entendió la idea que tenía Florio de construir un edificio sobre el mar con cierto sabor británico. La recepción contenía pequeños tesoros de cerámica y fotos y pinturas de la familia, además de algunos muebles de época y un antiguo piano de cola. La maravillosa bóveda pintada con escenas de paladines franceses y parejas de animales llenaba la estancia de colores vivos, donde el amarillo resaltaba entre todos los demás.

Cuando Lara volvió la vista al frente, Laia se encontraba en aquel mostrador, hablando con el recepcionista. Ella sonrió al verla allí.

—Espero que te haya gustado este pedazo de historia. Aquí nos vamos a reunir con el encargado de controlar el tráfico marítimo de Palermo, donde atracará el crucero en septiembre —dijo Laia mientras las dos se dirigían a una sala contigua.

Cuando entraron a la sala de reuniones, una larga mesa tallada en madera color ébano dividía la habitación en dos. En el lado izquierdo, dos sofás de cuero desgastado y una mesa baja y más pequeña idéntica a la otra. En el derecho, tres estanterías del mismo color y estilo llenas de archivadores con las fechas y los nombres de los cruceros y barcos; todo ello encima de una imponente alfombra persa con sus llamativos colores.

Pasados unos minutos entró un hombre alto, moreno, de unos cuarenta años, con el pelo rizado como Piero y los ojos color miel. Llevaba una camisa de lino con cuello *mao* y unos pantalones color marrón claro. Les dio la mano mientras saludaba y se fue directo a la estantería central.

—*Sento il ritardo. Sono Fabio, vado a cercare i documenti della nave e...*[4] —comenzó a decir cuando Laia le cortó.

—*Preferirei che parliamo in spagnolo, lei non parla italiano*[5] —dijo señalándola.

—¡Oh! Lo siento mucho, *signorina* —dijo mirando a Lara mientras les pedía que tomasen asiento.

—No se preocupe, pronto lo aprenderé. *Grazie mille* —contestó ella mientras se sentaba.

Laia la miró, volvió a sonreírle de aquella manera, mezcla de orgullo y deseo, y se volvió hacia Fabio.

—Bien, creemos que el crucero de lujo que atracará en Palermo en septiembre con una parada previa en Barcelona lleva un cargamento de documentación que un miembro de la Cosa Nostra pretende introducir en Roma, pasando por Calabria. Mi compañera, la agente Díaz, ha estado haciendo un seguimiento inicial de sus movimientos y ha averiguado gracias a las cámaras de seguridad que las dos veces que el sospechoso ha hecho ese crucero este año se ha hospedado en el mismo camarote, con una identidad distinta cada vez. Puede parecer una coincidencia, pero déjeme decirle que en estos casos nunca lo es.

El hecho de que Laia la hubiese nombrado hizo que se sintiese cada vez más importante. Desde la reunión había empezado a creer que podía conseguir esa implicación en el cuerpo con la que soñaba, pero debía ser cauta y no tentar a la

---

4 Siento el retraso. Soy Fabio, voy a buscar los papeles del barco y...
5 Preferiría que hablásemos en castellano, ella no habla italiano.

suerte, al menos no por ahora. Tendría que seguir demostrando que ella podía ser diferente.

—*Bene,* estoy pensando que podríamos reforzar la seguridad y difundir un retrato robot del sospechoso entre todo el personal del barco —dijo él, pensativo.

—Solemos trabajar utilizando cámaras ocultas en cosas cotidianas, podemos colocar algunas en distintas partes del camarote. Lo más importante es que el sospechoso no se dé cuenta de la vigilancia, por lo que hay que actuar con cautela y discreción —contestó Laia mientras le enseñaba fotos de la colocación de cámaras en antiguos casos.

Lara observaba la forma que tenía ella de trabajar. Era segura y firme, manteniendo el control en todo momento. Empezaba a entender que era una necesidad para Laia tener esa sensación, y cuando la perdía se volvía vulnerable. De ahí su forma de entender las relaciones personales, mostrándose distante cuando creía que podía sentir algo más que la atase.

—¿Algo más que añadir, señorita Díaz? —dijo Laia con un tono cargado de una sutil provocación.

Y entonces ella le contestó con el mismo tono.

—Creo que es importante añadir que no deberíamos actuar hasta que baje del barco si queremos saber a dónde se dirige o la ubicación de alguna casa franca. Por lo que he estado dándole vueltas y creo que deberíamos recoger toda la información de las cámaras ocultas y ponerle seguimiento hasta que cometa un error y lo detengamos, y así podremos interrogarlo —dijo ella mientras jugueteaba con un bolígrafo.

Ambos asintieron y siguieron compartiendo los detalles del plan que se llevaría a cabo un mes y medio después. Terminaron sobre las dos y media de la tarde; él les dio los planos del barco, los del camarote 223 y las listas de pasajeros del último año. Los tres se levantaron de la mesa a la vez y Fabio les volvió a estrechar la mano para despedirse.

—Ha sido un *piacere, signorinas.* Estaremos en contacto por si necesitan cualquier otra cosa.

Ellas salieron de nuevo al colosal vestíbulo, donde la luz del mediodía que entraba por los ventanales hacía que los colores fuesen aún más brillantes.

—He reservado una mesa en mi restaurante favorito de Palermo. Te gustará —le dijo Laia al oído. Susurró esas palabras lentamente, haciendo que Lara cerrase los ojos y que una vez más se muriese de ganas por besarla. Cuando salieron, Piero estaba esperándolas.

—Piero, llévanos al Seven —dijo Laia cuando entró en el Audi negro.

Llegaron a su destino veintisiete minutos más tarde. El restaurante se encontraba en la séptima planta del Hotel Ambasciatori, de ahí su nombre. Subieron por el ascensor exterior hasta la quinta planta, las dos restantes había que hacerlo por las escaleras.

La azotea tenía un suelo de azulejos negros y blancos que recordaba a un tablero de ajedrez. La parte central estaba compuesta por tres filas con tres mesas de manteles blancos y sillas negras con cuatro gigantescas sombrillas blancas siempre abiertas y que ahora protegían del sol, que a esas horas rabiaba. A los laterales, sofás alargados blancos y mesitas bajas con alguna tumbona. El muro blanco estaba rodeado de plantas con distintas tonalidades de verde, y en la zona de los sofás había pequeños apliques de luz para iluminar la noche.

En ese lugar se creía en la belleza minimalista, todo podía tener una perspectiva nueva, y sin duda una de las más bellas de la ciudad. Se trataba de un restaurante en el que se elegía la simplicidad y la elegancia muy en línea con la filosofía gastronómica ética del *Slow Food.* Pero lo que más impresionó a Lara fueron las maravillosas vistas que se abrían ante ella como un nuevo mundo. Las imponentes montañas, el lejano mar, las cúpulas de las iglesias… Todos y cada uno de los tejados de Palermo estaban a sus pies.

Comieron *tagliatelle* con aceite de oliva, ajo y guindilla. Muy picantes. Como ellas. Y los acompañaron con un Nero d'Avola, el vino italiano favorito de Laia, oscuro y robusto, que fusionaba la uva roja con el aroma de los frutos negros y con toques de café, chocolate y tabaco.

—Has estado a la altura de las expectativas en este viaje, en todos los sentidos. —Hizo una breve pausa para que Lara pudiese recordar cada excitante detalle—. Me gustaría que siguieses de cerca esta investigación. Harás de segundo enlace con el departamento italiano —dijo mientras se servía una nueva copa.

Lara empezó a deslizar el dedo rodeando el borde de la suya sin dejar de mirarla.

—Espero seguir estando a la altura de cada cosa que me propongas… —dijo inclinándose sobre la mesa.

Laia apoyó la espalda sobre su silla, giró la cabeza y su mirada se perdió entre aquellos tejados. Después, bebió de su copa de vino y las burbujas acompañaron a esa corriente eléctrica que Lara le provocaba. No podía dejarse llevar por ese impulso… y entonces volvió a recuperar el control.

—Tu avión sale a las ocho. Piero te llevará al hotel y luego al aeropuerto. Yo me quedo aquí unos días más. Cambios de última hora —dijo mientras hacía un gesto al camarero para que les trajese la cuenta.

Lara sintió una punzada de decepción. Laia había vuelto a echar el freno, lo había notado en el cambio de su tono de voz, y en ese momento fue plenamente consciente de que la pelirroja siempre tendría la última palabra en aquella especie de relación y de que ella siempre se lo permitiría… Porque así era la única forma de poder tenerla.

Piero la llevó al hotel. Lara iba en silencio y supo desde el momento en que ella se subió a ese coche que debía seguir con él.

—*Signorina*, la espero aquí para llevarla al aeropuerto —dijo mientras le abría la puerta cuando llegaron.

—Muchas gracias, Piero, siento que la compañía no sea la mejor —dijo ella cuando bajó.

Él sonrió y le habló con un tono lleno de ternura que la reconfortó.

—Mi *nonno* siempre decía una frase: «Cuando hay una tormenta, los pájaros se esconden, pero las águilas vuelan más alto» —dijo mirando al cielo. Ella le devolvió la sonrisa.

—Gracias, Piero.

Su vuelo salió a la hora prevista. Volvía a viajar en primera clase, aunque no dejó de trabajar en todo el trayecto. Laia le había dejado unos documentos en la habitación que debía leer para empezar a coordinar los pasos que debían seguir en el caso. Pero también estuvo pensando en que tenía que actuar de la misma forma que ella, no debía esperar más de lo que podía darle. No podía dejar que sus emociones la controlasen. Si quería ser parte activa de los casos de Lázaro, no debía implicarse emocionalmente con nada ni con nadie. Así sería la mejor forma de no sufrir. Como Laia.

Cuando atravesó las puertas de salida del aeropuerto, Álex la esperaba. Se lanzó a sus brazos y lo abrazó fuerte.

—Vaya, vaya, sí que me has echado de menos, ¿eh, morenita? —dijo él devolviéndoselo.

Ella asintió y ambos se metieron en el coche, pusieron la música a todo volumen, se encendieron un par de cigarros y arrancaron con un estridente chirrido de ruedas seguido de un denso humo blanco que se perdió por el anochecer de Barcelona.

Veintiuno

Con limón y sal

Cuando Lara entró por la puerta, el olor de la empanada de pisto que hacía Berta llenaba todo el piso.

—Buenas noches, perra, ¿qué tal el viaje? —gritó Berta cuando la oyó entrar.

Estaba agachada, con la cabeza casi metida en el horno, clavando un tenedor en la masa para comprobar si estaba hecha. Lo volvió a cerrar y dijo en voz alta que aún no lo estaba y que le faltaban cinco minutos a máxima potencia. Sin llegar a incorporarse del todo, giró sobre sí misma y sacó del congelador una botella de Sangue di Giuda. Cogió dos copas, que colocó en la encimera, y empezó a luchar con el corcho.

Lara se sentó a plomo en el sofá, y cuando Berta hubo conseguido vencer al tapón y llenar las dos copas, la acompañó. Iba vestida con un pijama granate de pantalón corto y camiseta de tirantes con florecillas de colores.

—Puf, estoy muy cansada, ha sido un viaje exprés con muchas reuniones y proyectos. Pero al menos he conseguido que me den el departamento italiano, así que ha merecido la pena —dijo Lara mientras hacía el gesto de chocar las copas—. ¿Tú qué tal por aquí?

—Muy bien, la verdad, el sábado fue un día a tope de curro, y yo con mi resaca. Peeero ante todo con mucha profesionalidad. César no me ha dejado dormir demasiado este fin de semana, ya sabes —dijo moviendo las caderas mientras bebía y ponía los ojos en blanco.

—Vaya, parece que va bien, ¿no? —dijo Lara sin demasiado entusiasmo.

Berta se levantó sin hacer demasiado caso al tono de su amiga y empezó a sacar la empanada del horno.

—Bueno, la verdad es que sí que me mola. Este finde vuelve a tocar. ¿Vendrás? —le preguntó Berta mientras intentaba no quemarse.

Lara se acordó de Elena y de la fiesta de la pintura del sábado.

—Qué va, no puedo, Álex me invitó a una fiesta de la pintura en La Fira —dijo levantándose y colocando el mantel en la terraza.

—¡Ah! Es verdad, el Costacat. Yo fui el año pasado y la verdad es que está chulo, pero para mi gusto te manchas demasiado. Y ya sabes que no me gusta que se me ensucie el pelo —dijo Berta acariciado su larga coleta.

Las dos cenaron en la terraza con el ruido de la ciudad de fondo. Hablaron sobre Italia, sobre los viajes que harían algún día y, sobre todo, de César.

El lunes la alarma la despertó a las siete. Tenía un mensaje de Elena.

Buenos días, italiana, ¡el sábado es la fiesta! Estaré toda la semana en Valencia, en un torneo de surf, así que la pulsera te la dará Álex, aunque antes de la fiesta estaremos bebiendo en la playa. Pues nada, novata, pasa un día sublime. Un beso.

Lara sintió un cosquilleo en el estómago. El reto de sacar a Elena de su armario le daba ese estimulante desafío que solo te dan las cosas difíciles de conseguir.

Pasa una buena semana enseñándoles quién manda en el Mediterráneo. Nos vemos el sábado en la playa. Te tendré preparado un copazo de Bacardí Mojito lleno de hielo. Besitos grandes.

Se levantó y se duchó en silencio. Tenía una sensación extraña en el cuerpo, algo le presionaba el pecho. No se podía quitar a Laia de la cabeza, una parte de ella ansiaba tener ese espíritu libre, pero tal vez la costumbre que había tenido siempre de aferrarse demasiado a la gente no se lo permitía. ¿Quizás se estaba enamorando de ella?

Alargó la mano hacia delante y la apoyó en la pared de la ducha mientras el agua le caía lentamente por la cabeza. No. No podía hacer eso, de Laia no. Era una auténtica locura, era como adentrarse en la selva sin mapas. Una experiencia mágica, cautivadora y muy excitante… pero llena de peligros y con todas las posibilidades de perderse. Perderse por dentro y por fuera.

Cuando llegó a Barcelona quería cambiar todo aquello que no le gustaba. Y ahora, de nuevo, tenía esa oportunidad. La oportunidad de modificar esa piel que se le quedaba pequeña, como las serpientes.

Debía cambiar su forma de pensar sobre Laia ya. Tenía que verla como el pájaro libre que era y no intentar meter en una jaula a ninguna de las dos, y en el fondo sabía que esa parte dormida y desenfrenada que habitaba en su interior debía salir o la devoraría por dentro. La notaba. La quemaba. Entonces sintió cómo su fénix se apagaba y de aquellas cenizas resurgía un ave aún más brillante, más independiente y con un cierto halo rojizo.

Bajó los escalones de tres en tres, como lo hizo la primera mañana en el Lázaro. Se sentía renovada, se había quitado de golpe aquellos pensamientos, llevaba aprendiendo a controlar las emociones desde que empezó su formación en el cuerpo y la posibilidad de bloquear sentimientos se hacía cada vez más real. Si Laia había podido conseguirlo ella también lo haría.

Álex la esperaba apoyado en su flamante Audi negro, que aún tenía gotas de agua.

—¿Has lavado el coche solo para recibirme? —dijo Lara quitándole lo que le quedaba de cigarro y dándole una larga calada que llenó sus pulmones. Él se rio y se dio la vuelta para entrar en el coche.

—Por supuesto. Me encantaría complacer a la segunda de abordo —dijo mientras se metía dentro. Lara giró la cabeza bruscamente mientras apagaba el cigarro y lo tiraba en la papelera.

—¿Cómo sabes lo de Italia? No recuerdo habértelo contado ayer —preguntó ella mientras se abrochaba el cinturón.

—Laia me llamó ayer y me dijo que hoy te llevase a la oficina del aeropuerto. Si vas a trabajar con el departamento italiano necesitas saber cómo se hacen las cosas allí —dijo él cuando arrancó—. Lázaro trabaja directamente en el control de aduanas, y debes conocer los diferentes procedimientos.

Llegaron al Prat en media hora, tardaron un poco más debido al tráfico que ocasionaba la hora punta.

—Estarás hasta las dos y luego vendré a llevarte a comer y a beber tequila —dijo él guiñándole un ojo.

El aeropuerto tenía tres pistas de despegue y aterrizaje y dos terminales. La oficina estaba situada en la T1. Era muy similar a la de Sants, quizás un poco más grande. Cuando llegó, la recibió en la puerta una chica con aspecto asiático llamada Anh.

Era la encargada de la coordinación de la oficina, llevaba la gestión de los operativos y del personal. Nació en Vietnam, pero con dos años fue adoptada por una conocida y adinerada dentista francesa llamada Adèle Delacour, de la que Lázaro conseguía muchas de sus subvenciones, y vivía en Barcelona desde hacía siete años. Llevaba un vestido largo con las mangas remangadas de color naranja y con dibujos de ramas en blanco. Era alta y muy delgada, con un pelo negro y liso que le llegaba por la cintura. Tenía un *piercing* debajo de la nariz, muchos tatuajes por todo el cuerpo y una de las sonrisas más bonitas que Lara había visto.

—Buenos días, Lara, nos habían informado de que vendrías. Soy Anh, la coordinadora del Prat. Estas semanas estarás con nosotros aprendiendo la labor de Lázaro en el aeropuerto, sobre todo con el equipo de aduanas —dijo ella invitándola a pasar.

Lara le sonrió y siguió sus pasos hasta el despacho. Por el camino, Anh le estuvo presentando a los responsables del equipo que allí se encontraban, como Leo, el nexo de unión entre los agentes de aduanas y el departamento; un chico alto, con barba y el pelo castaño algo largo y alborotado. Tenía un pendiente en la aleta de la nariz y de la camisa blanca medio abierta le sobresalía un tatuaje con unas letras alargadas en las que ponía «*Love*». Llevaba unos vaqueros desgastados y algunos tatuajes más en el brazo. Lara pudo ver uno muy grande en blanco y negro de un faro y la palabra «Hope» en la muñeca.

Se sorprendió de la estética tan diferente de los miembros del aeropuerto y le gustó que no se valorase la profesionalidad de la persona por su aspecto físico, cosa que no pasaba tan a menudo como debería, porque el hecho de que Anh o Leo llevasen todos esos tatuajes y pendientes no les hacía menos buenos en su trabajo. Y Lázaro lo sabía.

—Bienvenida a la oficina. Pasarás estas semanas aquí con Anh y conmigo, estaremos en la oficina y también te llevaré a ver cómo funcionamos en el campo de batalla. Los chicos de aduanas son bastante majetes —dijo mientras se levantaba de su ordenador y le estrechaba la mano.

También tenía una sonrisa muy bonita, con unos dientes grandes, desiguales y blancos que resaltaban con la oscura barba. Pero lo que más le llamaba la atención de él eran sus grandes ojos marrones envueltos en unas espesas y largas pestañas.

La forma que tenían de mirarse Leo y Anh era especial. Y si la intuición de Lara no le fallaba, cosa que pocas veces ocurría, tenían una historia que les aguardaba detrás de cada esquina.

Alba, por otro lado, se encargaba del equipo de informáticos. Era rubia, con el pelo largo y rizado recogido en un moño y sujeto con un lápiz, con los ojos color miel y algunas pecas en las mejillas casi ocultas por sus gafas de pasta. Estaba trabajando en una nueva forma de abrir las cajas fuertes. Había diseñado un programa en el que, mediante un algoritmo, se identificaban las vueltas que se habían dado a la rueda numérica de la caja fuerte para conseguir abrirla. Una vez que se encontraba la secuencia, esta se reproducía digitalmente en el ordenador.

De repente, Lara reconoció a Enzo. Estaba al final de la sala, de espaldas a ella, trabajando con los demás ingenieros.

—*Buongiorno, bello* —gritó.

Él se giró extrañado cuando oyó hablar a alguien en su idioma materno, pero pronto reconoció la voz sin llegar a girarse del todo.

—*¡Bambina!* ¿Qué haces tú *qui*? —gritó abriendo los brazos.

Ambos se abrazaron y Lara le contó lo que había pasado en Palermo y que estaba trabajando en el caso Acqua.

—Sí, sí, me han hablado de la conexión con la Cosa Nostra y la coincidencia del camarote. *Brava, ragazza*. Nunca pensamos en que Marconi pudiese estar detrás de esto. Al fin y al cabo, no tenía mucho peso dentro de la organización. Pero después del fracaso del caso Erba supongo que se llevó su mérito.

La chica con la que estaba hablando Enzo antes de que ella llegase reclamó su atención y él tuvo que volver a la mesa, en la que estaban trabajando en el ambicioso proyecto de la nueva máquina de rayos X usada en el tren. Parecía que aquel proyecto estaba llegando a buen puerto y que sería probada en la zona de aduanas.

Anh se reunió con ella en su despacho. Estuvo enseñándole la forma en la que Lázaro trabajaba en el aeropuerto; el control de los pasajeros en el aeropuerto era más exhaustivo y colaboraban directamente con el equipo de aduanas. Las reuniones mensuales con los distintos representantes de los departamentos europeos tenían lugar en una sala contigua al despacho.

—La mayoría de «los vuelos calientes» llegan al Prat entre las seis de la mañana y las cuatro de la tarde. Pero en cualquier momento podemos recibir una llamada de los agentes de aduanas para informarnos de que va a haber una intervención especial. Al año podemos llegar a incautar 3 300 kilos de cocaína y a detener a unas 700 personas por tráfico de cualquier cosa. A pesar de eso, no siempre es tan intenso como puede parecer. Hay días en los que detenemos a alguien por intentar introducir tabaco de contrabando, por un blanqueo de una cantidad relativamente pequeña o por intentar hacer una expedición comercial sin declararlo. En las maletas de los pasajeros te puedes encontrar de todo —dijo ella mientras le enseñaba fotos de casos.

Anh le explicaba cada detalle con un delicado acento francés. Ella se encargaba de hacer los informes de todo lo que Lázaro ayudaba a incautar; también formaba a los nuevos integrantes y hacía de intermediaria con el equipo de Francia. La oficina del aeropuerto se encargaba también de gestionar los paquetes que serían enviados al resto de departamentos en el extranjero.

La mañana pasó rápido, Lara se empapó de la forma de trabajar de aquella oficina y de toda la documentación que se almacenaba, y al terminar se llevó algunos de esos informes para poder estudiarlos. En el aeropuerto las cosas eran mucho más frenéticas que en la estación, y aquel ir y venir de gente en un perfecto caos le producía ese estímulo que empezaba a necesitar como si de una droga se tratase.

A las dos en punto Álex llegó. Ella ya lo esperaba en la puerta, fumando un cigarro y asimilando toda la información de ese día.

—¿Qué tal tu primer día en el aeropuerto? Una locura, ¿eh? Y cómo está de buena la jefa de Francia... —dijo él mientras se bajaba las gafas con el dedo.

—Agg... Álex, deja de pensar con la polla.

—¿Quéééééé? ¿Acaso estoy mintiendo?

—Mmm... A ver, sí, Anh es bastante... interesante —dijo ella poniéndole esa cara morbosa.

—Ja, ja, ja, ja. Maldita bollera —le cortó él.

—A ver, que no he terminado. Es preciosa, eso es innegable. Me gustan sus tatuajes, pero lo que más me ha llamado la atención ha sido precisamente eso, tanto ella como Leo tenían muchos tatuajes y vestían de una forma muy distinta a la del departamento de Sants.

—Sí, aparte de que Lázaro no le da importancia al aspecto de sus integrantes también es una buena forma de distracción, y más aún en el aeropuerto. Generalmente es más difícil pensar que te va a detener alguien con ese aspecto que alguien uniformado.

Llegaron al restaurante mexicano al que fueron la última vez con el resto del equipo. El olor era intenso y picante, y de nuevo aquel desfile de platos típicos y explosiones de color allá donde mirasen. Pidieron unos nachos con mucho guacamole y unos tamales para compartir; todo ello acompañado de una gran jarra de margarita granizada.

—Oye, y tu amiga Berta, ¿cómo está?

Lara rompió la armonía lineal de la sal en el borde de su copa y bebió un gran trago. La acidez del limón se mezcló con el amargor del tequila.

—Bueno, el viernes conoció a un tipo en un bar, sin muchas luces, pero parece que a ella le gusta, así que…

Le contó cómo había sido su encuentro en el hawaiano, la noche del concierto y la sensación que César le provocaba. Él alzó su copa y ambos brindaron, pero ella vio una ligera sombra de decepción en sus preciosos ojos.

Para el postre eligieron flan de guayaba con queso, el favorito de Álex, una delicada combinación del inigualable y dulce sabor de la guayaba y el dulce de leche con un toque de queso crema.

Cuando Lara llegó al piso, después de haber estado un rato en la playa con Álex, escondió los documentos en la caja de seguridad que estaba en su armario y se puso un pantalón corto y una camiseta de tirantes. Se lio un cigarro y se sentó en la silla de la terraza. Eran las cinco y media de la tarde, pero el sol ya no daba en esa cara del edificio, por lo que el calor se hacía más llevadero.

Berta le había escrito un mensaje, César la recogería después del trabajo y la traería a casa, pero antes se irían a tomar algo a una de las terrazas de su calle. Lara le dijo que estaba cansada y que tenía que terminar unos informes. Sabía que en algún momento, y si la relación de su amiga continuaba, tendría que pasar tiempo con aquel chico. Pero esa noche no.

El iPhone negro vibró y las mariposas de Lara se pusieron alerta. Era un mensaje de Álex diciéndole que mañana la recogería a las diez de la mañana, que antes debía recoger a Enzo.

No sabía nada de Laia desde que habían comido en el Seven. Y no pensaba escribirle. Había abierto las puertas de esa jaula y ambas decidirían cuándo querían entrar y salir.

Puso pasta a cocer y estuvo repasando casos de las famosas «mulas» detenidas en lo que iba de año. Ciento trece. Se hizo un pesto casero y disfrutó de los espaguetis y del vino con el ruido de la ciudad de fondo.

Veintidós

Costacat

A la mañana siguiente Berta la despertó un rato antes de irse.

—Oye, perra, ¿estás despierta? —dijo asomando su cabeza por la puerta entornada.

—Ahora sí —dijo Lara sin abrir los ojos.

—Toma anda, que te he traído un zumo de maracuyá recién exprimido.

Lara se incorporó y le sonrió. Berta se sentó cuando ella le hizo un hueco mientras bebía un gran trago de aquella mezcla deliciosa que solo su amiga sabía hacer.

—¡Buah, tía! Ayer con el César fue la hostia. Me llevó a cenar al restaurante de un amigo suyo muy chulo, tenemos que ir —dijo mientras se encendía un cigarro—. Es solo para ir al baño, ya sabes.

—Sí, claro, claro, para ir al baño solo, eso ya no se lo cree nadie, Ber.

—Bueno, el caso es que creo que me gusta de verdad. No sé, es muy majo y canta genial. Además se preocupa mucho por mí, me viene a buscar y me lleva, no sé... Por no hablar de lo bien que folla… —dijo mientras le quitaba a Lara el vaso de zumo para beber.

—Ja, ja, ja. Vaya, parece que ese chico está lleno de cualidades… —le cortó Lara recuperando su vaso.

—¡Bah! ¿Tú qué vas a saber, come *chirlas*? —dijo Berta mientras se levantaba—. Me cago.

Lara la llamó cerda mientras le tiraba un cojín, el cual ella esquivó, y se fue al baño riéndose de su puntería. «Si tú supieras, amiga», pensó Lara acordándose de la galería de tiro.

—Esta tarde viene al BarnaStetic a que lo depile, y lo que surja, claro —gritó Berta desde el baño. Lara se estiró y se levantó. Fue a la cocina y se preparó unas tortitas de plátano con queso.

Cuando Berta se fue a trabajar, aún faltaban veinte minutos para que Álex la recogiera, así que se duchó, se puso una coleta alta, unos pantalones anchos de tela fina verdes oscuro y una camiseta negra de manga corta. Y subida a sus Vans negras salió a la calle, donde la esperaban dos de sus chicos preferidos.

Pasó la mañana repasando los casos que había tenido Lázaro en lo que iba de año, lo que le recordó a sus inicios en el cuerpo, estudiando antiguos casos y viendo vídeos. Sin embargo, estos eran diferentes a los de la estación, ya que generalmente en el aeropuerto lo que se hacía era trabajar codo con codo con el equipo de control de aduanas.

El departamento se encargaba de identificar a los presuntos delincuentes y ellos de proceder a su registro y detención. Gracias a los rastreos, los micrófonos y las cámaras ocultas y de vigilancia podían detectar comportamientos sospechosos; un gesto, una mirada o un cambio de maleta con otro pasajero eran motivos suficientes para iniciar una investigación rápida y conseguir las pruebas antes de perderles la pista.

Un caso le llamó especialmente la atención. En la grabación se veía perfectamente cómo un hombre de mediana edad entraba en uno de los ascensores de la segunda planta con una maleta azul oscuro y cremalleras plateadas; minutos después, salía de ese mismo ascensor una mujer con la misma maleta azul y él con una roja y negra. Ambos continuaron su camino por separado.

Cuando Alba se dio cuenta de aquel detalle, dio parte al control de aduanas y detuvieron a los sospechosos. El hombre había cambiado la maleta azul para intentar despistarlos, pero ambas maletas contenían varios kilos de hachís distribuidos en pequeñas y finas placas prensadas envueltas en un material aislante y reforzado con papel de aluminio a lo largo de todo un falso fondo.

El iPhone blanco vibró. Era una foto de Elena, se veían solo sus piernas, una a cada lado de la tabla en el mar, y un texto debajo que decía:

Aún te debo una clase.

Lara sonrió y se mordió el labio. Pronto sería la fiesta y se preguntó si podría pasar algo por fin. Ella lo intentaría, eso desde luego. Enzo entró por la puerta, sacándola de sus pensamientos.

—*Bella ragazza*, voy a comer a un italiano bastante logrado cerca del aeropuerto. ¿Qué tal si dejas todo el papeleo y me acompañas? Venga, *andiamo*.

—Vale, déjame que le pregunte a Ahn si puedo llevarme los documentos para terminar de verlos en casa, y aviso a Álex para que nos recoja allí antes de ir a la simulación.

Llegaron al Padrino. Enzo saludó al *maître* y este los llevó a una de las mesas situadas en la zona del restaurante que estaba a doble altura. El local era grande, con las paredes blancas y llenas de cuadros con fotos antiguas en blanco y negro de escenas del *film* de Coppola, excepto la que estaba enfrente de la puerta, que era negra con el logo del restaurante en blanco, idéntico al de la película, pero lo que sujetaba las cuerdas de una marioneta en vez de la icónica mano era un cuchillo y un tenedor cruzados. Las mesas y las sillas eran de color negro; los manteles, blancos, y las servilletas, rojas.

Había una barra de bebidas también negra con taburetes rojos, y detrás se veía la cocina a través de la cristalera, donde los cocineros se movían frenéticos y perfectamente coordinados, vestidos del mismo color rojo de las servilletas que habían colocado ya en sus rodillas.

Pidieron pasta. Él, unos espaguetis *nero di sepia* con gulas y gambas; ella, unos *arrabiata* muy picantes y rojos. Como Laia. Volvió a acordarse de ella, una vez más.

—La máquina de rayos X está siendo todo un éxito, hemos conseguido atravesar el Axton, un material aislante relativamente nuevo que se vuelve casi imperceptible cuando pasa a través de escáneres convencionales.

—Vaya, enhorabuena, *bambino* —dijo Lara mientras levantaba su copa y ambos brindaban por aquella pequeña y pionera caja.

Una vez llegaron a la simulación, entraron en la habitación juntos. Cuando los buscadores realizaban el programa del aeropuerto se sentaban en una de las mesas y se ponían las mismas gafas que usaban los demás, aquellas que estaban conectadas por cables al ordenador. En estos casos, ellos solo tenían que observar las grabaciones de las cámaras de seguridad y localizar a los pasajeros que tuvieran un comportamiento extraño.

La mesa que usaron para ese día era más larga, con dos sillas. Enzo se puso las gafas y los guantes y empezó a hacer movimientos en el aire probando la réplica virtual de su caja con distintos materiales. Lara también se colocó las suyas, pero en este caso solo se puso un guante. El izquierdo. Recopiló varias horas de vigilancia de casos antiguos en las que acertó trece de los treinta y dos casos. Cada vez que sospechaba de una persona la tocaba con el dedo y, si se ponía de color blanco y su cara pasaba a uno de los laterales de la pantalla, quería decir que en la vida real esa persona había sido detenida por aduanas.

Los días fueron pasando. Por las mañanas iba a la oficina del aeropuerto con Ahn y por las tardes a la simulación. El entrenamiento había sido reducido a una hora al acabar el día. Había alcanzado el peso y la complexión adecuada, ahora solo tenía que mantenerlo, por lo que media hora de rutina y otra media hora de tiro en la galería eran suficientes, siempre que no se saltase demasiado los menús que el departamento le había marcado.

El viernes por la tarde decidió quedarse un rato más practicando. Cuando Mario y los demás se fueron, la sala se quedó más oscura de lo normal. Solo su carril estaba iluminado y la luz tenue de su cubículo apenas iluminaba la pistola. Hacía ya tiempo que había acertado en la cabeza de aquella cartulina negra, pero ese día el último tiro lo hizo sin mirar.

—Veo que el cien ya no es suficiente.

Se mordió el labio y giró la cabeza hacia la puerta sin abrir los ojos aún. Reconoció esa voz al instante. La envolvió cada letra, cada sílaba, esas ocho palabras cargadas de una peligrosa sensualidad… Al abrirlos, vio a Laia apoyada en el marco de la puerta. Su silueta cortaba el haz de luz que los últimos rayos de sol proyectaban a través del cristal.

—Me temo que nada lo es, ya qu…

Laia no le dejó terminar la frase. Se abalanzó sobre ella como un león hambriento y Lara simplemente absorbió toda esa fuerza y la usó para besarla aún más fuerte. Una apoyada en la pared de aquel cubículo, la otra pegada a su piel, devorándole las ansias, y ambas girando las cabezas y las lenguas en una coreografía casi idéntica. La ropa volvía a quemarles; la ropa y las ganas.

Entonces la voz de Mario sonó fuera de aquella sala. Laia se detuvo y, con su frente pegada a la de Lara, cerró los ojos, apretó los dientes y masculló un «joder».

—Mario, estamos en la galería —gritó ella mientras se recomponía por dentro y por fuera.

—Buenas tardes, jefa, la he visto pasar al gimnasio y quería hablar con usted sobre los nuevos entrenamientos.

Lara pensó que sería un buen momento para una dulce y exquisita venganza.

—Os dejo hablar tranquilos. Yo me tengo que ir —dijo descargando la pistola y dejándola en la caja metálica—. Buenas noches y buen fin de semana.

Mario hizo una pequeña reverencia con la cabeza a modo de despedida y Laia la miró y esbozó una leve sonrisa.

—Espero que para ti también lo sea.

Se fue de allí sabiendo que, lo que ella creía una venganza, a Laia le había quitado otro peso de encima. Ahora empezaba a actuar como la pelirroja esperaba que lo hiciese, y si quería jugar a ese juego, Lara estaba dispuesta a ganar la partida.

Cuando salió del edificio un coche rojo estaba aparcado delante de la puerta, por la ventana asomaba el brazo de Berta con sus uñas fucsias y su eterno cigarro.

—¡Sorpresa! Sabemos que mañana no puedes ir al concierto, pero hoy no te escapas. ¡Nos vamos a tomar unas cuantas!

Lara puso los ojos en blanco y se rio. Saludó con la cabeza a César y se subió a la parte de atrás del coche. Estaba bastante limpio, olía a ambientador y ligeramente a tabaco.

Berta le había traído un sándwich vegetal para cenar que se comió de camino al *pub*.

Cuando llegaron al Intruso aún era pronto para los conciertos, pero la música variada de pop-*rock* se escuchaba de fondo. Se sentaron en un reservado que César tenía justo a la izquierda del escenario, el mismo en el que estuvieron la otra vez, muy cerca de donde se encontraba la barra.

—Bueno, Lara, Berta me ha contado que tu empresa te ha hecho responsable de un departamento italiano o no sé qué, ¿no? —dijo él mientras servía tres chupitos de un líquido de color morado—. Brindemos por ello. —Y los tres se bebieron el primero de muchos.

A las dos horas Lara paró de beber, al día siguiente era la fiesta y no quería llegar demasiado tarde y en malas condiciones. Berta también pensó en irse, hasta que César algo borracho le dijo:

—¡Ah! O sea, que te vas y me dejas solo, ¿eh? Vale, vale…

Y sonó a broma, pero en el fondo Lara sabía que lo estaba diciendo en serio y notó un cierto tono de enfado que no le gustó nada.

—César, es que mañana trabajo y tengo que aprovechar la temporada de julio, que en agosto cierro dos semanas para irme con mi familia a los Pirineos… —dijo Berta de seguido, a pesar de que llevaba dos *gin-tonics* y arrastraba demasiado las palabras.

—Que sí, que vale, vete. Mañana hablamos —dijo mientras saludaba a dos amigos suyos que acababan de llegar.

Lara agarró la mano de su amiga y ambas salieron fuera del local, que empezaba a llenarse demasiado.

—Ha sido un borde de mierda —dijo Berta mientras Lara paraba un taxi.

—Bueno, la verdad es que un poco sí. Mañana habla con él, quizás ha bebido demasiado y su bromita se le ha ido un poco de las manos.

A la mañana siguiente, Lara se levantó antes y le preparó a Berta su desayuno favorito: huevos revueltos encima de una tostada con aguacate y un batido de plátano con fresas. Entró en la habitación cuando ella aún dormía.

—Buenos díasssss, hoy me tocaba a mí darte de desayunar. ¿Cómo estás? —dijo mientras se sentaba en la silla del escritorio de Berta.

—Mucho mejor, me duele un poco la cabeza, pero bueno. Ayer, al rato de llegar, este me escribió pidiéndome perdón y diciéndome que me invitaba a comer hoy, así que… —Berta se incorporó y se tomó la pastilla para el dolor de cabeza que había en la bandeja.

—Bueno, mira, me alegro mucho. Dile de mi parte que la próxima vez no sea tan capullo.

Cuando Berta se fue a trabajar, Lara se puso a limpiar la casa, ordenó la cocina y el salón, limpió el polvo y los baños… Berta era muy organizada y casi siempre estaba todo limpio, pero a Lara le relajaba de vez en cuando. Después pidió comida al Ecologie y comió en el salón repasando los vídeos del aeropuerto; la semana siguiente iría con Leo y el equipo de aduanas.

El iPhone blanco vibró. Un mensaje de Álex.

***Buenas tardes, señorita. ¿Preparada para el fiestón del verano? Recuerda llevarte ropa que se pueda manchar y, sobre todo, que si se mancha demasiado la puedas tirar. A mí ya me ha pasado varias veces. Hemos quedado en el club a las ocho para empezar a beber, porque luego en el recinto ferial**

Lara se levantó del sofá, recogió los restos de la comida y guardó los documentos en la caja fuerte. Luego abrió su armario y empezó a mirar qué podría ponerse. Eligió una camiseta de tirantes holgada blanca y unos pantalones de un equipo de baloncesto que le había robado a su hermano de color negro. Para los pies eligió unas antiguas zapatillas Vans con estampado de leopardo.

Eran las siete, así que se duchó, aunque sabía que acabaría llena de pintura. Se onduló el pelo y se puso algo de colorete, máscara de pestañas y una sutil raya negra en los ojos. Dejó los móviles en la mesilla y solo se llevó en la mochila el tabaco, las llaves y la cartera con la documentación.

Decidió ir andando. Pasó antes por Las Ramblas y se tomó un gofre bien cargado de chocolate negro; esa bomba de azúcar le serviría para aguantar toda la noche. Caminó por el paseo, estaba expectante, la fiesta prometía y era la primera vez que pasaría tanto tiempo con Elena.

Cuando llegó a la playa todos los amigos de Álex y Elena estaban allí, tenían puesto reguetón y ya habían empezado a beber y a bailar. En ese momento, Elena salía de la cabaña con varios mojitos en la mano. Llevaba una camiseta larga sin mangas de color azul claro, por cuyos laterales podían verse las cuerdas de un bikini negro, y un bañador de chico también negro. Iba descalza, sus rizos le caían por la frente y sus pulseras plateadas brillaban con los últimos rayos de sol.

—Buenas noches, novata. Llegas tarde, y ¿dónde está la copa que me prometiste? Bueno, te perdono porque yo al final he llegado antes de lo previsto, así que espérate a que lleve esto a los chicos y te pongo yo a ti una —dijo mientras levantaba los vasos y señalaba al grupo de chicos entre los que estaba Álex—. Por cierto, ¿y tu pulsera? —preguntó cuando volvió.

Lara miró a Álex y después a Elena, que estaba peligrosamente cerca de ella.

—Pues verás… resulta que le dije a Álex que prefería que me la dieses tú.

Elena torció la boca con una sonrisa y toda la atención de Lara se centró en el *piercing* que tenía debajo del labio. Entonces se fue donde estaban los demás y Lara vio cómo hablaba con Álex y este se sacaba algo del bolsillo. Luego Elena regresó a su lado y le cogió el brazo por la muñeca, muy lentamente, se lo extendió y le colocó la pulsera despacio, sin dejar de mirarla a los ojos.

Después de dos o tres mojitos y varios chupitos, el grupo se encaminó al paseo, donde les esperaba un minibús que los llevaría a La Fira. Cuando llegaron al recinto, fueron al pabellón número diecisiete. El que se usaba para la fiesta. Había vallas que formaban un camino hasta llegar a la entrada, donde los agentes de seguridad procedían al control de la gente para evitar que se metiesen sustancias u objetos que se pudiesen utilizar como arma.

Álex se metió entre las vallas y habló con uno de los hombres, que iban vestidos con unos pantalones y polos negros. Saludó a dos de ellos y les abrieron un hueco por el que pasaron directamente por la puerta lateral.

La nave estaba prácticamente a oscuras, las únicas luces que iluminaban algo eran las de los focos de colores y las torres metálicas donde estaban los DJ, los altavoces y los cañones de pintura. La música era más bien electrónica, y la gente saltaba y bailaba como loca. Pedían a gritos que llenasen la sala de todos esos colores fluorescentes que brillaban bajo los focos de luz ultravioleta. Álex sacó una botella de Jägermeister del bolsillo de atrás de su pantalón. Y los tres brindaron por la noche que iban a pasar.

El primer cañón impactó de lleno en el pecho de Lara, un chorro de pintura fría la pilló desprevenida. Elena, a su lado, se reía, y Lara aprovechó para limpiarse lo que pudo y con un movimiento rápido le manchó la cara. De nuevo otro cañón de pintura verde los empapó, aunque esta vez Elena se puso por delante y evitó que a Lara le diese en la cara, manchándose ella toda la espalda.

—Hum, gracias por protegerme, no volveré a meterme con usted —le gritó Lara al oído con demasiada educación y una reverencia que la hizo tambalearse.

Elena la sujetó antes de que se cayese, y entonces Lara aprovechó y la besó. Un beso corto y demasiado rápido. Elena se apartó ligeramente diciendo:

—Lara, ¿qué haces?

Pero sonó más bien a cuando una madre regaña a su hija por no haber sabido escoger el momento adecuado. Ella se limitó a sonreír y a agarrarse a Álex, que en ese momento venía por detrás, lo suficientemente borracho como para no haberse dado cuenta de nada.

El resto de la noche lo pasaron bailando y buscando aquel escalofrío que provocaba la pintura y que compensaba el calor de la noche. Lara miraba a Elena y esta le devolvía la mirada; unas veces la quitaba ella primero, otras no, unas veces sonreía, otras no, pero a pesar de esa intensidad no volvieron a hablar en toda la noche.

Cuando la fiesta hubo acabado y salieron del pabellón, estaba amaneciendo y los colores de su ropa habían adquirido un tono marrón. El minibús los estaba esperando. Lara se sentó en la parte trasera con Elena y el trayecto hasta su casa lo hizo dormida en su hombro.

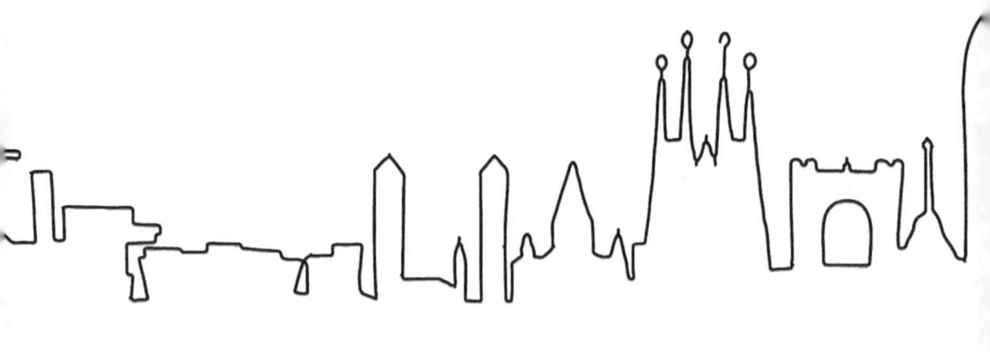

Veintitrés

Aires yanquis

El domingo se despertó sobre las doce del mediodía con el sonido de un mensaje en su iPhone blanco. Había llegado hacía unas horas y se había duchado para quitarse los restos secos de pintura con mucho cuidado para no despertar a Berta. Dio un par de vueltas, pero supo que tendría que levantarse o la cabeza empezaría a dolerle.

Miró el mensaje, era de Berta.

Chocho! César y yo nos hemos ido a la playa. Luego vienen Emma y Nacho para ir a comer al Bacoa. Si te apetece y no sigues muy pedo vente. Estaremos donde siempre. Te quierooo.

No contestó, tiró el móvil al otro lado de la cama y se levantó. Lo hizo demasiado rápido y el ligero mareo le recordó los mojitos, los chupitos y el fugaz beso con Elena.

Fue a la cocina y bebió un trago muy largo y frío de agua. Sintió perfectamente el recorrido del líquido desde su garganta hasta el estómago. Hacía mucho calor esa mañana, así que cogió la sandía que había en la nevera, partió una rodaja y se la comió en cuatro bocados. Después se duchó solo con agua fría para terminar de despejarse.

Miró la hora, la una menos cuarto. Cogió su móvil y contestó a Berta.

Ber! Me apunto al plan, en media hora estoy allí. Te quiero.

Y Berta no tardó en responder:

Vale! Aquí te esperamos, había reservado un sitio más por si te apuntabas, pero hasta las tres no tenemos la mesa, así que sin prisa.

Lara recogió su habitación, metió toda la ropa manchada en una bolsa y la tiró. Se puso su bikini negro y el mono de tirantes verde militar; cogió una bolsa de playa a rayas blancas y grises de tela y metió la toalla, el tabaco, los móviles y la cartera; se calzó las chanclas y se fue.

Cuando llegó a la zona de la Barceloneta, donde iba siempre con Berta, los vio a lo lejos, aún con la playa a reventar de gente. Estaban haciéndose bromas, ella le pegaba a él, le metía mano y se reía. Él se hacía el vergonzoso y el duro, pero no se apartaba.

—Id a un hotel —dijo Lara cuando llegó a su lado.

—Anda, envidiosa —le contestó Berta mientras rodaba hacia una toalla vacía a su izquierda—. Te he guardado un sitio cuando se han ido los guiris de al lado.

Lara le dio las gracias, saludó con dos besos a César, que se había levantado, y se tumbó al lado de su amiga.

—¿Qué tal la fiesta de ayer? —le preguntó Berta mientras se sentaba y se echaba agua por todo el cuerpo con un pulverizador.

—Pues la verdad es que superbién. Estuvimos bebiendo en la playa antes, en el club de surf, y luego un minibús de la organización nos llevó a la fiesta. Álex me explicó que lo hacen precisamente para que la gente no beba y luego coja el coche.

Berta puso su cara de perra salida y preguntó:

—Con que Álex, ¿eh?... Y ¿cómo está?

En ese momento César dejó el móvil y miró de reojo a Berta.

—¿Quién es ese tal Álex?

—Nah, es un compañero de trabajo de Lara muy majo, nos ayudó con la mudanza y da clases de surf en el club —le contestó Berta.

Justo entonces la vocecilla de Emma sonó detrás de ellos.

—¡Hola, chicoooos! ¿Qué tal todo por aquí?

Emma iba con un pequeño moñito despeinado del que se le escapaban algunos mechones, con un vestido corto rosa palo y una bolsa enorme blanca. Nacho, en cambio, llevaba un bañador negro con el logo de la marca DC en blanco en la pierna izquierda y una camiseta de manga corta gris.

Todos se saludaron, las chicas con dos besos y los chicos con un fuerte apretón de manos. Ellos se pusieron a hablar del último partido del Barça; ellas, de la fiesta de la pintura. Bebieron unos tintos de verano y a las tres menos cuarto recogieron y se fueron al Bacoa.

Era un restaurante pequeño pero con mucho encanto. Las paredes, blancas, algunas con láminas enmarcadas y otras con pequeñas macetas del color ocre clásico de las que salían plantas de varios tipos, aunque todas verdes; en mitad de la pared, una ancha balda que hacía las veces de mesa con sus respectivos asientos y que separaba la pintura blanca de los azulejos, mitad blancos, mitad verde oscuro, que llegaban hasta el suelo. En el techo, tres hileras de bombillas gigantes daban luz acompañando a la gran cristalera que dejaba ver el mar y una tubería metálica de color plateado que surcaba la sala de lado a lado. Y en el centro del local había dos mesas largas de madera desgastada con taburetes.

Cuando llegaron a la parte de la larga mesa que tenían reservada, se sentaron y pidieron la comida. Lara se pidió la Veggoa, la especialidad vegetariana, una hamburguesa Beyond con mezcla de lechugas, queso americano, kétchup de tomate seco especiado, cebolla caramelizada y mayonesa de trufa negra.

De beber pidieron el clásico del local, el Tinco, un tinto de verano con vino, espumas de limón y huevo y hielo, y servido con una larga cuchara, ya que sus tres ingredientes se encontraban separados. Así podían tener la opción de tomarlo por partes o combinarlo en la propia mesa.

Cuando estaban terminando el postre, tarta de queso con base de galleta y dulce de leche por encima, el iPhone blanco de Lara vibró en la mesa. Elena.

Buenas tardes, novata, ¿qué tal la resaca? Esta tarde tengo una clase a última hora, pero si quieres después puedo darte una a ti de iniciación. Si te atreves, claro…

Lara sintió esa mezcla de curiosidad y confusión que ella le provocaba. Estaba segura de que lo que tenían era algo parecido a un tonteo, pero lo que no sabía era si alguna vez Elena saldría de aquel armario que estaba empeñada en fortificar.

Deberías saber ya que me atrevo con eso y con mucho más. Nos vemos a las nueve.

A lo que Elena le respondió:

Perfecto, mi tabla y yo te estaremos esperando.

Lara volvió a dejar el móvil bocabajo, mordiéndose el labio con una media sonrisa.

Después de terminar el chupito de *limoncello* al que les habían invitado, volvieron a la playa, que a esas alturas de julio por la tarde seguía bastante llena, pero encontraron hueco donde se habían colocado esa mañana. Tomaron un rato el sol, hablaron y se bañaron.

Berta y César estuvieron besuqueándose y metiéndose el uno con el otro casi todo el tiempo. Ese peligroso juego que se traían en algún momento podría ponerse feo, o no… Y se rieron todos juntos; con Berta era imposible no hacerlo, su forma de contar las cosas que le pasaban con Emma en BarnaStetic y la multitud de tacos que salían de esa boca hacía que a todos les doliesen los músculos de la cara de reír.

—Yo me voy a quedar un rato más en la playa, no creo que llegue tarde a casa, pero si me retraso te aviso —le dijo Lara cuando ellos dijeron de irse a casa.

Sobre las ocho Emma y Nacho se fueron, y veinte minutos después ellos también. Se lio un cigarro y se lo fumó mirando el mar y los dibujos que hacía aquel humo con la ligera brisa cálida que empezaba a levantarse.

Llegó al club puntual, Elena estaba hablando en la orilla con los alumnos que acababan de terminar la clase. El sol empezaba a esconderse detrás del hotel y un color anaranjado teñía el mar. Lara extendió la toalla, se sentó y esperó a que terminase. Cuando los chicos y chicas se fueron, Elena llegó a donde estaba ella y se dejó caer a su lado.

—Perdona, pero al final la clase se ha alargado. Era un buen grupo, y cuando te encuentras uno así no te das cuenta de la hora.

—Bah, no te preocupes, así compenso lo de ayer. —Elena la miró extrañada—. Me refería a cuando llegué tarde a la fiesta —aclaró Lara.

—¡Ah! Es verdad, entonces ya no me siento tan culpable. Bueno, dame diez minutos que me ducho para quitarme la sal y vengo —dijo Elena mientras se levantaba y le rozaba ligeramente con su brazo. Ese pequeño contacto seguido del tintineo de sus pulseras despertó a las mariposas.

La vio subir de un salto las tres escaleras de aquella cabaña y perderse en la luz amarilla que proyectaba la bombilla de la lámpara. Tardó exactamente diez minutos, ni más ni menos. Elena salió recién duchada, con sus rizos y su aro en el labio. Llevaba unos pantalones vaqueros por las rodillas y una camiseta negra. Cuando se sentó de nuevo a su lado, Lara le revolvió los rizos de la frente y un olor a manzana y menta invadió su nariz.

—Me gustan tus rizos —le dijo con la cabeza apoyada en el brazo que rodeaba sus propias rodillas.

—Muchas gracias, novatilla. Oh, mierda, ¡la clase de surf! Se me ha olvidado por completo. Mierda. Aunque el mar por la noche no es muy recomendable para una primera vez —dijo ella mirando al frente y torciendo el gesto.

—No pasa nada, hay muchos días para poder hacerlo. —Y se limitó a sonreír.

Lara se tumbó bocabajo mirando el mar, con los dedos de los pies que salían de su toalla jugueteando con la arena. Elena la siguió, pero ella, en cambio, lo hizo bocarriba, con la mano derecha debajo de la cabeza y su codo ligeramente apoyado en el brazo de Lara.

Ese contacto era suficiente para las dos. Estaba aprendiendo a ser paciente, cualidad de la que carecía en Madrid. Sabía que Elena tendría que dar el paso cuando estuviese preparada, si es que en algún momento lo estaba y si es que había algún paso que dar.

Pasaron dos horas hablando de sus vidas, de cómo ella llevaba cuatro años llevando el club y de que practicaba surf desde que tuvo edad para mantenerse en la tabla. Cuando se despidieron, se dieron un abrazo que duró unos segundos más de lo normal, pero ya está.

Volvió a casa caminando por el paseo, iluminado y lleno de gente. Llamó a Berta y le dijo que lo sentía por no haberla avisado, pero que se lo compensaría llevándole una napolitana de crema.

Llegó al aeropuerto a la mañana siguiente y Leo la esperaba en la puerta de la oficina.

—¡Buenos días! ¡Hoy nos toca excursión! Estaremos con Roberto, el jefe de aduanas, y con suerte podrás conocer a Penny, su novia. Es la instructora y responsable de la unidad canina de la aduana. Es una cachonda, en el buen sentido, ¡¿eh?! Bueno, y en el malo también —dijo él riéndose. Ella sonrió y lo siguió por el largo pasillo que conducía a la zona de embarque.

Llegaron a la oficina de aduanas, una sala iluminada con alógenos, de paredes blancas y con tres mesas de metal. En dos de ellas se llevaban a cabo los registros de las maletas, y en la otra había una cinta transportadora con un escáner común. También pudo ver algo parecido a una máquina de rayos UVA de pie, que servía para escanear a los pasajeros sospechosos de llevar drogas o algo ilegal dentro de su cuerpo.

Al final de la sala, un despacho en el que se encontraba el circuito de grabación. Había ocho pantallas divididas en cuatro cuadrantes, en los que se veían imágenes en directo de las cámaras de seguridad del aeropuerto, una mesa con el cuadro de mandos que controlaban aquellas cámaras y dos sillas, en donde se encontraban Roberto y Paul.

—Buenos días, Rober, te presento a Lara, la nueva buscadora de Lázaro. Es la segunda del departamento italiano y está de formación con aduanas. Venimos a pasar el día con vosotros para que aprenda cómo trabajamos —dijo él cuando abrió la puerta.

Roberto le estrechó la mano y se dieron un abrazo, dio dos besos a Lara y presentó a Paul. Entonces Lara le recordó hablando con Laia antes de embarcar en su viaje a Palermo.

—Encantado de conocerte, guapa, este es Paul, mi encargado. No te preocupes, te lo pasarás muy bien con nosotros. Las chicas se han ido a confiscar dos maletas que de momento no han sido recogidas en la cinta. A ver si tenemos sorpresa.

Rober era alto y musculado, calvo y con una barba negra y espesa con unas pocas canas a ambos lados de la barbilla. Llevaba un tatuaje de llamaradas que le subía por la muñeca y unos cuantos más a lo largo de lo que se le veía de brazo. Tenía unos dientes descolocados, pero en armonía con la cara, y un tono de voz peculiar. Con una actitud chulesca, aunque sin ser arrogante. Parecía ser impulsivo y no callarse ante nada ni nadie. Era bueno en su trabajo y eso le gustaba, trabajaba duro para ser el mejor.

Le enseñó cómo funcionaban las cámaras de seguridad y Lara vio cómo las agentes de aduanas llegaban a la zona donde los pasajeros del vuelo procedente de Oaxaca (México) esperaban sus maletas. Iban de paisano y vigilaban a todos los pasajeros, ya que cualquiera de ellos podría ser su propietario. Poco a poco la gente iba abandonando la estancia, hasta que ya no quedó nadie y las maletas seguían aún en la cinta, así que las recogieron.

—Hay veces en las que el pasajero sale sin la maleta para luego poder reclamarla, y así evitar sospechas —dijo Rober.

Cuando las dos chicas llegaron a la sala de control donde ellos se encontraban, saludaron a Lara y, después de las presentaciones, comprobaron los datos de las maletas. Ambas estaban a nombre de una mujer. Paul comprobó que había volado y que tenía billete con fecha de vuelta a México.

—Si resulta que el contenido de la maleta es lo que sospechamos, montaremos un dispositivo el día de salida del avión para poder localizarla y así proceder a su detención —dijo Paul—. No sería la primera vez que días antes del vuelo reclaman la maleta. Por ello hemos avisado al control de equipajes perdidos, por si se le ocurriese hacerlo.

Las dos chicas comenzaron a subir las maletas a la cinta del escáner, una de ellas era muy pesada, la negra. La imagen de la primera maleta, de color naranja, mostraba un equipaje normal. Pero en la segunda se apreciaban unas placas de color amarronado.

Rober abrió la naranja, y como ya había dicho al mirar por el escáner Lena, una de las agentes de aduanas, el contenido era el típico de viaje: ropa, un neceser, zapatos… Dentro de la otra, sin embargo, había solo dos mochilas de deporte negras exactamente iguales. Al abrir la primera sacó un paquete de café. El resto eran bloques rectangulares e idénticos envueltos en un plástico negro. Una vez contados, dieciséis en total, y tras pesarlos y haberles hecho una foto, Rober abrió uno de ellos, y en su interior había una placa de polvo blanco prensado. Lena, que estaba a su lado, le dio un papel blanco que él pasó por encima de aquel bloque, al que a continuación ella le echó un espray.

Aquel papel se tiñó de un pálido color turquesa. Cocaína. Pero aún quedaba el misterioso paquete de café. Cuando Rober lo abrió, dentro había el mismo plástico negro que envolvía los demás, solo que este parecía algo más húmedo.

—Esto podría ser un encargo especial —dijo mientras echaba el espray directamente en el polvo blanco, menos compacto que el de los otros bloques. Y un intenso color turquesa que solo provocaba una droga muy pura brilló bajo los focos de aquella sala.

En ese momento, el *walkie* de Rober sonó.

—*Robert,* tengo una mercancía sospechosa en el hangar tres. Connor ha marcado algo —dijo una voz femenina al otro lado.

Él se llevó el *walkie* a la boca y apretó el botón.

—Recibido, Penny, terminamos de recoger aquí y vamos.

Después de precintar todos los paquetes y guardarlos hasta que llegase el día en que se pudiesen presentar como prueba, Leo, Lara y Rober atravesaron el aeropuerto hasta llegar a la pista y el hangar número tres.

Cuando llegaron allí, se encontraron a varios agentes de la Policía y de aduanas. Una chica con un labrador negro al lado que llevaba un arnés en el que se podía leer «Aduanas» en unas letras grises brillantes daba instrucciones a los operarios para que fuesen bajando las cajas con una grúa.

—Hola, chicos. Connor ha marcado este palé. He dado una vuelta para realizar una confirmación y ha ido directo al mismo sitio, marcándolo de nuevo muy claramente. Estamos seguros de que hay algo, ¿verdad? —dijo mirando al labrador.

—Vale, empezaremos con el procedimiento para poder abrir la mercancía cuando nos den el *ok* —dijo Rober—. Por cierto, os presento. Esta es Lara, la nueva buscadora de Lázaro; Lara, esta es Penny, la responsable de la unidad canina aduanera.

Penny la miró y le sonrió. Tenía una voz nasal. Era alta, un poco más alta que ella. Los ojos, marrones, y el pelo ligeramente ondulado le llegaba a la altura del pecho, con un flequillo recto que no le tapaba los ojos, pero casi. Tenía varios lunares en la cara y una sonrisa grande que dejaba al descubierto sus encías y unos dientes pequeños. Era bastante delgada de cintura para arriba y llevaba un tatuaje con huellitas de perro en el antebrazo izquierdo. Sus piernas, en cambio, eran grandes y fuertes, y tenía un culo respingón que a Lara le recordó al de una cubana y que le favorecía. Llevaba unos pantalones anchos azul oscuro a juego con el polo entallado de manga corta con unas letras blancas en la espalda en las que ponía «Unidad Canina», y en el cuello una braga con la bandera americana.

—Encantada de conocerte, Penny, me han hablado muy bien de ti —dijo Lara guiñando un ojo a Leo—. Por cierto, tienes un perro precioso.

—Si el que te lo ha dicho es el mierdas este, seguro que no ha sido nada bueno —dijo mirando a Leo y riéndose. En su tono de voz había algo… un ligero acento que Lara no supo apreciar.

—Perdona, ¿pero de dónde eres tú? —dijo Lara mientras acariciaba la cabeza de Connor y este movía el rabito.

—Nací en Brooklyn, pero mis padres son de Granada. Hace unos nueve años que volví a España. Mi padre aún sigue allí, y mis hermanos también. Me vine aquí cuando murió mi madre y me quedé por este maromo —dijo tocándole los músculos del brazo a Rober.

—Ya me había parecido por tu acento —dijo Lara.

—Sí, bueno, mis padres nunca quisieron que perdiese el español, así que prácticamente soy bilingüe, pero la verd…

En ese momento el *walkie* de Rober volvió a sonar y una voz, esta vez masculina, se oyó en toda la nave.

—Afirmativo, procedan a la apertura de la mercancía. Cambio.

La gente del hangar empezó a moverse, las grúas bajaban las pesadas cajas y las colocaban en el suelo. Connor, junto con Penny, rastreaba las cajas y marcaba las que debían abrir. Era todo un espectáculo verlos trabajar juntos, esa complicidad que transmitían, esa confianza mutua… Parecía un juego para él, movía el rabo y giraba la cabeza como si buscase la aprobación de su dueña.

Connor se sentó enfrente de siete de las diez cajas que estaban en el suelo. Rober comenzó a abrirlas con el resto del equipo; en ellas había unas estatuas de piedra blanca simulando los famosos guerreros de terracota. Tenían varios tamaños y pesos. Cuando todas las estatuas estuvieron fuera de sus cajas, Connor, seguido de Penny, las olisqueó una a una. Cada vez que el perro se sentaba, uno de los operarios rompía con un mazo cada guerrero chino que se encontraba impasible detrás de su hocico.

En total, veintitrés kilos de hachís procedente de Marruecos.

Veinticuatro

Habitaciones oscuras

Álex la recogió a las ocho de la mañana, debían pasar por la oficina de Sants antes de ir al aeropuerto. Cuando llegaron, Lara vio el Audi todoterreno de Max. Laia.

No sabía nada de ella desde su beso en la galería de tiro, pero la idea de volver a ver a la pelirroja removía cada entraña de su cuerpo.

Subieron juntos, tenían que recoger a Enzo, que llevaba unas cajas en las que guardaba los informes y los documentos de su máquina de rayos X. Ese día sería la presentación del proyecto al consejo y tendría lugar en la sala contigua a la oficina de Lázaro en el Prat. Cuando entraron a la oficina, los ojos de Lara impactaron directamente con los de Laia. La puerta de su despacho estaba abierta y ella, sentada al otro lado de la mesa, le dedicó una sonrisa que hizo que Lara olvidase todo lo demás.

—Buenos días, chicos. Enzo está terminando de ordenar las cajas —la voz de Sergio la sacó de aquellos sucios pensamientos.

Se dirigieron al cuarto que se encontraba al final de la oficina. Durante ese breve recorrido, sus ojos volvieron a conectarse mediante la corriente eléctrica que siempre las envolvía, y que no cesó hasta que atravesó la puerta de ese almacén. En ese momento, Lara se dio la vuelta, salió de aquella habitación y cruzó la oficina.

—¿Estarás en la reunión del consejo?

Laia levantó los ojos muy despacio, recorriéndole todo el cuerpo.

—Claro que sí. Y tú también.

La actitud decidida de Lara cambió, y una expresión de sorpresa le transformó la cara. De nuevo la había vuelto a pillar totalmente desprevenida, de nuevo ella había recuperado el control.

—¿Yo?

Entonces Laia se levantó de su asiento y bordeó la mesa lentamente, recorriendo el lateral con el dedo y sin dejar de mirarla a los ojos.

—Enzo hará su presentación con un proyector... en una sala muy oscura. —Cuando llegó a su altura, pasó a su lado un poco más cerca y le susurró al oído—: Y no me imagino a nadie más con quien compartir esa oscuridad. —Y salió del despacho.

Llegaron al aeropuerto sobre las diez menos cuarto de la mañana, pero la presentación no sería hasta la una. Enzo se fue directamente a la sala de reuniones acompañado por Alba. Debía empezar a prepararlo todo. Lara entraba por la puerta de la oficina de aduanas cuando su iPhone blanco vibró.

Un mensaje de Berta.

Chocho, después de trabajar vamos a ir al Intruso, César tiene ensayo, te vienes? Vengaaaa, di que sí. Porfi, porfi, porfi.

Lara meneó la cabeza con una sonrisa.

Sí, claro, me apunto. Cuando salga de la ofi te llamo.

A lo que Berta le respondió:

Eres la mejor!!! Te quiero!!!

Pasó parte de la mañana con Rober vigilando las cámaras de seguridad. Él le enseñaba todas las maneras de identificar comportamientos extraños y ella guardaba cada técnica en su retina. Al cabo de una hora y media, Lena y otro chico llamado Marc trajeron a dos mujeres sudamericanas a la sala. Eran bajitas, rechonchas y con la piel tostada por el sol. Una de ellas estaba teñida de rubio, aunque con bastante raíz, y llevaba una camiseta de tirantes fucsia y unos pantalones cortos blancos. Ninguno de los dos de su talla. La otra era morena y llevaba un vaquero y una camiseta de manga corta azul.

Penny había avisado por *walkie* de que Connor había demostrado mucho interés en ellas. Y eso les resultó sospechoso. Llevaban dos maletas pequeñas en las que se comprobó que no escondían ninguna sustancia ni nada que fuese ilegal. Pero después del interrogatorio y de que la primera mujer, la rubia, empezase a ponerse nerviosa, decidieron meterlas en el escáner corporal. La morena empezó a temblar, pero no dijo una sola palabra. En cambio, su compañera aceptó entrar con cierta chulería. Lena les pidió a ambas que se quedasen en ropa interior y que se quitasen cualquier objeto metálico que llevasen, como collares, anillos, pulseras… Cuando la mujer rubia entró, la imagen en el ordenador mostró diecisiete *bellotas* de hachís dentro de su organismo. Su amiga confesó que ella llevaba diez más justo antes de quitarse la camiseta.

Rober llamó a la policía. Se las llevaría detenidas al hospital para que pudiesen extraerles la droga antes de que alguno de esos pequeños paquetes se rompiese y les produjese una grave intoxicación que, si no se cogía a tiempo, podría llegar a ser mortal.

A la una menos cuarto Lara llegó a la sala de reuniones. Era totalmente blanca, sin ventanas y con el suelo de mármol gris. Tenía una mesa central alargada de madera oscura y diez sillas que la rodeaban, cuatro a cada lado y dos que la presidian.

Habían quitado una de las sillas de los extremos para que se pudiese hacer la exposición de frente a todo el mundo. En la pared, una larga pantalla que llegaba hasta el suelo y, a su izquierda, un atril. Encima de la mesa, el proyector encendido que dibujaba en la pared el fondo de escritorio del ordenador de Enzo.

El rector Kraus y los demás miembros estaban allí. Laia llegó cinco minutos después. Iba impresionante, como siempre. Llevaba uno de sus trajes de falda de tubo y chaqueta gris, una camiseta de tirantes negra con bordes de encaje, sus altísimos zapatos negros de tacón, el cinturón marrón con el maletín a juego y su largo pelo suelto. Al entrar, cortó el aliento de todos los que estaban allí.

Después de los saludos correspondientes y de aquella sonrisa directa y mortal a Lara, todos se sentaron. Kraus, Emily Benson (directora americana) y Ahn ocuparon los tres asientos en el lateral de la mesa, los que quedaban más alejados de la puerta. En el lado opuesto, Fernando de la Cruz (director mexicano), André Ferreira (director portugués), Laia y ella. Las dos sillas presidenciales quedaron fuera, y el asiento enfrente de Lara también.

Cuando Enzo entró con su pequeña máquina en la mano y apagó las luces, solo la parte izquierda de la sala quedó ligeramente iluminada con la luz blanca, el resto quedó a oscuras. La primera parte de la exposición sería totalmente teórica, mostrando los planos, la trayectoria del diseño y los informes de los casos en los que había obtenido muy buenos resultados. Enzo empezó a hablar sin titubear. Estaba seguro de sí mismo y de su proyecto.

Pasados exactamente treinta y cinco minutos, la mano de Laia comenzó a subir por la pierna de Lara mientras seguía con la cabeza girada atendiendo como una aplicada colegiala. Lara se sobresaltó, pero cuando entendió sus intenciones se mordió el labio y cerró los ojos. De repente volvió a la realidad y colocó su mano encima de la de Laia para frenar el peligroso ascenso que había empezado.

La pelirroja siguió subiendo, ignorando la presión de aquella mano que fingía querer parar aquello. Al llegar al final de los pantalones cortos no se detuvo, y Lara, totalmente rendida a ese juego, le facilitó el camino abriendo las piernas. Ambas se esforzaban para que su respiración no se desbocase como sus mentes. Laia seguía impasible y Lara empezaba a jadear ligeramente. El encanto de Enzo tenía sumidos a los demás miembros en una especie de trance, ajenos a lo que pasaba al final de aquella mesa. Cuando Laia llegó a la costura de la ropa interior, la apartó con un rápido movimiento que hizo que Lara se echase hacia delante y clavase los codos en la mesa. Kraus movió la cabeza, pero la melódica voz de Enzo lo devolvió a la presentación.

Laia sonrió, pero seguía mirando en la misma dirección que todos los demás. Entreabrió la boca y, cuando sus dedos llegaron al centro de placer de Lara, comenzó a moverlos muy lentamente. De arriba abajo. De abajo arriba. Muy despacio, deslizándose fácilmente gracias a que Lara se deshacía en deseo. Estaba a punto de correrse, la excitación por aquella situación era insoportable y el tener que mantener el control la estaba volviendo loca. Laia cada vez presionaba más intensamente, sin apenas mover el brazo. Haciendo que toda esa escena fuese de lo más inocente y formal.

En ese momento y a escasos segundos de que Lara tuviese uno de los mayores orgasmos de su vida, la pelirroja se detuvo y sacó la mano tan despacio y provocativamente como la había metido, al mismo tiempo que los miembros del consejo aplaudían y Alba encendía la luz. Lara, aún mordiéndose los puños y apretando los muslos, le susurró a Laia que eso no iba a quedarse así, cuando esta, aplaudiendo, volvió la cabeza para mirarla.

Enzo comenzó la segunda parte de la exposición. Alba le trajo una maleta y un listón de madera de un metro y medio de largo para hacer la demostración. Y efectivamente, la pequeña caja negra con una pantalla a un lado y unos infrarrojos al otro detectó el contenido que se hallaba en el interior de la maleta con un falso fondo recubierto con Axton. El mismo contenido que no había salido reflejado en ninguno de los escáneres de seguridad que había en el aeropuerto. Al pasar la caja por el tablón de madera, en la pantalla se pudo ver varias franjas de este material en el laminado, demostrando una vez más que aquella máquina superaba todo lo que habían tenido hasta ahora.

Cuando Enzo hubo terminado su presentación, todos los directores escribieron en una pequeña cartulina blanca que tenían delante su veredicto, como si de un jurado se tratase, y se las hicieron llegar a Kraus.

—Impresionante, agente Baldini. Hablo en nombre de este consejo cuando digo que su máquina de rayos X va a servir de gran ayuda en el departamento. Por lo tanto, su proyecto queda aprobado. Enhorabuena y buen trabajo.

—*Gracie mile* a todos ustedes, mi equipo y yo agradecemos esta oportunidad y no dejaremos de trabajar y perfeccionar la LX para que Lázaro siga cumpliendo con su deber.

Después todo el mundo se levantó. Laia la primera. Fue hasta donde estaba Enzo y le estrechó fuertemente la mano. Lara se quedó atrás, de pie, en el sitio donde había estado sentada, observándolos. En ese momento, Kraus se interpuso entre sus ojos y ellos y dio la enhorabuena a Lara por sus avances sobre el caso Acqua.

Cuando el rector se apartó, Laia había desaparecido.

—Joder —murmuró Lara.

Volvió de nuevo a la sala de aduanas y Penny estaba allí con Connor. Lara los saludó y empezó a acariciarle la cabeza. Entonces se dio cuenta de algo de lo que no se había percatado la otra vez. Connor tenía parte de su hocico sin pelo, pero como era negro apenas se apreciaba.

—Oye, Penny, ¿qué es lo que le ha pasado a Connor en el morro?

Ella se agachó y le besuqueó la nariz.

—Pues mi cachorrillo tiene linfadenitis granulomatosa estéril juvenil, comúnmente llamada celulitis juvenil. La enfermedad le dio cuando solo tenía un mes, y bueno, como Connor es un mestizo de labrador con golden y esa enfermedad parece ser que la pasan las hembras de golden, entonces por ahí puede ir el tema, dado que su madre era una mestiza, su abuelo era un golden puro y su abuela, una labradora. Básicamente le salieron unos granitos purulentos alrededor del morro, los ojos y dentro de las orejas, y era muy doloroso. Pero le estuve dando medicinas y corticoides, curándolo mañana y noche, luego lo llevé a un veterinario de medicina integrativa y lo tratamos con láser para mejorar los granitos y la piel, ya que se le había quedado un tanto acartonada. Pero bueno, algún día te lo contaré más tranquilamente…

Lara tocó la pielecilla negra que dejaba al descubierto la ausencia de pelo. Estaba suave y el perro empezó a lamerle la mano.

—Eres precioso igualmente.

Rober salió de la sala de grabación.

—Pues si te gusta Connor, tienes que conocer a los demás.

—¿Tenéis más perros? —Rober se rio.

—¡Tenemos tres más! ¡Y los que quedan! Yo aparte de trabajar en aduanas soy presidente de una asociación de perros de rescate de manera voluntaria. Mi primer perro de rescate fue Trancos, un cocker canela que ya está jubilado, era el perro de mi familia. Luego vino Negro, es enorme, mitad bóxer, mitad labrador, rescatado de una protectora; una auténtica máquina de buscar personas desaparecidas, no ha habido ni habrá perro como él.

—Y luego está mi demonio blanco. Xua, la perra de mi madre, una westy que también me traje de Estados Unidos y que siempre ha sido la niña mimada. Algunos dicen que se parece demasiado a mí —dijo Penny guiñándole el ojo a Rober.

—Demasiado —contestó él moviendo la cabeza y poniendo los ojos en blanco.

El *walkie* de Penny sonó y ella habló en inglés con la voz femenina que salía de aquel aparato.

—Bueno, chicos, Emily me reclama. Supongo que querrá que vayamos a comer y a ultimar los detalles de la exhibición del fin de semana. Por cierto, Lara, si quieres puedes venirte. Va a estar guay, voy a hacer la presentación del método de trabajo que realizo con Connor, el HumantyDogs, y *Robert* hará una exhibición de rescate. Es el sábado por la mañana en La Fira, llevaremos a los demás perros, así puedes conocerlos. —Lara asintió y dijo que estaría encantada de ir.

—Es íntima amiga de Emily. Se conocieron en Estados Unidos, y fue ella quien consiguió que Penny diese el curso que la convirtió en instructora de los perros de la Policía de toda Barcelona. Emily siempre dijo que llegaría lejos, que su forma de trabajar con los perros era única y revolucionaria, y no se equivocó —dijo Rober cuando ella y Connor se fueron.

Habían pedido comida del restaurante asiático del aeropuerto. Ella se tomó un ramen de tallarines de arroz con *heura*, huevo cocido, cebollino, brotes de soja y salsa de curri con leche de coco.

La tarde transcurrió muy tranquila. Un par de maletas sin identificar, unos cuantos filipinos con comida sin declarar en sus maletas y poco más.

Eran las siete y media de la tarde cuando Lara empezó a recoger las cosas para marcharse. Se despidió de Paul y Rober, que ese día tenían guardia, salió y cerró la puerta. Al darse la vuelta se encontró a Laia apoyada con una pierna en el suelo y otra en la puerta de la sala de reuniones, ahora vacía. Sus largas y blancas piernas se hubiesen mimetizado con la pared de no ser por los negros tacones de aguja. No dijo nada. No hizo falta.

Tenía una mano detrás de la espalda y, mordiéndose el labio y sin apartar sus ojos de los de Lara, giró aquella mano para abrir la puerta y desaparecer lentamente en la oscura habitación.

Lara inevitablemente la siguió, cerró la puerta y echó el pestillo que había en el picaporte. Cuando entró en la sala, la única luz que la iluminaba era una de color rojizo que salía del proyector y que le recordó a un cuarto de revelado de fotos. Laia la esperaba apoyada en la mesa, se había quitado la chaqueta y uno de los finísimos tirantes de su camiseta de encaje caía por su brazo derecho. Lara dejó escapar el aire que llevaba un tiempo reteniendo con una especie de quejido mientras sentía cómo su cuerpo literalmente se deshacía. Soltó su archivador y la bolsa del portátil y fue directa a la mesa como un kamikaze del ejército japonés. El estallido entre ambas volvió a ser brutal. Como siempre.

Lara enredaba sus dedos en los rizos de ella mientras se besaban. Laia se dejaba hacer. Lara besaba su cuello y su mano bajaba aún más ese tirante. Laia no llevaba sujetador, por lo que, un centímetro más, y su pecho desnudo quedó al frente de la boca de Lara, que había descendido con la lengua hasta él desde su cuello y lo disfrutó, lo disfrutó tan lentamente como sus ganas le dejaban.

En ese momento Lara paró y subió bruscamente para quedarse cara a cara con Laia. Sus manos bajaron hasta su cintura y con un movimiento rápido le giró el cuerpo hasta dejarla mirando a la mesa. Se recostó bruscamente encima de ella, obligándola a tumbarse bocabajo, y el largo pelo se esparció por la oscura madera. Laia soltó un gemido que acompañó al gruñido de Lara. Esta hundió la nariz en su rojo pelo y se llenó de él mientras que su mano bajaba por la espalda. Al llegar al final de la falda, Lara empezó a subirla tan despacio y provocativamente como Laia lo había hecho unas horas antes, y cuando llegó al final de sus largas piernas pudo apreciar un finísimo tanga de encaje que no tardó en apartar para hundir los dedos en el interior de la pelirroja. Laia soltó un agudo gemido mientras Lara la embestía desde atrás, aceleró el ritmo a medida que su respiración se descontrolaba y el deseo recorría cada centímetro cúbico de su sangre. Lara sacó los dedos de su interior para, a continuación, meter el pulgar y hacer que Laia llegase al orgasmo estimulándole con todos los demás.

Y aquella explosión no tardó en llegar. Laia se rompió en mil pedazos. Entonces se incorporó para apretarse contra su cuerpo, girar la cabeza hasta buscar la boca de Lara y respirar en ella.

Lara se dirigía al Intruso en un taxi. El anochecer empezaba a cubrir Barcelona. Había pasado por casa antes para ducharse y cambiarse de ropa. Eligió un vestido de manga corta negro con botones en toda la parte delantera y sus Vans.

Cuando llegó allí, Berta ya estaba en el reservado con una piña colada y César en el escenario ensayando.

—Vaya, vaya, sí que has salido tarde de la oficina. ¿Tu jefa te ha hecho trabajar muy duro?

«No sabes cuánto», pensó Lara.

—Nada, ya sabes, con el proyecto de los apartamentos en Italia estamos hasta arriba. La inauguración es en septiembre y tiene que estar todo listo en un mes. Pero bueno, ¿qué tal todo por aquí?

—Bueno, están teniendo problemas con uno de los altavoces. César está cabreado, pero bueno, lleva desde el domingo así —dijo Berta después de beber un largo trago.

Lara arqueó una ceja y le habló en un tono un poco más borde de lo que hubiese querido que sonase; intuía a qué se debía el cabreo de César.

—¿Se puede saber qué le pasa?

—Nada, nada, solo que no le gustó que hablásemos de Álex el otro día en la playa. Es un poco celosillo. No sé… Hoy también se ha enfadado porque me he conectado al Facebook para enseñarle una cosa a una clienta y no le he hablado a él.

Lara meneó la cabeza y dijo:

—No me lo puedo creer, ¿en serio se ha enfadado por esa mierda? ¿Y tú qué le has dicho?

—Naaah, que no se raye… Que no me había conectado, que solo estaba enseñando una foto a una clienta…

Lara soltó un bufido y se levantó, no le apetecía discutir.

—Voy a por algo de beber, ¿quieres otra? —Berta negó con la cabeza y Lara se fue a la barra.

Al otro lado de esta había una camarera con unos pantalones rojos y un top negro que dejaba su ombligo al aire. Era delgada y estaba llena de tatuajes; uno de ellos era una medusa que le recorría el brazo. Tenía el pelo corto, negro y revuelto, con una nariz peculiar y unos labios grandes, bonitos y muy rojos.

—Una noche dura, ¿eh? —le preguntó mientras limpiaba un vaso. Lara aún miraba a Berta, que aplaudía mientras César le dedicaba una canción.

—Perdona, ¿qué? —contestó Lara distraída. La camarera sonrió.

—Te he visto discutir con tu amiga, la nueva novia de César. Lo conozco lo suficiente como para decirte que tengas cuidado con él. Lo llevo viendo mucho tiempo por aquí y la forma en la que trata a las chicas no es la mejor. Puede parecer que sí, pero es un lobo con piel de cordero.

—¿Tu nombre es…? —preguntó Lara.

—Llámame Samper.

—Muchas gracias por la información, Samper, espero que me lo tengas vigilado por aquí. —Le pidió un margarita y volvió a la mesa con Berta.

Durante todo el concierto estuvo pensando si contarle a su amiga lo que le había dicho aquella camarera, pero decidió que sería mejor no meterse. Era Berta quien se tenía que dar cuenta de cómo era él. Sabía que a Lara no le gustaban ciertas cosas de su actitud, se lo había dicho en varias ocasiones, pero tendría que ser ella quien se quitase la venda de los ojos.

Veinticinco

Humanos, perros y un nuevo continente

La semana fue pasando entre aquellas cámaras de seguridad. Su capacidad de observación era cada vez más grande. Había conseguido localizar a dos hombres españoles que, a pesar de su aspecto trajeado, intentaban transportar en sus maletines varias placas de hachís desde Marruecos, pero Connor había conseguido olfatear aquella droga cuando pasaban tranquilamente el control. Supusieron que al ir así vestidos no levantarían sospechas.

Los registros con perros se llevaban a cabo en los accesos al país, ya fuese por aire, por tierra o por mar. La mayor parte del tiempo, Penny lo pasaba en el aeropuerto, pero como también instruía a los perros de la Policía, ella y su equipo hacían varias batidas a la semana por la estación y por el puerto marítimo. Su objetivo principal era la detección de sustancias ilegales y otros tipos de contrabando utilizado para financiar el narcotráfico, ya que España se había convertido en poco tiempo en la entrada a Europa de la cocaína sudamericana y el hachís marroquí.

Le gustaba pasar tiempo con Penny, era muy divertida y tan basta como Berta. Amaba su trabajo y a sus perros. También le gustaba cocinar, y Lara pensó que ella y Berta se llevarían muy bien, quizás las presentase algún día.

Había empezado las clases de italiano. Después del gimnasio y de la simulación un profesor le daba las clases en el aula que se encontraba en Montjuic, donde hizo el test el día de la prueba. Cuatro intensas horas en las que cada día aprendía un poco más de aquel idioma que le apasionaba. Siempre quiso aprenderlo y, como desde hacía unos meses, el mundo la llenaba de oportunidades.

Álex la había invitado a una fiesta en la playa el viernes a la que también iría Elena, con la que se había estado cruzando mensajes. «Buenos días». «Buenas noches». «Qué tal el trabajo». «Qué tal las clases de surf». Temas banales. Pero todos ellos con esa tensión ¿sexual? aún no resuelta.

El jueves después de su clase se fue andando a casa. Berta ya le había dicho que César estaría allí, así que no tuvo demasiada prisa en volver.

—¡Hola, *chocho*! ¿Qué tal? —dijo Berta volteando la cabeza desde el sofá.

Estaban bebiéndose unos mojitos de fresa, otra de sus especialidades. Él con los brazos extendidos haciendo suyo el respaldo del sofá, ella con las piernas encima de las suyas.

—Hola, chicos, cansada, ya no sé si pienso en italiano o en español —dijo dejando el maletín en la encimera de la cocina.

—Lara está yendo a clases de italiano después de trabajar para toda esa movida de los apartamentos esos pijos en Sicilia —le explicó a César, que miraba extrañado.

—Buah, tía, Sicilia tiene que molar mazo, ¿eh? Ahí con toda la playita, los cochazos… Tiene que ser la hostia.

Lara se descalzó, cogió un puf, robó el mojito a su amiga y se sentó frente a ellos.

—Seh, está muy bien. Bueno, ¿qué tal tú con los preparativos del concierto?

—Bastante bien, la nueva rumbita que estoy escribiendo va a estar to guapa, ¿a que sí, gorda? —dijo dándole unas palmaditas a Berta en la pierna.

—Ya ves, mola mazo —respondió ella recuperando su mojito—. Por cierto, he comprado cosas para hacer la *pizza* de coliflor. Así que me termino esto y nos ponemos al lío.

Lara fue a cambiarse a la habitación y dejó a los tortolitos riendo y metiéndose mano en el sofá. Se puso una camiseta negra de tirantes y unos pantalones de chándal de tela muy fina por encima de la rodilla, se hizo una coleta y se fue a ayudar a Berta. Mientras ellas cortaban la verdura y hacían la masa, él había salido a la terraza a tocar la guitarra mientras se fumaba un cigarro.

—¿Qué tal? ¿Ya está menos idiota?

—Meh, me la suelta de vez en cuando, pero yo intento no conectarme demasiado al WhatsApp o al Facebook y ya está.

Lara dejó de cortar y mirándola fijamente con cara de enfado le dijo:

—Sabes que no tienes que dejar de hacer esas cosas, ¿verdad? Que eres mayorcita para poder meterte donde te salga de las narices y no tener que estar hablando con él todo ese tiempo, ¿no?

—Sí, ya lo sé, pero mira, tía, paso, no lo hago y ya está. Prefiero que no se pique.

—Agg, Ber, me pones enferma.

Berta le tiró trozos de verdura en su lado de la tabla y dijo:

—Anda, tonta, si en el fondo me quieres.

Cuando metieron la *pizza* en el horno, hicieron otra ronda de mojitos y salieron a la terraza.

La cena había estado bien. César no dejaba de alardear, era una especie de Jekyll y Mr. Hyde; un chulo de playa y a la vez un romántico. Quizás esa fuese la razón por la que Berta babeaba como una *grupee* cada vez que él hacía cualquier cosa.

Después del tercer mojito, Lara se despidió de ellos y se fue a su habitación. Se quitó los pantalones y se tumbó bocarriba en la cama, cogió su móvil y escribió a Elena.

Buenas noches, profesora, aún me debes una clase, no lo he olvidado. Te veo mañana en la fiesta. Álex me ha advertido de que pueden ser peligrosas. Quizás tenga que pensármelo dos veces antes de ir.

Se mordió el labio esperando la respuesta, que no tardó en llegar.

No te preocupes, novatilla, que yo te protejo si hay algún peligro. Mañana nos vemos. La semana que viene daremos esa clase sin falta. Que duermas bien.

Había quedado con Álex en que pasaría a recogerla a las ocho de la mañana. Era uno de agosto y la jornada de formación que estaba haciendo con Rober los viernes se reducía. A pesar de eso, ella debería tener el iPhone negro operativo siempre. En cualquier momento o a cualquier hora podrían necesitarla, y estuviese haciendo lo que estuviese haciendo debería ir. Ese era el precio que debía pagar por pertenecer a Lázaro. Por el momento seguiría en el aeropuerto y a finales de mes estaría dos semanas en el puerto viendo cómo aduanas revisaba la mercancía que llegaba por mar. Así podría perfeccionarse en logística naval y eso le serviría de ayuda en el caso Aqua.

Eran todavía las siete. Se duchó intentando no despertar ni a Berta ni a César, que se había quedado a dormir, bueno, y a lo que no era dormir. Con el pelo aún mojado, se puso unos pantalones negros tobilleros de tela fina, una camiseta de manga corta un tanto ceñida con escote de pico y metida por la cinturilla alta y las Vans, y ese día se pintó los labios tan rojos como su camiseta.

Bajó las escaleras mirando el móvil y, cuando abrió la gran puerta de madera antigua del portal y vio el impecable Audi A1 que estaba aparcado delante de los escalones, su estómago dio un vuelco que ni se molestó en ocultar. Laia.

Ahí estaba ella, con su pelo brillando por culpa del sol que entraba a través de las ventanillas bajadas y con una camiseta blanca ajustada que marcaba cada parte de su preciosa anatomía, la cual Lara empezaba a conocer demasiado bien.

—¿Qué haces tú aquí? ¿Y Álex? —preguntó Lara cuando se sentó en el asiento del copiloto.

—Vaya, me esperaba otro recibimiento más… intenso. Me voy a Escocia unos días y luego dos semanas a Palermo para ultimar los detalles del caso. Mi vuelo sale a las nueve, así que le he dado la mañana libre a Álex.

Lara giró todo su cuerpo y apoyó su codo en el reposacabezas.

—Hum, así que casi tres semanas fuera. Una pena…

Laia giró lentamente la cabeza cuando llegó al primer semáforo en rojo.

—Bueno, espero que el recuerdo de hace unos días te ayude a distraerte. Si no, cuando pienses en esa mesa ya sabes lo que tienes que hacer, sola o con quien quieras…

Llegaron al aeropuerto pasados dieciséis intensos minutos cargados de frases exquisitamente provocativas. Habrían follado mil veces en aquel coche, pero Laia no podía perder el vuelo, tenía una importante reunión en Glasgow. A Lara le empezaba a gustar ese juego. Cada vez se parecía más a la pelirroja y ya no intentaba evitarlo.

Llegó a la oficina aún mordiéndose el labio y las ganas. Rober estaba hablando con Lena sobre un par de ejercicios que usarían para la demostración del sábado; Lena era también una de sus compañeras en la unidad canina de rescate.

La mañana fue bastante ajetreada. Connor había marcado a una mujer española residente en La Habana llamada Teresa. Viajaba desde Cuba con una maleta que contenía una caja de plumas estilográficas, aunque el contenido de aquellas plumas no era tinta, sino gel mariguanol (un producto placebo ilegal que carecía de licencia sanitaria para ser importado). En países como Cuba o México las autoridades advertían de los peligros de esa pomada, ya que contenía grandes cantidades de THC, la sustancia psicotrópica del cannabis y del peyote. Una vez que su maleta estaba en la sala de aduanas y su contenido esparcido en la mesa de metal, la mujer alegó con cierto acento cubano que el equipaje no era suyo, que se trataba de una encomienda.

—¿Encomienda? ¿Qué es una encomienda? —preguntó Lara muy bajito a Paul, que estaba a su lado presenciando la escena.

—Las encomiendas son mercancías o *paquets* remitidos desde el extranjero para terceras personas utilizando a un pasajero para que las transporte.

La voz de Rober sonó alta y firme.

—Señora… —Hizo una pausa para mirar su apellido en el informe—… Acosta, las personas en su condición de pasajeros no están autorizadas a transportar consigo encomiendas para otras personas. La maleta está facturada a su nombre, por lo tanto, la responsabilidad de lo que haya dentro es solo suya.

La mujer, visiblemente afectada, no volvió a decir palabra alguna, ni cuando dos agentes de Policía se la llevaron detenida veinte minutos después.

—Existen agencias ilegales de paquetería en países desarrollados que se dedican a contratar a este tipo de viajeros, personas con pocos recursos y mucha desesperación para traficar con este tipo de sustancias. Al igual que hacen con las mulas, solo que, por norma general, estos no saben lo que contienen las encomiendas. Para esos cabrones es un negocio muy lucrativo —le explicó Rober.

Lara sintió cierta pena por esa mujer, aunque nunca sabría realmente si ella conocía el contenido de su maleta o no, y pensó en lo desesperada que tendría que estar para correr aquel riesgo.

Llegó a casa después de ducharse en el gimnasio. Había luchado con Camila y estuvo realmente cerca de ganar aquel combate, pero la mestiza de orígenes etíopes y ucranianos y miembro de los ELATE cada día estaba más fuerte. Prueba de ello era la pequeña herida en el labio fruto del puñetazo con el que le había dejado sangrando contra las cuerdas.

Iría andando a la playa. Se puso un vestido azul marino de tirantes corto y con mucho vuelo, un poco de máscara de pestañas y mucho colorete rosa. Se alisó el pelo y se preparó un sándwich vegetal con unos bastones de boniato especiados al horno que mojó en guacamole.

Cuando llegó al final de la Barceloneta, dos tiras de bombillas sujetas a dos palos clavados en la arena que salían de ambos lados de la puerta del club iluminaban la playa. Había una pequeña nevera y una mesa de madera en la parte izquierda de los escalones con varias botellas de alcohol y una cubitera llena de hielos. En la arena, varios sofás y pufs alrededor de una pequeña fogata. La música que salía del interior se oía a varios metros antes de llegar. Como siempre, reguetón.

Las amigas de Álex se arremolinaban en los sofás y Elena entraba y salía por aquella puerta rodeada de luces. Otros de los chicos jugaban un partido de fútbol en un pequeño campo improvisado, entre ellos Sergio.

—¡Ey, guapísima! ¡Bienvenida! —gritaron ellos a la vez cuando la vieron. En ese momento, Elena, que estaba de espaldas, se giró y sonrió.

—Buenas noches, novatilla, al final te has decidido a venir —dijo ofreciéndole beber de su copa.

Lara la cogió y la alzó diciendo:

—Alguien dijo que me protegería. —Y Elena volvió a sonreír.

Pasaron la noche riendo y jugando a un juego que Pep, uno de los chicos que se encontraban allí, había inventado: una variante del juego de la oca que consistía en realizar pruebas y, si perdías, bebías. Un *topicazo* de adolescentes. Lara había perdido demasiadas pruebas y bebido demasiados chupitos.

Cuando volvió a ser su turno debía pelear cuerpo a cuerpo con la novia de Sergio, Ariadna, una chica delgada con el pelo liso y muy largo que no era rival para Lara. O eso pensaba ella.

Al levantarse del sofá para ir a la arena con Ariadna se dio cuenta de que quizás no tendría tantos reflejos como creía, y en ese momento su contrincante soltó una risita y se abalanzó sobre ella. Lara cayó a la arena sin poder parar de reír. Ariadna tenía que aguantar encima los cinco segundos, durante los que todos corearon a gritos. Y los aguantó.

Lara se dejó caer en el sofá y le susurró a Álex lo mejor que pudo:

—Mmm, sssería mejor que no comentassses nada en la oficina de essto…

—Ja, ja, ja. No te preocupes, que nadie sabrá que te ha ganado una indefensa niñita tres años más joven.

Lara apoyó la cabeza en su hombro y cerró los ojos.

—Mmm, creo que voy a dar una vuelta y a mojarme los pies.

—Yo te acompaño —dijo Elena, que estaba observándolos desde el sofá que tenían enfrente.

Las dos anduvieron los quince metros que las separaban de la orilla lentamente. La ligera brisa le empezó a sentar bien y poco a poco recuperó la verticalidad de su cuerpo.

—Puf, no vuelvo a beber ese tequila.

Elena soltó una carcajada y metió los pies en el agua.

—Ya, eso dicen todos.

—Oye, ¿y tú por qué estás tan bien? —le preguntó Lara cuando llegó a su altura y el agua rozó sus tobillos.

—Bueno, he prometido que iba a cuidar de alguien esta noche… —Lara giró la cabeza, la miró y sonrió.

—En septiembre me voy ocho meses a Australia. Quieren que imparta un curso de surf en una escuela, y las mejores olas del mundo se surfean en esas playas. —La expresión de Lara cambió radicalmente y dejó de sonreír—. Vamos a ese saliente de roca, ahí se suelen ver las estrellas, y hoy decían que habría un montón de cometas, puede que veamos alguno. Bueno, todo lo que la luz del hotel nos permita —dijo Elena.

Cuando llegaron se sentaron en el borde de aquellas rocas, justo encima del mar. En silencio. Lara se sentó delante de Elena, entre sus piernas, y ella se echó ligeramente hacia atrás y apoyó ambas manos en la piedra. Lara se incorporó para encenderse un cigarro.

—Deberías dejar de fumar.

—Lo dejo si me das un beso.

Elena no dijo nada, pero tampoco apartó la mirada, por lo que Lara se acercó y rozó sus labios despacio. Elena no se movió. Lara se apartó ligeramente a escasos centímetros de su boca, entonces ella giró la cara mirando a la fiesta y simplemente y sin mirar a Lara dijo:

—Deberíamos volver.

El sábado por la mañana Lara se levantó con un ligero zumbido en la cabeza, aunque había dormido lo suficiente para estar despejada. Se había vuelto a casa en taxi un rato después de que hubiesen vuelto a la fiesta. Estaba decepcionada, era la segunda vez que se quedaba, no sabía si ni siquiera podía decir, a medias… Quizás algún día por fin Elena saldría de esa mierda de armario en el que estaba metida.

Ese día había quedado con Penny y acordaron que Lara la avisaría cuando llegase a La Fira para que ella le diera el pase de entrada al pabellón. Se duchó durante un largo rato, estaba sola. Berta se había ido a pasar el fin de semana a su casa en los Pirineos con César. Desayunó un batido de plátano, pera, kiwi y leche de coco mientras se vestía.

Tardó los treinta y tres minutos andando que separaban el piso de La Fira y, cuando llegó, escribió un mensaje a Penny.

¡Hola, señora! Ya estoy aquí, en la puerta del pabellón veintiuno. Besos.

Habían pasado diez minutos cuando el iPhone blanco empezó a vibrar.

—*Hello, darling*, estoy allí en nada, por la segunda puerta a la derecha, en el lateral del pabellón, justo al lado de la puerta principal.

—Genial. Aquí te espero.

Después de otros cinco minutos, la puerta trasera negra se abrió y apareció Penny con su eterno flequillo y el pelo recogido en una trenza. Vestía con el uniforme y llevaba una acreditación colgada al cuello. Eso sí, el cordón era, cómo no, de la bandera americana. Se saludaron con un abrazo y esta le entregó a Lara un pase que se colgó al cuello y en el que ponía «*Staff*». Atravesaron la nave, que estaba repleta de perros y en la que cada cuadrante era destinado a una actividad distinta.

Había uno donde los perros se ejercitaban en una especie de *agility*, con piscina incluida. Otro en el que se practicaba en una réplica de un hangar lleno de cajas como el del aeropuerto. También había uno en el que una pequeña embarcación dentro de una piscina de agua salada simulaba el puerto, así los perros podrían acostumbrarse al olor del mar para que este no interfiriese a la hora de rastrear los barcos. Cuando llegaron a la última zona, más alejada de la puerta de entrada, Lara vio a Rober.

Iba con unos pantalones negros con una franja horizontal reflectante de color gris y amarillo fluorescente y una camiseta del mismo color con las palabras «Guía canino» encima de las iniciales RCB (Rescate Canino Barcelona) en blanco. Un casco rojo colgaba de su cinturón y llevaba unas grandes botas de cordones oscuras. A su lado, un impresionante perro negro con una mancha blanca en el pecho y un arnés rojo en el que se podía leer «Rescate». A primera vista, podría parecer un enorme labrador, pero si tenías algo de conocimiento sobre razas de perro podías apreciar ligeros rasgos de bóxer en sus ojos y hocico.

Cuando ellas se acercaron, Negro empezó a ladrar mientras movía el rabo. Pero no era un ladrido común, era profundo y hueco, como si el perro quisiese realmente hablar.

—Calla, Negrito, es una amiga —dijo Rober.

El perro empezó a rebozarse contra las piernas de Lara haciendo que se tambalease, esta le acarició la cabeza y el perro volvió a ladrar guturalmente como si la saludase.

Rober empezó la demostración. El escenario era la representación de un edificio recién demolido, lleno de escombros. Negro empezó a buscar con una agilidad espectacular pese a sus cuarenta kilos cuando Rober dijo la palabra «busca» alta y clara. Después de eso, solo se oían las palabras de apoyo que de vez en cuando Rober le gritaba, que eran pocas y cortas para no desconcentrar al perro, y el sonido sus patas sobre los ladrillos rotos. Negro encontró a la persona que estaba enterrada bajo aquellos escombros en menos de un minuto y no paró de ladrar rítmicamente hasta que Rober se acercó para felicitarle y agradecerle su trabajo.

Cuando llegó el momento de la demostración de Penny, esta explicó que el HumanityDogs era un método en el que la relación entre el humano y el perro debía ser perfecta. Ambos se tratarían como iguales y el perro dejaría de verse como un objeto de trabajo para ser un compañero. En todos los escenarios en los que Penny y Connor demostraron sus habilidades, la conexión entre ellos era más que evidente. El perro iba tranquilo y seguro de sí mismo, no castañeteaba los dientes ni se sacudía o se rascaba por el estrés como los demás.

Ella le hablaba tranquila y con cariño, como si de un juego se tratase. Cuando encontraba lo que Penny estaba buscando, ella le premiaba con un millón de palabras bonitas y le dejaba morder un pequeño y desgastado mordedor de tela gris; cuando no, sus palabras seguían siendo muy afectivas, pero más firmes, como intentando devolverle la concentración, aunque haciéndole saber que confiaba en él. Parecía que estuviesen bailando en vez de trabajando, unidos por una correa invisible que hacía que él no se despegase de ella a no ser que detectase un rastro.

Penny llevaba un micrófono por el que explicaba a los que la observaban que era muy importante trabajar la confianza mutua desde cachorros, ponerles CD con ruidos para que se acostumbrasen a todo tipo de situaciones, como disparos, trenes, aviones, gritos… En definitiva, realizar siempre un refuerzo positivo que les hiciera querer hacer lo que hacían, y recordó que los verdaderos protagonistas del juego eran ellos.

A Lara le conmovió ver esa complicidad y ese amor realmente sincero que había entre los dos. Entendió que para Penny, una vez que hubiesen adquirido esas habilidades juntos, eran los perros quienes debían querer hacer todas esas búsquedas, no porque el humano los forzase a hacerlo mediante castigos o miedo. Para ello debía haber un respeto absoluto entre los dos. Ese era el resumen de su método: el respeto hacia aquellos animales… Y de repente quiso saber mucho más acerca de aquella chica que entendía a los perros.

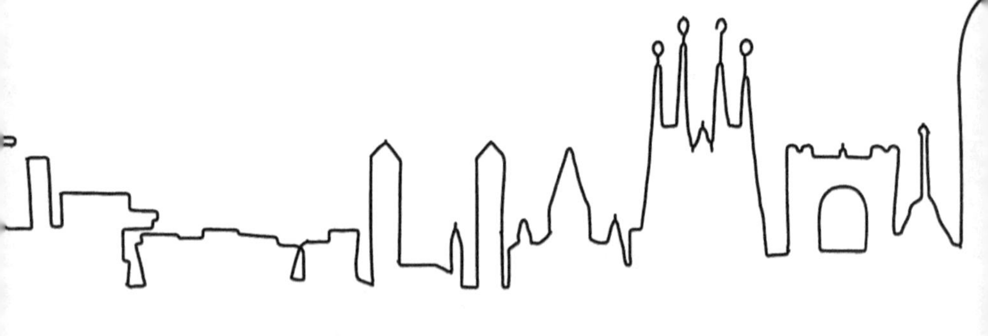

Veintiséis

Family & Love

El resto del sábado lo pasó recorriendo la playa, no sin antes haberse pasado por el Barrio Gótico a ver a Matías, con el que comió unas empanadas e intentó arreglar el mundo mientras Chancho le lamía los tobillos.

Al rato de estar sentada en la arena le sonó el iPhone blanco. Un mensaje de Penny.

Good afternoon, lady! Rober se va mañana todo el día a un rescate programado en Huesca, estará todo el domingo fuera. Se llevará a Negrito, pero si quieres puedes venirte a casa y te enseño a los demás.

A lo que Lara le contestó:

Sí, claro, me encantaría, quieres que lleve algo?

Tras unos minutos, llegó un nuevo mensaje de Penny.

Nah, tengo aquí todo lo necesario. Nos vemos mañana, ahora te mando ubicación. Bye. Kisses.

Lara se levantó y se fue al piso, debía repasar los apuntes de italiano y nuevos informes de Acqua que Laia le había mandado por *e-mail*. Marconi había estado entrando y saliendo de varias casas de apuestas y subastas, sobre todo le interesaban mucho los coches de lujo, y quizás tenía que ver con lo que podría ocultar en ese barco.

Salió a la terraza a fumarse un cigarro y a beberse lo que quedaba en su copa de vino después de haber ido al Ecologie a por una hamburguesa. Esta vez había elegido la Nollo (*heura*, guacamole casero, queso *cheddar*, mostaza y espinacas frescas). Todo un manjar rodeado por un pan negro de carbón activo y harina de espelta y acompañado de boniato frito. Bebió el último trago mirando cómo el sol se apagaba entre los edificios.

Pensó en Elena. Y sobre todo pensó en lo que le había dicho. Estaría en la otra punta del mundo ocho largos meses. «Bueno, quizás sea mejor así. Quizás no esté preparada aún para abrir las puertas y salir al mundo. Quizás nunca lo esté…», pensó Lara.

A la mañana siguiente se levantó sin prisa, una ligera brisa entraba por la ventana y ondeaba las blancas cortinas. Había dormido bien. Empezaba a saber controlar sus sentimientos. Había quedado con Penny a las doce y media en una zona adaptada para perros en la Barceloneta, delimitada a un lado por una valla a media altura de madera y, al otro, por una formación rocosa que la separaba del arenal.

Se recogió el pelo en un moño despeinado y se puso el mono verde militar de tirantes finos con el que solía bajar a la playa, el bikini negro debajo y unas chanclas del mismo color. Metió las cosas en la bolsa de la playa y salió a la calle.

Cuando llegó a la playa Penny aún no estaba allí. Eran las doce y treinta y tres. En ese momento le sonó el móvil.

Sorry, sorry. Llego un poco tarde. Ya me irás conociendo. Pero es que no me da para más, entre los perros, la casa y que Rober lo deja todo hecho un desastre… En diez minutos estoy. Prometido.

A lo que Lara le respondió:

No te preocupes, te espero aquí sentada.

Lara se subió al bordillo que separaba la playa del paseo marítimo, unos dos metros por encima de la arena, y observó a todos aquellos perros que se divertían con sus humanos. En aquella porción de playa de unos doscientos metros solo existían las normas básicas de convivencia. Nada que ver con las demás, esas en las que los perros tenían que estar atados y con bozal o las que tenían unos horarios ridículos. En ese rinconcito de arena había papeleras con dispensadores de bolsas biodegradables para recoger las cacas y varias fuentes con agua para que los perros pudiesen beber, además de unas duchas en la salida para poder quitarles la arena cuando se fuesen de allí.

Quince minutos después, vio a Penny a lo lejos con tres perros. Llevaba un vestido asimétrico y, por los colores, Lara pudo apreciar que era de la inconfundible marca Desigual. Debajo del colorido vestido, unos pantalones cortos azul cielo y unas sandalias de goma grises. Muy yanqui…

Cuando Penny llegó a su altura, Connor, Trancos y Xua empezaron a olisquear sus piernas cuando se levantó a darle un abrazo.

—Pero bueno, ¿y quiénes son todas estas preciosidades? —dijo Lara cuando se agachó para acariciarlos. Trancos movía el muñoncito que tenía por rabo, barrió el suelo con sus largas orejas cuando lamió sus dedos de los pies y comenzó a dar vueltas sobre sí mismo.

—Ese es Pixet. Está como un cencerro —dijo Penny.

Connor solo podía mirar el mar mientras gimoteaba y babeaba de la emoción. La pequeña perrita blanca hizo caso omiso de los saludos de Lara, estaba demasiado pendiente de regañar a sus hermanos soltándoles pequeños mordisquitos en las patas por el alboroto que estaban empezando a causar.

—¡Xua! ¡Déjales en paz, hombre! —dijo dándole un ligero capón para desviar su atención, a lo que la perra respondió de la misma manera que lo hizo con los otros dos.

Se notaba que Penny conocía la playa. Ese día se había levantado nublado, por eso en el último momento había decidido cambiar el plan y quedar allí. No había mucha gente y los perros podrían estar tranquilamente sin tanta vigilancia, y así ellas tendrían tiempo para hablar. Aunque era increíble cómo ella podía estar hablando con Lara y saber exactamente dónde estaban sus perros sin apenas mirar.

Una red a unos cuantos metros de la orilla delimitaba la zona para que los perros no fuesen mar adentro. Ellas se habían sentado casi al final de la playa, un metro escaso más y el agua rozaría sus pies. A pesar de que no había sol, Penny se echaba regularmente crema de protección solar por todo el cuerpo.

—¿Echas de menos a tu familia? —dijo Lara mirando la mochila con el estampado de la bandera americana de Penny.

Ella rebuscó en aquella mochila y sacó un *vapeador*, dio una larga calada y dijo:

—No es que encaje demasiado con ellos, así que... no mucho. —Hizo una breve pausa y mirando al mar y a sus perros comenzó a contarle su historia—: Tengo una hermana, Macarena, es once años mayor que yo y nació en Granada. Estudió periodismo y trabaja para el *New York Times,* tiene una pequeña columna semanal. En realidad, creo que vive frustrada. Le encantaría ser rica y viajar por el mundo, pero tuvo a mi sobrina, Megan, muy joven, con veintidós. Macarena es una persona muy difícil y mi sobrina es nuestro punto de inflexión. En cambio, Megan es independiente y alegre, muy distinta a su madre y demasiado parecida a su tía. —Le guiñó el ojo a Lara—. A sus tiernos veinticinco añitos tiene muy claras las cosas en la vida, mucho más que mi hermana. Dirige una protectora llamada Liberty Pets en la que rehabilita y encuentra hogar a muchos animales.

—Vaya, hablas de Megan con pena. —Penny sonrió y acarició a Xua, que dormía a su lado.

—Es a la que más añoro.

—¿Tienes más hermanos?

—Tengo un hermano llamado Dennis, nació en Brooklyn seis años antes que yo, pero apenas tengo relación con él. Siempre tuvo celos de mí por ser la pequeña. Toda la vida fue frío conmigo, desde que nací hasta que se fue a vivir a Miami con su *fucking* mujer.

—¿Y tus padres?

—Mi padre se llama Diego. Dejó Granada para probar suerte en Estados Unidos y abrir un bar de tapas andaluzas llamado Carmen, por mi madre. Mi relación con él es bastante parecida a la que tengo con mi hermano, fría y sin demasiadas muestras de afecto por su parte. Siempre quiso que fuese una *princess* llena de feminidad, y a mí me encanta derribar estereotipos y llevarle la contraria.

Ambas se rieron. Efectivamente, ella no parecía seguir las normas ni los clichés. De repente, se levantó cuando Connor empezó a escarbar en la orilla y dijo:

—Quien llegue la última al agua invita a los helados.

En ese momento las dos salieron corriendo, dejando atrás los agudos ladridos de Xua. Entraron al agua deprisa y estuvieron salpicándose y jugando con los dos perros y la pelota. Al cabo de un rato, habían tragado mucha agua, tenían más de un arañazo de Connor y Trancos y les dolía la cara de reírse.

—Señora, usted ha perdido —dijo Penny tumbándose en la toalla.

—¡Ni de coña! Tú ya estabas levantada, ¡jugabas con ventaja!

—Yo soy mayor que tú, así que tengo preferencia. —Lara también se tumbó en su toalla.

—Eres una tramposa.

—Total —dijo Penny poniéndose las gafas de sol. Connor y Trancos las acompañaron tumbándose a su lado en la arena, después de revolcarse por ella antes, claro.

—¿Y tu madre? —preguntó Lara con delicadeza. Penny siguió mirando al cielo.

—Mi madre… con mi madre todo era diferente. Con ella las muestras de cariño eran brutales, tanto las físicas como las demás, hasta tal punto que podíamos llegar a entendernos sin hablar… *Fuck,* te puedo jurar que no las necesitaba con nadie más.

—Ya, puedo entender lo que dices, yo también me llevo así con mi madre. ¿Qué fue exactamente lo que le pasó? —dijo Lara poniéndose de lado, apoyando el codo en la toalla y sujetándose la cabeza—. Si quieres hablar de ello, claro.

Penny se recolocó las gafas, dio una calada aún más fuerte a su *vapeador* y el humo se perdió entre las oscuras nubes.

—Ella sufría artritis reumatoide desde hacía años. Un día, en una de sus revisiones, se descubrió un lunar detrás del muslo que no le gustó nada. Y se lo empezaron a vigilar. —En ese momento Penny soltó una especie de bufido—. Joder, cómo recuerdo aquel lunar… tenía una curiosa forma de corazón. Irónico, ¿no? —Lara no contestó—. El lunar empezó a crecer y en unos pocos meses triplicó su tamaño, después de eso la doctora Richarson nos dio la peor noticia de toda mi *fucking* vida. Y te aseguro que esa palabra retumbó en mis oídos una y otra vez. Melanoma. Si cierro los ojos, aún la oigo.

En ese instante Connor se acercó más a ella, como si hubiese percibido algo en su voz, y le lamió la mano.

—El transcurso de la enfermedad fue lento y duro, pero ella era una mujer fuerte y tenaz. Nunca dejó que el cáncer hiciese mella en su arrolladora personalidad, por su familia y por ella misma. Y al año y medio murió. Eso cambió mi forma de ver la vida. En su entierro todos estaban destrozados, pero yo estaba tranquila. Había sufrido mucho y, aunque sea duro decirlo, cuando ella murió creo que ambas estuvimos en paz.

Penny se incorporó y se quedó sentada mirando a sus perros y su voz sonó más seria y triste.

—Despedí a mi madre un quince de diciembre, y en ese momento me di cuenta de que nada volvería a ser igual, que el pilar más grande de mi familia, aquel que la mantenía unida, se había ido, y yo sentía un vacío que nadie de los que allí estaban podría llenar jamás. Así que, cuando Emily me ofreció dar ese curso de adiestramiento en España dos días después, no lo dudé ni un segundo. —Hizo una pequeña pausa, miró al cielo, a sus perros y al mar—. Y cuando llegué a Barcelona, la sensación de alivio dio paso a la de la tristeza y a la pena por lo vivido, para poco después volver a sentir ese alivio. Suena raro, pero así fue. Acabé centrándome en mis perros y en mi trabajo. Yo tenía que seguir adelante por ella y por mí misma.

Lara escuchaba a Penny sin apenas gesticular.

—Venga, te has ganado un helado —dijo pasando el brazo por encima de sus hombros y apretándola contra ella.

Cuando llegaron a la heladería favorita de Penny, Di Carlo, se sentaron en la terraza. El dueño, un italiano llamado Carlo al que ella conocía, las saludó efusivamente. A ellas y a los perros, a los que puso agua fresca. Penny se pidió una tarrina mitad *stracciatella*, mitad chocolate blanco con *cookies*. Lara, en cambio, se decantó por el cremoso pistacho acompañado por el sabor intenso del dulce de leche.

—Oye, ¿y por qué decidiste quedarte? —preguntó Lara mientras se liaba un cigarro después de saborear aquella delicia.

Penny, que también había sacado su *vapeador*, dio una larga calada y le dijo:

—Conocí a *Robert* al día siguiente de aterrizar. Iba con Emily y él nos esperaba en la puerta de la oficina. En un primer momento no me fijé demasiado en él; estaba buenorro, sí, pero nada más. Sin embargo, congeniamos desde el primer momento.

Xua en ese momento gruñó a Trancos porque había invadido ligeramente su espacio personal.

—Como iba diciendo —prosiguió Penny—, Rober fue una especie de vía de escape para afrontar el vacío que había dejado mi madre; él conseguía llenarlo de algún modo. Nos hicimos amigos muy rápido y se convirtió en mi punto de apoyo.

—Y entonces, ¿surgió el amor? —preguntó Lara. Penny se rio.

—No exactamente. Yo pasaba de rollos amorosos, siempre he sido muy distante con los tíos. Pero él empezó a llevarme todos los días al hotel y me traía al trabajo. Empecé a salir con su grupo de amigos y acabé uniéndome al equipo de rescate.

—Ah, claro, ¡por eso Negro es tan buen perro!

—Ja, ja, ja. Bueno, Rober hizo muy buen trabajo con él antes de conocernos. Pero sí, aplicamos también el Humanity-Dogs, y eso los unió mucho a los dos.

—¿Y cuándo empezasteis a salir?

—Pasaron unos meses hasta que las intenciones iniciales de distanciamiento con todo el mundo dieron paso a una necesidad de estar a su lado que no pude ignorar por más tiempo. Recuerdo perfectamente el día que empezó todo. Estábamos en un bar cerca del puerto marítimo con los perros tomando algo. Recuerdo que nos estábamos riendo mucho cuando una chica se nos acercó para recaudar firmas para conseguir medios para los afectados del linfedema. Firmamos los dos, pero en ese momento, justo después de firmar, me vino a la cabeza mi madre y me quedé muy seria y triste.

—Ya, ya me imagino —la interrumpió Lara cogiéndole la mano. Ella la apretó y mientras le sonreía siguió con su historia.

—Total, que al ver mi reacción me preguntó si me pasaba algo, porque seguía seria y triste tras recordar que mi madre había sufrido eso justo después de su última cirugía. Entonces se lo conté, él se acercó a mí y me dijo: «Los amigos no están solo para los buenos momentos, si necesitas hablar o lo que sea, siempre voy a estar a tu lado».

Lara suspiró y sonrió. La voz de Penny poco a poco iba endulzándose, casi tanto como el helado que acababa de comerse. Y continuó contándole cómo había terminado aquel día que los marcaría para siempre. Cómo Rober la había dejado en la puerta de su hotel y que, al despedirse, él ya no aguantó más y la besó. La besó para demostrarle que estaba ahí y que estaría de todas las maneras en las que ella pudiera necesitarlo. Que fue un beso lento, largo, profundo y lleno de promesas. Después de ese largo intercambio de sentimientos, se despidió de ella con una descolocada y pícara sonrisa y con sus blancos dientes, que destacaban en aquella negra barba. Entonces, comenzó a descender los siete escalones que separaban la puerta del hotel de la acera y, en ese momento y antes de que su pie derecho abandonase el último escalón, ella gritó su nombre y bajó corriendo hasta llegar a su altura para volver a besarlo, un beso igual de profundo y prometedor, sellando así un pacto que aún permanecía intacto nueve años después.

Veintisiete

Al son de Gràcia

Se les había hecho tarde en aquella cafetería. Penny le abrió la puerta de su pasado y Lara respondió de la misma manera. Hablaron de Madrid, de Sandra, de sus padres y de cómo había entrado en Lázaro. Pero no le contó nada de su historia con Laia. ¿Acaso tenía una historia que contar? Desgraciadamente no. También le habló de Berta, del piso y del estúpido de César. «*Fuck*, no aguanto a los machitos como ese tal César», le había dicho ella.

Después, había acompañado a Penny a su casa, toda ella pintada en colores tierra. Era un piso grande con un salón amplio, una cocina alargada, con varios vinilos de las siluetas geométricas de sus perros en una de las paredes, dos baños y tres habitaciones, la que compartían y dos más, de las cuales cada uno había hecho propia una de ellas.

La de Penny estaba muy desordenada, con una cama cubierta de ropa y una mesa llena papeles. En mitad de las paredes había pintada una cenefa de huellas de perro marrón oscuro que las recorría de lado a lado de la puerta. En la pared de enfrente, al lado de la ventana, la silueta del Empire State en forja negra de casi un metro al lado de una mano de espuma azul con el dedo índice levantado y el número uno. En las demás, muchas imágenes de Estados Unidos. Fotos suyas en Times Square, en la Estatua de la Libertad, en un campo de béisbol, en Central Park, en el puente de Brooklyn… Pero había una un poco más grande y que estaba dedicada en la esquina inferior derecha con rotulador dorado y en la que salía con una chica, frente a un edificio y rodeadas de perros: «Gracias por ser parte de mi sueño». Lara se quedó mirando aquella fotografía en la que Penny miraba con cariño a la joven que sonreía a la cámara.

—Esa es Megan el día que inauguró la protectora. Qué felices estábamos aquel día… —le dijo ella con un tono lleno de añoranza.

En cambio, la habitación de Rober, no mucho más recogida, estaba llena de imágenes de perros de rescate, fotos de sus perros y de cosas del cuerpo de bomberos, como cascos o gafas que le habían regalado en agradecimiento a su ayuda con la unidad canina. También había cuatro trasportines enormes, siempre abiertos, donde sus perros descansaban, y un corcho con parches de distintos organismos oficiales. El desorden reinaba en aquel lugar, pero daba igual, Penny te hacía sentir como en casa.

Rober llegó sobre las ocho muy cansado de pasar todo el día fuera, había sido un rescate duro, pero habían encontrado al hombre de setenta años perdido en el monte. Lara lo saludó y se despidió a la vez, abrazó a Penny y se marchó.

El sol empezaba a descender entre los edificios. Llevaba diez minutos andando por el paseo marítimo, que estaba lleno de gente, cuando el iPhone blanco sonó. Berta la estaba llamado.

—Hola, puta, ¿qué tal?, ¿qué haces? Nosotros volviendo ya, vamos a parar a cenar en el Ecologie, ¿te apuntas? Vienen Emma y Nacho.

Lara dudó, estaba cansada y llevaba todo el día fuera. Al día siguiente Álex pasaría pronto a por ella y solo le quedaban dos semanas con Rober en la oficina del Prat.

—Qué va, Ber, he estado todo el día fuera con una compañera de trabajo, quiero llegar a casa y acostarme pronto, que mañana madrugo. Pasadlo superbién y dales recuerdos a los chicos y a Emma.

—Ah, o sea que con otra, ¿eh? Ya me has abandonado por alguien más guay, ¿verdad?

—No hay nadie más guay que tú, tonta, no te preocupes.

—Oh, vale, *chocho*. Nos vemos mañana. Descansa.

A la mañana siguiente Álex la recogió puntual.

—Qué pasa, morenita, ¿recuperada de la fiesta del viernes?

—Buah, pero ¿qué mierda de tequila era ese?

—Mierda dice… Era un tequila puro puro, recién traído de México. La familia de Miguel lo hace desde hace años, no beberás algo tan fuerte en tu vida.

—Ya, joder, podrías haberme avisado —dijo ella dándole un pequeño puñetazo en el brazo.

—¿Y perderme lo graciosa que estabas? ¡Jamás! —Lara entrecerró los ojos y le sacó el dedo corazón de la mano izquierda.

—Oye, por cierto, Elena me ha contado lo de Australia.

—Ya, tía, nos ha pillado a todos por sorpresa. Siempre ha querido vivir allí y sabíamos que quería ir a ese curso, ya se lo habían ofrecido otras veces, pero siempre había dicho que no. Lleva un tiempo rara, como ausente. No sé qué le pasará. Quizás en Australia se despeje.

—Quizás… —dijo Lara volviendo la mirada al frente.

Esa mañana de lunes Penny había informado de dos palés que contenían cincuenta cajas, que a su vez contenían veinticinco piñas en cada una, un total de dos mil quinientas piñas que revisar. Connor había marcado la mercancía como sospechosa de contener droga. Y después de escanear la primera caja, habían descubierto que una de ellas tenía un extraño color marrón a través del escáner. Cuando Rober y ella llegaron, estaban sacando aquellas frutas de una en una para pasarlas a través de la cinta transportadora y ver su interior.

—Buenas días, señor, de momento solo hemos encontrado esta en la primera caja. Parece manipulada y la imagen de su interior es bastante sospechosa —dijo un chico señalando la pantalla del escáner.

Rober examinó con cuidado aquella fruta que por fuera parecía totalmente normal.

—La han abierto y la han vuelto a cerrar. Mira, ¿ves ahí la fina grieta? —dijo enseñándosela a Lara, quien asintió.

Efectivamente, cuando Rober hizo presión entre ambos lados de la piña, esta se partió por la mitad. Estaba hueca y en su interior había un gran paquete que contenía un polvo blanco. Colocó la piña en una mesa. Con una pequeña navaja que tenía en el bolsillo del pantalón abrió un lateral del paquete y con la punta cogió un poco de aquel polvo para echarlo dentro de una pequeña bolsa que contenía un líquido transparente. Al contacto con aquella sustancia, el líquido se volvió del característico azul turquesa que, a estas aturas, Lara ya reconocería en cualquier sitio. Al final del día, ciento cincuenta piñas procedentes de Colombia con dos kilos de cocaína en su interior fueron incautadas.

A mediodía Penny se acercó a la oficina donde se encontraban Lara y los chicos revisando las cámaras de seguridad.

—Ey, ¿qué tal estáis? Oiga, señora, ¿qué va a comer usted hoy? —preguntó desde el marco de la puerta de la sala de grabación.

—Teníamos pensado comer algo del Thairport. ¿Viene usted a ofrecerme algo mejor? —dijo Lara echándose para atrás en la silla.

—*Great!* Me ha llamado mi amiga Rocío, lo ha dejado con el chico con el que sale por… —Puso cara de tener que hacer un gran esfuerzo por recordar—. No sé, ¿quinta vez? Y no quiero que me taladre a mí sola, *you know?*

—Ja, ja, ja. Qué mala eres. Sí, claro, me apunto. Terminamos a las tres.

—Perfecto, te esperamos allí.

—Hala, Paul, ya nos toca pedirnos la comida para llevar. Una pena, ¿eh? Pasadlo bien, chicas —dijo Rober dándole unas palmaditas en la espalda a su compañero.

A las tres y diez Lara llegó al restaurante y las vio en la planta de arriba. Penny bebía una inconfundible cerveza de cerezas llamada Mort Subite, y a su lado la tal Rocío lo que parecía ser una copa de vino blanco.

El Thairport era un restaurante enteramente de madera oscura, suelo, columnas, mobiliario y techo. Excepto las paredes, que eran de un papel japonés llamado *washi*. Tenía mesas bajas negras en las que te sentabas sobre cojines y mesas igual de negras pero altas en las que podías comer de una forma más occidental. El techo recordaba al de los antiguos templos tailandeses, lleno de vigas que se cruzaban. El suelo, con varias alturas, una sala central con las mesas bajas y a ambos lados unas escaleras que subían al piso superior que rodeaba el local y desde el cual podía verse la parte de abajo. Justo en el centro había un pequeño jardín lleno de vegetación, con un estanque donde varios peces *koi* parecían bailar al son de la lenta música oriental. Todo el conjunto le recordó al de la película *Kill Bill*.

Rocío era rubia, con el pelo largo y liso. Llevaba la raya en el medio y el flequillo recogido hacia atrás con dos horquillas, una a cada lado. Era muy delgada y parecía bastante bajita. Llevaba un vestido rosa palo largo de tirantes, algo ceñido a su estrecha cintura, y muchas pulseras en tonos plateados y morados a juego con los pendientes. Y su risa, su risa era alta y contagiosa. Podía escucharse desde el piso de abajo y, a pesar de que seguramente estaba triste, Penny sabía cómo hacer reír a la gente.

—Hola, chicas, perdón por llegar tarde, no os levantéis —dijo Lara sentándose al lado de Penny.

—Rocío, esta es Lara, la nueva compañera de *Robert*. Lara, esta es Rocío, una buena amiga y la peluquera oficial de los perros de la Policía.

—Hola, Lara, Penny me ha hablado muy bien de ti, encantada de conocerte.

Lara comió unos fideos con verduras, salsa *teriyaki* y cacahuetes. Rocío, arroz con pollo al curri, y Penny, el delicioso ramen vegano marca de la casa. Estuvieron hablando mucho tiempo. En realidad, Rocío no tardó en coger la confianza suficiente con ella y acaparar toda la atención de la mesa. Se notaba que le gustaba hablar, que le gustaba contar su vida, y si Penny había traído a Lara allí significaba que podría explayarse.

Aquella chica delgada y rubia llevaba cinco años en una relación intermitente con uno de los veterinarios que había conocido en una de las clínicas donde trabajaba llamado Salva. Un guaperas de pelo rizado, barba y un ojo de cada color, uno verde y otro marrón. En realidad y por lo que Rocío contó, Salva nunca le había prometido amor eterno, en cambio, y aun sabiendo lo que ella sentía por él, nunca dejó que ella se fuera del todo.

Durante esos cinco años ambos habían tenido relaciones esporádicas con otras personas, pero siempre que parecía que ella se desintoxicaba, él volvía a llamarla para luego desaparecer otra vez. En ese momento, Lara pensó en Laia y en lo mucho que se parecía aquella relación a la suya. Solo que ella lo tenía asumido; en cambio, Rocío no.

—Mira, Roxy, pasa de él. Sabes que es un *fucking* imbécil y que te llamará solo cuando le piquen los huevos para que se los rasques —dijo Penny después de beber un trago largo de su roja cerveza.

—Que sí, que ya lo sé. Mira, te juro por mi perro que no voy a volver a caer, que le den, paso.

Lara las observaba mientras bebía de su copa de vino. Penny no parecía muy convencida del juramento de su amiga, pero, aun así, asintió y brindó por ello.

Las semanas siguieron pasando demasiado rápido entre cámaras de seguridad, clases de italiano, gimnasio, idas y venidas con Penny a la playa con los perros y a su casa a ver películas, fortaleciendo aquella amistad, y fines de semana encerrada en casa repasando el caso Acqua aprovechando que Berta se iba con César antes de sus vacaciones por separado cada uno con su familia… Y sin noticias de Laia.

El último viernes que pasó con Rober, un quince de agosto, festivo nacional, fue uno de los días más ajetreados. Se había juntado el puente con la operación salida de verano. Sus ojos debían multiplicarse por cien, o incluso por mil. Había conseguido identificar a un centenar de sospechosos en el tiempo que llevaba en esa oficina, se le daba bien, como todo últimamente, y en algún momento las cosas se habían puesto feas y Rober había tenido que reducir a varias personas que pretendían huir de los registros.

Si bien era cierto que el peligro no era el mismo que el que vio en la estación de tren o el de enfrentarse a la mafia italiana, el poder que sentía al vigilar a la gente desde arriba, como si fuese una especie de dios, era bastante estimulante. Entonces, ¿qué quería hacer? ¿Apostar por aduanas? ¿Quedarse en la estación? ¿O intentar meterse en fuegos cruzados? Pero rápidamente supo que esa decisión no era del todo suya. Ella no podía venir de primeras y conseguir hacer lo que quisiese en el departamento. Aunque las cosas le estuviesen saliendo demasiado bien. Aunque ella de verdad pensase en lo mucho que estaba destinada a hacer historia allí. Pero quizás era demasiado pronto para saber lo que le depararía su nueva vida.

Había quedado ese mismo viernes por la tarde con Penny y Rocío en el Macumba, una discoteca brasileña en pleno barrio de Gràcia. Gràcia era un distrito carismático, bullicioso, cosmopolita y muy bohemio en el que convivían toda clase de vecinos; desde gitanos que tocaban en las calles con los artistas que buscaban su inspiración, hasta gente mayor que había vivido allí toda su vida y que, pese a mezclarse con toda la multiculturalidad que allí reinaba, no perdía ni la esencia ni ese orgullo diferente que reivindicaba su pasado más castizo. En esas fechas, en la Fiesta Mayor de Gràcia, el barrio se llenaba de color gracias a que los vecinos creaban durante meses los espectaculares adornos que más tarde vestirían las calles.

Cuando Lara llegó, Penny la esperaba en la puerta de aquel local que estaba a reventar con un entallado vestido rojo y botines negros con tachuelas, el pelo ondulado, su eterno flequillo y sus finísimos labios pintados de rojos. Ella, en cambio, vestía con un sencillo vestido negro de manga francesa ligeramente entallado en la cintura y sus Converse. Dieron sus nombres al *puerta* de casi dos metros, este comprobó sus nombres en la lista y las dejó pasar.

En Macumba reinaba la salsa y la bachata. Bajaron las escaleras que conducían al interior de aquella selva amazónica. Era un local grande, mucho más grande de lo que parecía por fuera, lleno de plantas por todas partes y con una pista central y las paredes de espejos. Estaba adornado por cuatro grandes columnas en cada esquina abrazadas por enredaderas que escalaban desde el suelo hasta el techo, con mesas altas, taburetes y dos barras de bebidas a cada lado. Pero lo más impresionante de aquel sitio era el techo, lleno de botellas verdes, amarillas y azules al revés que formaban la bandera brasileña e iluminaban el local.

Rocío era profesora de salsa allí, y ese día la escuela celebraba su décimo aniversario, por lo que habría un concurso de baile y ella sería miembro del jurado. Sabían que estaría muy ocupada, así que se sentaron en la barra. Los camareros y camareras, todos brasileños, iban con los trajes típicos del carnaval, mucho brillo, mucha carne y mucho color. Pidieron algo de beber. La especialidad era el mojito y la caipiriña, así que no lo dudaron demasiado.

—A esta invito yo —dijo la vocecilla de Rocío por detrás—. Paulo, ponme uno a mí también.

Rocío iba vestida más llamativa que de costumbre. Llevaba un top negro de encaje con mucho escote por encima del ombligo y una falda blanca de flecos que le tapaba parte de lo que dejaba al descubierto aquel top. El pelo muy rizado, unos pendientes plateados y blancos, de nuevo a juego con las pulseras, y unos impresionantes zapatos de baile.

—Madre mía, *miss* Castelló, va usted mucho más brillosa que de costumbre —dijo Penny mientras abría mucho los ojos y mordía su pajita de bambú.

—Seeeh, ya sabes. Nunca hay demasiado *brillibrilli* —le respondió mientras daba una vuelta sobre sí misma encantada de conocerse. Entonces dio un larguísimo trago a su mojito de fresa y dijo—: El concurso es dentro de veinte minutos, yo estaré sentada en la mesa que hay delante de la cabina del DJ, al que por cierto me tiré ayer.

—¿Y qué pasa con Salva? —dijo Lara.

—Bah, no sé nada desde hace casi un mes, ya paso, él se lo pierde —dijo sin que ninguna de las tres se lo creyese demasiado.

Al cabo de unos minutos cogieron los nuevos mojitos que Paulo les había preparado y se fueron a la pista de baile. Varias personas de la escuela empezaron a delimitar la zona para el concurso, formaron un círculo con unos cordones de terciopelo negro y la pista quedó vacía. En la mesa del jurado había cuatro sillas, dos mujeres y dos hombres, entre ellos Rocío, y delante diez carteles numerados.

A las doce empezó todo. Veinte parejas demostraban sus dotes artísticas, aunque no solo se valoraba la técnica, también el carisma y el vestuario. Todo un despliegue de color, música y aire caribeño.

—Rocío está en su salsa, ¿eh? —dijo Penny al oído de Lara.

Pero desde hacía un rato Lara no podía dejar de mirar al otro lado de la pista. Detrás de todos aquellos bailarines había una chica morena, con el pelo lleno de trenzas y rasgos típicamente brasileños. Iba vestida con una camiseta blanca metida por un pantalón marrón claro y alto, con tirantes del mismo color, y un sombrero estilo panamá *beige*, y llevaba mucho oro en las manos y en el cuello. Estaba rodeada de lo que parecía su harén y no había dejado de mirar a Lara desde que esta había llegado al Macumba. Los aplausos las sacaron de aquel duelo de miradas, el típico «a ver quién aguanta más».

El concurso había terminado y la pareja ganadora se disponía a recoger su premio. Cuando Rocío entregó el trofeo y cuando las fotos con los triunfadores de la noche fueron suficientes, despejaron la pista con la misma rapidez. De repente, todo el mundo se lanzó a bailar y a beber con mucho más entusiasmo que antes.

—Ey, chicas, ¿qué tal? Ha sido una pasada, ¿eh? Elisa y Marcelo son alumnos míos desde que empecé. Son unas putas máquinas, la verdad —dijo orgullosa.

En ese momento un chico se acercó por detrás de Rocío y le cogió la mano.

—Profesora, ¿baila conmigo?

Era un chico negro, con media cabeza rapada, la otra media con rastas y un poco más alto que Rocío. Iba con unos vaqueros negros y una camisa abierta del mismo color que dejaba ver un cuerpo musculado, fibroso y un tatuaje en el pectoral derecho. Ella no contestó, solo se dejó llevar por él hacia la pista de baile mientras se mordía el labio mirando a sus amigas.

—Señora, yo me voy a ir ya, mañana tengo guardia. Llega un barco desde China y esos suelen venir con premio. ¿Usted se queda?

Lara dudó, pero al ver a aquella chica de nuevo entre la multitud dijo:

—Sí, yo me quedo un rato más. La semana que viene empieza la locura y quiero aprovechar mis últimos días de semilibertad. —Ambas se despidieron y Lara pidió su tercer mojito.

Al rato de que Penny se fuera, Lara se adentró en aquel bullicio buscando a Rocío. Después del concurso, parte de las luces se habían apagado y la bandera que iluminaba aquel lugar se difuminó hasta tal punto que el local estaba casi a oscuras. La vio al fondo, bailando y cada vez más pegada al chico con el que minutos antes se había ido. Cuando estaba a unos dos metros de ellos, una mano le agarró el brazo.

—*Boa noite,* preciosa, mi nombre es Flaca. ¿Quieres bailar? —dijo la chica del sombrero con una voz demasiado seductora y con un envolvente acento brasileño.

—¿Flaca? ¿En serio te llamas así?

—Así me llaman, pero con esa cara tú puedes llamarme como quieras —le dijo Flaca al oído, susurrando muy lentamente y agarrándola por la cintura.

En ese momento Lara la miró a sus enormes ojos oscuros y se preguntó: «¿Por qué no?».

Veintiocho

Port

El sábado se despertó en su cama, sola. En el momento en que aquella chica le hizo esa pregunta se había acordado de Laia y de la frase que le dijo antes de bajar del coche: «…sola o con quien quieras». Y ella le tomó la palabra.

Bailó con Flaca hasta altas horas, ella le besó el cuello y movió las caderas hasta deshacer las de Lara. Bailaba de una forma tan sensual que Lara solo podía seguir su ritmo y dejarse llevar poco a poco. Flaca cada vez se pegaba más, respiraba en su cuello y en su boca. El dulce sabor a mojito podía olerse a kilómetros. Y entonces ocurrió lo inevitable, lo que la brasileña llevaba buscando desde que puso sus ojos en ella. Flaca la cogió de la mano y la llevó al baño sorteando la multitud de gente mientras le sonreía muy segura de sí misma. Y allí, dentro de aquel estrecho cubículo, habían follado hasta que los golpes en la puerta ahogaron los jadeos de Lara.

¿Fue por despecho hacia Laia? ¿Por demostrarse algo a sí misma? ¿O por la simple curiosidad de echar un polvo de una noche? De cualquier forma lo había disfrutado, y mucho. Después de salir de aquel baño, Flaca le dio un largo beso en la mejilla y, agarrándole la barbilla y acercándose de nuevo peligrosamente a su boca, dijo:

—Cuando quieras pasar un buen rato, aquí estaré. —Volvió a colocarse el sombrero y salió por la puerta hacia la pista de baile.

Debía levantarse y aprovechar para seguir repasando el caso Marconi. Había llegado nueva información acerca de las subastas ilegales de los coches de lujo, donde Lázaro tenía infiltrado a un agente como guarda de seguridad. Lara estuvo trabajando todo el sábado en la posibilidad de que aquellas subastas fuesen la clave del caso. Su teoría era que Marconi transportaría documentos con los nombres de los clientes de aquellos coches robados.

Por la noche, a eso de las nueve y treinta y cinco, el sonido de una llave en la cerradura del piso la sobresaltó, y Berta apareció con la maleta y con los ojos y la cara hinchados de llorar.

—¿Qué ha pasado, Ber? —dijo Lara levantándose del sofá y yendo a abrazar a su amiga. Berta soltó la maleta y el bolso y empezó a llorar en su hombro.

—Espera, voy al baño, que me cago, y te cuento.

—¡Joder! Siempre tan oportuna. Mientras, yo te pongo una copa de vino.

Lara recogió corriendo todos los informes y los documentos y los guardó en la caja de su armario, fue a la nevera y abrió la botella de Sangue di Jiudas. Sirvió dos copas y las llevó a la terraza.

Cuando Berta se sentó en la silla con un cigarro en la boca y más tranquila empezó a hablar.

—Pues nada, *chocho*, que he discutido con este y nos hemos vuelto antes de la sierra.

—¿Qué ha pasado esta vez?

—Nada, tía, joder, una tontería. Estaba con el Adri, ya sabes, mi amigo de la peña. —Paró para dar un buen trago a su copa—. Allí son las fiestas y estábamos en el local, los dos borrachísimos, y en un momento dado me apoyé en su cola para coger algo que estaba en la mesa, y con el cachondeo pues empezamos a hacer el idiota, en plan «te gusta, ¿eh?», y entonces vi la cara de César.

—Ber, sabes lo que pienso de él y no es por defenderle ni mucho menos, pero quizás no le hizo ni pizca de gracia que le metieses mano a tu amigo delante de él.

—Joder, pero que es el Adri, y solo me apoyé para hacer la gracia. Que nos conocemos de toda la vida y siempre nos hemos tratado así, no ha sido para tanto. Además, todos nos estábamos riendo.

—Bueno, ¿y qué pasó después? —dijo Lara mientras se liaba un cigarro. Berta echó el humo y siguió hablando.

—Pues nada, que cuando llegamos a casa para cenar, cambiarnos y volver a bajar a la feria, le pregunté qué le pasaba y, de repente, se puso como loco diciéndome que era una guarra y una cerda por tocarle las pollas a mis amigos y encima hacerme gracia.

—Joder...

—Y entonces nos pusimos a discutir y me dijo que no quería estar más allí, que se volvía a Barcelona y que si quería me quedase metiéndome mano con mis amiguitos. Yo le dije que no, que pasaba de quedarme en ese plan, así que nos volvimos.

—¿Y qué tal el viaje de vuelta?

—Pues mal, no me hablaba. Solo me ha dicho «buenas noches» cuando me he bajado del coche, ni me ha dado un beso ni na.

—Bueno, no te preocupes, ya verás que se le pasa pronto y volvéis a estar como siempre.

—Sí, bueno, pero ya tendrá otra mierda más que echarme en cara. César es de los que perdonan, pero no olvidan, y le encanta sacar cosas del pasado. Como cuando fuimos con sus padres a Ikea, yo me aburría e iba delante de ellos a mi bola, y luego él se enfadó porque había sido una maleducada.

—¡Pues mándalo a la mierda! —gritó Lara.

—Ya, joder, pero es que luego me viene a buscar al curro y me lleva a los sitios, a cenar, y además folla bien… —dijo terminándose la copa de un trago.

Lara meneó la cabeza y dijo:

—Agg, no tienes remedio, voy a por más vino.

Pasaron un rato más viendo vídeos chorra en YouTube, eso siempre le subía el ánimo a Berta. Pero estaba cansada y se fue a dormir. Lara al rato hizo lo mismo y, cuando estaba a punto de dormirse, la pantalla del iPhone blanco iluminó la habitación.

Buenas noches, novata, mañana no tengo casi clases por la tarde. ¿Qué te parece si damos esa clase de surf antes de que me vaya? Quién sabe si puede comerme un tiburón. Beso.

Lara se mordió el labio y se rio. ¿Con la palabra «beso» en singular hacía referencia a lo de la última vez? Seguro que no.

Ja, ja, ja. Ni siquiera un tiburón podría contigo. Hecho, mañana por la tarde nos vemos, profesora, a ver si eres tan buena como dicen. Más besos.

Y entonces Elena le contestó:

Soy mejor.

A la mañana siguiente preparó el desayuno a Berta, y cuando entró en la habitación, dejó la bandeja en el escritorio y saltó en su cama para despertarla.

—¡Ber! ¡Ber! ¡Ber! ¡Despierta! ¡Esta tarde nos vamos a dar clases de surf!

—¿Eh? ¿De qué estás hablando? —dijo ella casi sin abrir los ojos y tapándose la cara con la almohada. Lara se sentó a su lado y se la quitó.

—¿Te acuerdas de Elena? La amiga de Álex, la profe de surf.

—Mmm, seh, ¿la que es bollo, pero aún no sabe que lo es? —Lara soltó una carcajada.

—Sí, esa misma. Pues me debía una clase de surf y me ha dicho de darla hoy antes de que se vaya a Australia a un curso o no sé qué…

—Uh, esa lo que quiere es darte mambo —dijo Berta moviendo las caderas arriba y abajo.

—Esa no sabe ni lo que quiere. Venga, tómate el desayuno que te ha preparado la mejor compañera de piso que puedes tener —dijo Lara golpeándole con la almohada de nuevo.

—Anda, tonta, sabes que esa soy yo —dijo Berta alargando la mano y cogiendo la tostada de aguacate.

Cuando las dos terminaron de vestirse se fueron juntas al mercado. Surcaron ese colorido laberinto en el que se podía encontrar cualquier cosa, desde chucherías gigantes hasta las frutas más exóticas. Era todo un espectáculo de variedades, gente de todas las edades, razas y géneros coexistiendo en un murmullo condensado por las paredes de metal. Cargaron el carro con frutas, verduras y muchas cosas a granel. Les gustaba hacer la compra allí, utilizar bolsas de tela e intentar comprar todo orgánico y con la menor cantidad de plástico posible.

Desde que llevaba viviendo con Berta, había intentado concienciar a su amiga de la importancia de cuidar el planeta, y aunque ella sí que comía carne, al menos cada día tenía una mentalidad más ecológica.

Aún no había tenido noticias de César, él estaba lleno de orgullo, y ella no paraba de mirar el móvil esperando un mensaje.

—Voy a escribirle —dijo cuando salieron del mercado. Entonces Lara le quitó el móvil y se lo guardó en el bolsillo de su pantalón vaquero corto—. Venga anda, trae, dámelo —replicó intentado quitárselo del bolsillo.

—Ni de coña, como mínimo no te lo daré hasta esta noche —dijo Lara esquivándola.

Berta se enfurruñó, pero supo que su amiga no le iba a dar el teléfono por muy borde que se pusiera. Llegaron a casa y se pusieron a hacer la comida, algo ligero. Una ensalada campera con huevos cocidos, patata y aguacate.

—Lara, dame el móvil. Te juro que no le escribo, de verdad. —Lara dudó, pero al fin y al cabo Berta era mayorcita y ella no era su madre para tener que castigarla.

Llegaron a la playa sobre las seis. Habían decidido ponerse un bañador para que todo quedase en su sitio cuando se cayesen de la tabla todas las veces que seguro se iban a caer. Elena estaba sentada en la orilla con Álex, ambos mojados y con un neopreno de pantalón corto negro y azul.

—Tú, tú, tú, que está el titán ahí —dijo Berta agarrando el brazo de Lara demasiado fuerte.

—¡Ah! ¡Joder, Berta, que me haces daño! —dijo Lara desenganchándose la mano de su amiga, que se aferraba a ella como la garra de un águila.

—Perdona, ha sido la emoción del momento. Me cago.

—¿En serio?, ¿ahora?

—Sí, joder, ¿qué quieres que le haga? Bueno, yo me aguanto.

Cuando llegaron a la orilla, ellos se dieron la vuelta y pusieron cara de sorpresa, aunque ambas muy distintas.

—Hola, chicas. Vaya, Lara, no sabía que traerías compañía. Bienvenida, Berta —dijo Álex con su voz de seductor.

—Sí, yo tampoco sabía que vendrías acompañada. —Y Lara pudo apreciar una pizca de decepción en la voz de Elena.

—Bueno, aquí mi amiga está un poco triste porque ha discutido con su novio y necesita distraerse.

—Vaya, vaya, pues has venido al lugar indicado, id a la cabaña y dejad las cosas. Berta, tú te vienes conmigo; Lara, tú con Elena —dijo Álex.

Nada más entrar en la cabaña Berta dijo:

—Madrecita, cómo está ese hombre mojado, ¿no?

—¿Ves? Hay muchos más peces en el mar.

Rápidamente cada una se fue con su profesor. A Elena aún le caían gotas de los rizos, que acababan en la arena caliente, cuando empezó su explicación. Al principio, las tablas estaban a su lado y ellos les explicaban cómo debían aguantar el equilibrio: primero, tumbados, y cuando lo lograsen, de pie. Practicaron en la arena y luego en el agua. Lara a la décima consiguió ponerse de pie, Berta ni en un millón de años lo hubiese conseguido. Tonteaba con Álex más que otra cosa; en cambio, Lara quería impresionar a Elena, que la observaba sentada a horcajadas sobre su tabla. Después de muchas caídas, risas y algún que otro indiscreto coqueteo, los cuatro se sentaron en la orilla a disfrutar de unas cervezas y del atardecer.

Cuando llegaron a casa, César estaba en el portal.

—¿Qué haces aquí? —le preguntó Berta fingiendo sorpresa. Él la miró con ojos de corderito y puso una voz demasiado melosa.

—Bueno, después de que me dijeras que ibas a la playa y que volverías pronto cogí el coche y vine a esperarte.

Lara echó una mirada fulminante a su amiga y sacando las llaves dijo:

—Mmm, bueno, chicos, yo os dejo que habléis. Ber, te espero arriba.

Después de un rato en el que Lara se había duchado, cambiado y empezado a hacer la cena, sonó el timbre. «Espero que venga sola», pensó. Y cuando Lara abrió la puerta Berta la miraba con la misma cara que César.

—No te enfades, porfa —dijo apoyando la cara en el marco. Lara se dio la vuelta y entró en la casa para seguir haciendo la salsa de la pasta.

—Ber, eres mayorcita para saber qué hacer, pero la próxima vez no me mientas. Si quieres escribirle, adelante, hazlo. Yo las cosas que te digo te las digo porque te quiero y no quiero que te hagan daño.

—Ya lo sé, *chocho*. No te preocupes, ya está solucionado, me ha pedido perdón. Se puso celoso, y por una parte lo entiendo —dijo mientras movía la pasta que se estaba cociendo.

Lara volvió a menear la cabeza y dijo:

—Lo que tú digas. Si eres feliz, yo soy feliz.

A la mañana siguiente Álex la recogió para llevarla al edificio de la aduana portuaria.

—¿Qué tal está tu amiga? —preguntó Álex con demasiado interés.

—Pues ayer cuando llegamos a casa el imbécil de su novio estaba esperándola, fingiendo ser un peluche al que había que adorar —contestó ella mirando por la ventana.

—Vaya, una pena…

—Eso digo yo.

La oficina que tenía aduanas en el puerto se encontraba cerca del Raval, dentro de un majestuoso edificio monumental que estaba formado por dos galerías paralelas y divididas por tres grupos de dos torres cada uno. El primero estaba al principio, como un puerta de entrada, otro en medio y el último en la parte final. El lateral de toda la estructura que daba al mar era más bajo y estaba formado por dos naves industriales parcialmente abiertas que daban a un muelle de madera. Todo el conjunto tenía un aspecto de antiguo palacio inglés, coronado con tres escudos, dos águilas y ocho leones alados. Tenía una fachada blanquecina y un techo oscuro. Le recordó al *Buckingham Palace* de Londres.

Álex la dejó en la puerta de entrada de mercancías, rodeada de cinco palmeras y el sonido de las gaviotas de fondo. Era un ir y venir de gente, maquinaria, carne y metal. Sabían perfectamente cómo esquivarse unos a otros, y eso daba cierta elegancia a aquel caos. Grúas metían y sacaban de aquellos barcos grandes palés y contenedores de todos los tamaños; allí se llevaba a cabo la tramitación aduanera para la importación y la exportación de todo tipo de mercancías. Lara se dirigió al despacho que se encontraba en la planta superior de aquella nave.

—Hola, ¿eres Marina? —dijo al abrir la puerta y ver a una mujer detrás de la mesa.

—Y tú debes de ser Lara, ¿verdad? —dijo mirándola con aquellos ojos ligeramente rasgados.

Marina poseía una belleza digna de la gran mezcla cultural de sus genes. El pelo moreno y con media melena algo ondulada y despeinada. Parecía alta. Tenía unos seductores ojos marrones, y su labio superior, ligeramente más grande que el inferior y redondeado, le daba un aspecto exótico. Había nacido en Tahití, en la Polinesia Francesa. Tras la muerte de su madre, de ascendencia *lakota siux*, cuando era pequeña, se mudó a España con su padre, un aristócrata europeo descendiente de italianos, rusos y suizos. Después de estudiar en diversos internados europeos, donde aprendió a hablar inglés, español, francés e italiano, se afincó en Barcelona para estudiar comercio internacional. Así fue como Lázaro la reclutó.

Aquello lo sabía porque había estudiado su informe. Lázaro lo controlaba todo acerca de sus integrantes, y cada uno de ellos debería conocer a su compañero como a sí mismo.

—Encantada de conocerte —dijo Lara estrechándole la mano.

—El placer es mío —dijo ella con una sensual sonrisa.

Marina estuvo enseñándole durante todo el día cómo trabajaban allí. Era muy distinto del Prat y más parecido a la estación de tren. Allí no se buscaban sospechosos, allí se trabajaba directamente con la mercancía, no había persona física de por medio. Cuando los barcos llegaban se procedía a su reconocimiento. Dependiendo de los lugares de origen, se valoraba su contenido mediante una escala numérica del uno al siete. El número uno significaba «mercancía blanca», lo que quería decir que Lázaro tenía servicio de aduanas en aquel país. En cambio, el siete era «mercancía roja», lo que significaba que los controles de seguridad eran pésimos.

La unidad canina de Penny era de mucha utilidad en estos casos. Entonces le escribió un mensaje. De repente tenía ganas de verla.

Señora, estoy en el puerto, vendrá usted por aquí hoy?

El mensaje de Penny no tardó en llegar:

Estuve de guardia el fin de semana, hoy me toca pasar el día en Sants, pero mañana tenemos batida por esa zona, así que mañana nos vemos. Love.

Se centró en el caso Aqua, tenía quince días para aprender cómo Lázaro trabajaba por mar. Marconi iría en ese crucero, no tenía la menor duda, pero no estaba segura ni de cómo ni de qué transportaría consigo. Al día siguiente llegaría un barco idéntico al del mafioso italiano y Lara debía encontrar cualquier recoveco donde se pudiese esconder un tesoro sin mapa.

Y así pasó la mañana del lunes, esta vez entre grúas, montones de cajas y contenedores provenientes de todo el mundo, el sonido de las olas, las cadenas de los barcos y el olor a mar.

Veintinueve

Ciao bella

La primera semana estuvo ayudando a Marina a catalogar las mercancías. El equipo aduanero estaba formado en su mayoría por hombres. Gerard era el jefe, un hombre de casi cincuenta años, alto y fuerte, con unos grandes ojos azules y el pelo, las cejas y las pestañas rubias. Tenía un marcado acento catalán, y a pesar de ser el que mandaba allí, trabajaba en esos navíos como el que más.

Los barcos solían llevar cargamentos muy pesados y contenedores grandes, muchos de ellos sin apenas información. Por eso era muy importante trabajar rápido en la clasificación. El equipo de Gerard era mucho más grande que el de Rober, y cada uno tenía un papel exclusivo en el control de la importación y exportación de cada contenedor. Dentro de la clasificación numérica existían varias formas de proceder: una simple apertura de puertas para poder ver el interior, abrir una a una las cajas de mercancía o pasar el contendor por un escáner adaptado a su tamaño. Todo dependía de los papeles que se presentasen y de la cantidad de información de los mismos; cuanto mejor fuese, menos probabilidades había de que tuviesen un registro. Ahí entraba Marina, que era la responsable del análisis de aquellos documentos y la que asignaría la numeración. La mayoría de la mercancía ilegal que interceptaban eran falsificaciones provenientes de países asiáticos.

Cuando llegó el crucero italiano, Lara hizo un recorrido por las entrañas de aquella pequeña ciudad de hierro. Memorizó cada salida de emergencia y cada posibilidad de esconder algo en aquel camarote o en cualquier otro punto del barco. El de Marconi era de lujo, con balcón y *jacuzzi* privado. Estaba intentando limpiar su imagen y su intención era hacer creer a la policía italiana y a ellos que «se había reformado» y solo estaba disfrutando de unas vacaciones. Pero los chivatazos y su relación con las subastas de lujo indicaban lo contrario. El crucero estuvo atracado dos días, los suficientes para que Lara recabase la información necesaria. La fecha en la que Marconi atracaría en Barcelona era el tres de septiembre, y tres días más tarde lo haría en Calabria.

Durante ese tiempo estuvo en contacto con el departamento italiano. Cada día se sentía más segura con el idioma, y para la fecha prevista sería capaz de mantener una conversación lo suficientemente fluida.

Los siguientes días fueron con Penny y Connor. Este había encontrado a unos inmigrantes escondidos en unos contenedores procedentes de Algeciras; muchos de ellos en muy malas condiciones, arriesgando su vida dentro de aquellos hornos para un destino que creían mejor.

«¿En qué situación tienen que estar en sus países para arriesgar su vida y la de su familia en un viaje así?», pensó Lara cuando vio salir de aquel contenedor a más de veinte personas, entre ellos tres bebés, algunos con golpes de calor y la mayoría con deshidratación.

Las noches en casa las pasaba repasando casos y estudiando más cosas sobre la mafia y los coches robados. Berta estaba con su familia en los Pirineos, cosa que agradeció. Tenía la casa llena de papeles: en la encimera de la cocina, en la mesa del salón, por toda la pared… Estudiaba la mejor forma de conseguir que Marconi no fuese consciente del seguimiento, que aún pensase que la policía no sospecharía de él y que seguía tragándose el cuento de su supuesta reinserción en la sociedad.

Dos días antes de terminar su instrucción en aduanas portuarias, el iPhone negro vibró y todas sus alarmas sonaron a la vez. Laia. Tenía un mensaje de ella. Sabía que estaba en Palermo y, si esa foto que se veía pequeña en la pantalla era lo que creía que era, resultaba muy prometedor.

«Ya nunca podré bañarme aquí igual… deberías venir» es lo que había escrito debajo de una foto de la gran bañera de mármol del hotel Villa Igiea. Entonces Lara le contestó:

Cuando usted me necesite allí estaré, jefa.

Laia le respondió, enviándole de nuevo una foto de sus piernas en aquella bañera:

Puede que tu viaje tenga que adelantarse, tu vuelo sale el lunes a las ocho de la mañana, aquí te espero.

Lara no contestó, quiso dejar a la pelirroja con las ganas.

El viernes se despidió de Marina, ese día había quedado con Penny para comer cerca del bohemio barrio del Borne y despedirse de ella también. Como siempre, llegaba tarde, así que llamó a Berta.

—Hola, Ber, ¿qué tal las vacaciones con la familia? —Se oía mucho ruido de fondo, gritos, chapoteos y risas.

—¡Hola, *chocho* mío! ¡Pues muy bien! Ojalá te hubieses podido venir aq… Mamá, que estoy hablando, sí, no, es Lara, síííí, de tu parte. Mi madre te envía saludos.

—Dale besos de mi parte.

—Es una pena que no te hayas podido venir, a ver si dejas de trabajar pronto y te escapas unos días. —Lara suspiró.

—Sí, bueno, el lunes viajo otra vez a Palermo y estaré unos días allí. Ya sabes, la presentación de los nuevos apartamentos.

—Voooooy —dijo ella gritándole a alguien y tapando el teléfono—. Bueno, perra, me llama mi madre para comer. Pásatelo muy bien por Italia y no comas mucha pasta ni mucha *chirla*, ¿eh?, ¿lo pillas? *¡Chirla!* —Lara meneó la cabeza y se rio.

—Sí, Berta, lo he pillado. Descansa. Te quiero.

—Y yo a ti, *chocho*.

Se fumó un cigarro y a los diez minutos vio aparecer a Penny con sus gafas de sol, unos pantalones vaqueros por encima de la rodilla, sus Converse de bota rojas y una camiseta de tirantes con su amada bandera. Iba muy bien acompañada de Connor, Xua y Trancos. Negro estaba en el Prat con Rober, que las pasaría a buscar más tarde para irse directamente a Almería con unos amigos.

—¡Viva el patriotismo yanqui! —dijo Lara cuando la abrazó.

—*Oh yeah, darling.* De hecho, vamos a comer en mi restaurante favorito, que está aquí al lado. No te preocupes, que tienen todo tipo de opciones, así que podremos inflarnos a comer sin necesidad de matar animalitos. —Penny no era vegetariana como ella, pero le encantaba todo ese mundo.

El American Pride era uno de esos sitios en los que viajas nada más entrar. La gran cristalera que ocupaba todo el lateral al lado de la puerta de entrada dejaba ver un restaurante típico americano, con sus butacas y sofás rojos y su barra con taburetes. Su pared, mitad color amarillo pálido y mitad madera, albergaba cuadros y placas de todos los estados. Una de ellas, en la pared más grande, era roja, desgastada y con el nombre del local en relieve. La música que llenaba aquel lugar eran clásicos, desde Elvis a Michael Jackson, pasando por bandas sonoras de míticas películas como *Grease* o *Dirty Dancing*.

Pero lo mejor eran las raras combinaciones de comida. Hamburguesas con panes de colores, de gofres o donuts. Ensaladas coronadas con mazorcas de maíz en su propia hoja, nachos o aros de cebolla servidos en las clásicas cestas rojas y toda clase de salsas caseras. Cualquiera de sus recetas podía veganizarse y los postres eran de otro planeta. Ambas se pidieron la novedad de la que todo el mundo hablaba, la Pulled Jack, una versión vegetariana de la clásica Pulled Pork (pan de mantequilla relleno de una combinación de *jackfruit*, una exótica fruta con un sabor muy parecido a la carne y deshilachada con la salsa estilo barbacoa original, cebolla morada, lechuga, mostaza y queso *cheddar*).

El lunes a las ocho Álex la recogió puntual, como siempre. Había estado todo el fin de semana estudiando los casos en los que había estado implicado Marconi y cómo el caso Erba había hecho que escalase puestos en la mafia.

Cincuenta kilos de marihuana fueron incautados; no obstante, Lázaro creía que Marconi había conseguido que, de alguna forma, el resto del cargamento llegase a su destino. Una doble jugada de distracción en la que al final la mafia había conseguido beneficios. Así él quedaba bien con ambos bandos: la mafia pensaría que se habría conseguido salvar parte de las ganancias gracias a él y, por otra parte, tendría inmunidad con Lázaro por colaborar en el caso. Lo que Marconi no sabía era que el departamento lo tendría aún más vigilado. Si había sido capaz de traicionar a la mafia, su lealtad valía menos que nada. Y efectivamente, Marconi creía estar jugando muy bien su papel, pero Lara sabía que aquello del crucero no era más que una tapadera para ganarse de nuevo el respeto de la Cosa Nostra.

El domingo preparó la maleta, no sabía cuánto tiempo estaría en Palermo, así que metió lo imprescindible. Participaría en el seguimiento y estaría presente en el interrogatorio, pero desde fuera, sin ser vista y siendo simplemente una observadora. Buscando indicios y pruebas que pudiesen incriminarlo.

—Laia te recogerá en el aeropuerto de Palermo, ha ido a despedir a Paula.

—¿Quién es Paula?

—Es la psicóloga forense de la Policía y exnovia de la jefa —dijo Álex guiñándole el ojo. De repente Lara notó un nudo en la boca del estómago, casi asfixiándola. Ex.

Pasó el tiempo de aquel vuelo pensando en lo que le había dicho Álex. Laia tenía una ex. Entonces algo tuvo que pasar para que ahora tuviese esa visión de las relaciones. Para que fuese tan distante, para que tuviese esa necesidad de libertad… Quizás algo relacionado con aquella chica. Tenía que averiguarlo.

Cuando llegó al aeropuerto Laia estaba esperándola. Tan sexi como siempre.

—¿Qué tal ha ido el vuelo?

—Bueno, no tan estimulante como el primero…

—Eso espero…

Ambas se miraron demasiado. Primero, a los ojos. Luego, a las bocas… Hasta que Piero agarró la maleta de Lara.

—*Scusi signorina*, permítame que le agarre el equipaje.

—*Gracie mile*, Piero —dijo Lara sonriendo.

El camino al hotel Laia lo pasó hablando por teléfono. Seguramente con Kraus. Hablaba del excelente trabajo psicológico de Paula en Palermo y su importancia en el caso. Parecía no haber ningún rencor hacia ella.

Lara sintió una punzada de celos. Entonces, ¿qué había pasado? Puede que nada. Puede que Laia hubiese sido siempre así y que su ex no tuviese nada que ver.

—Esta noche tenemos una reunión en el hotel. El departamento italiano está hospedado allí, el crucero llega mañana. Te he cogido la misma habitación que la última vez. —Y eso último lo dijo con esa mirada, esa que hubiese provocado un incendio solo para encenderle a ella un único cigarro.

La imagen del Villa Igiea de nuevo ante sus ojos volvió a sobrecogerla de la misma manera que la primera vez. El sol se había posado justo encima de la torre principal y sus cálidos rayos de final de verano hacían brillar cada uno de los cristales de aquellas ventanas.

Lara subió a su habitación sola. Laia se había encontrado con la subsecretaria Bianchi y ambas habían ido a reunirse a la biblioteca. Al cabo de una hora y media, Laia entró en la habitación, sin llamar ni preguntar, como siempre… Lara estaba delante del antiguo mueble que se encontraba a los pies de la cama, ordenando los informes que presentaría esa noche. La pelirroja le agarró la cara y la besó fuerte, rápido y con demasiada urgencia. Y Lara se deshizo igual que el fuego deshace la cera de una vela.

—Tenemos una comida en dos horas, yo tengo que ir antes, pero te dejo esto como anticipo —dijo Laia separándose lentamente y recorriendo con el dedo su labio inferior, tan húmedo como su interior, sin dejar de mirarle la boca entreabierta, que volvía a reclamar peligrosamente su atención.

Y allí se quedó, sola de nuevo, aún apoyada en aquel mueble, viendo cómo Laia salía por aquella puerta acompañada de todas sus ganas. Salió a la terraza y se fumó un cigarro, el cual disfrutó con una copa de un vino que encontró en la nevera. Laia se había encargado de que aquella botella estuviese allí fría para ella, estaba segura.

Se quedó un buen rato pensando. Ya no le afectaba de la misma forma que la pelirroja fuese y viniese, pero aunque no quisiera seguía preguntándose el porqué. Sabía que a Laia le gustaba, lo notaba cuando la besaba, la tocaba o la miraba. ¿Sería así con todas las demás? ¿Había más? ¿Cuántas?

Demasiadas preguntas y todas ellas sin respuesta. Puede que si le preguntaba a Laia si se veía con otras chicas ella no tuviese problema en decírselo, pero en realidad Lara no sabía si quería saberlo. Dio un largo trago a su copa, apagó con fuerza el cigarro como si pudiese hacerlo también con sus pensamientos y se fue a la ducha.

Piero la recogería en media hora, así que se vistió despacio. Escogió una camisa granate muy fina a la que subió las mangas por encima del codo y unos pantalones de lino color crema algo más ajustados por encima del tobillo. Para los pies, optó por las cuñas color *nude*. Se había pintado las uñas de granate y utilizó el mismo color para los labios. Se onduló el pelo, se puso colorete y algo de máscara de pestañas y salió al precioso pasillo que llegaba hasta las escaleras.

—Está usted realmente *bellissima, signorina* Lara —dijo Piero abriéndole la puerta del coche.

—*Gracie mille, Piero, é un piecere rievederti*[6] —contestó Lara al tiempo que hacía una reverencia.

—¡*Mamma mia,* pareces una auténtica *bambina* italiana!

—Eso intento —dijo Lara con orgullo mientras se metía en el coche.

Durante todo el trayecto al restaurante estuvieron hablando de la familia de Piero, en breve se iría de vacaciones con Ada y el pequeño Eros a la casa que la familia de ella tenía en Miconos.

---

6 Muchas gracias, Piero, es un placer volverte a ver.

El D'Italien era blanco, negro y gris y con techos muy altos de los que colgaban dos grandes lámparas redondas. Las paredes de ladrillo visto en blanco contrarrestaban el color gris oscuro de la piedra que recorría cada centímetro cuadrado de suelo. Los marcos y las puertas eran de color negro, al igual que las mesas y la barra, que daba a la cocina. También había una pared de metal y fría en la que descansaban botellas de vino. Al fondo del local, en una gran mesa redonda de uno de los reservados que estaban a doble altura se encontraba Laia con todo el departamento italiano.

Lara cogió aire y atravesó el restaurante sin dejar de mirar a la pelirroja. Cuando comenzó a andar hacia ellos, Laia giró la cabeza y sonrió. Era como si un instinto puramente químico le hubiese advertido de que ella acababa de entrar por aquella puerta.

—*Buonasera a tutti, é un piacere essere di nuovo con voi*[7] —dijo Lara mientras se sentaba en la silla que estaba libre, cómo no, al lado de Laia.

—*Che sorpresa, signorina Díaz, il piacere é nostro*[8] —contestó Alessandro Mancini levantándose de su silla—. *É incredibile come parli italino.*

—*Grazie mile, signore* —contestó ella estrechándole la mano y sentándose en su silla.

La comida duró más de cuatro horas. En ella no se habló de Lázaro, el departamento italiano prefería beber vino hasta la reunión de la noche, y elogiaron a Lara y a su cada vez más perfecto italiano en reiteradas ocasiones. Laia solo la miraba y sonreía. Se daba cuenta del potencial que tenía, en todos los sentidos, y empezó a sentir cómo la pérdida del control cada vez era más difícil de evitar. Su respiración em-

---

7 Buenas tardes a todos, es un placer poder estar de nuevo con ustedes.
8 Qué sorpresa, señorita Díaz, el placer es nuestro. Es increíble cómo habla italiano.

pezaba a agitarse. Observar a Lara reír mientras cogía la copa y los tendones de su mano se movían al hacerlo, así como ver su cuello girado con el largo pelo, que le caía a un lado y se perdía por debajo de la mesa, era para ella la mejor de las vistas. Entonces supo que iba a perder, de nuevo, aquello que se esforzaba tanto por mantener.

—Señores y señoras, la señorita Díaz y yo tenemos una reunión con España. Les veremos esta noche. Por favor, no se levanten y sigan disfrutando del vino —dijo Laia levantándose de la silla.

Lara la miró extrañada. ¿Reunión? ¿De qué reunión hablaba? Se despidió del comité y acompañó a Laia sin preguntar. En realidad, le daba igual a dónde fueran. Entonces Laia sacó su móvil, marcó y dijo:

—*Francesco, andiamo a vela, prepariamo il Tritone*[9].

------

9 Francesco, vamos a navegar, prepara el Tritone.

Treinta

Acqua

El Tritone era un impresionante velero de siete metros de eslora, de color madera y blanco, con dos grandes velas, en ese momento recogidas, y el nombre en un lateral grabado en letras doradas. Estaba amarrado en el muelle de Palermo, justo al lado del Vincenzo Florio. Un hombre alto, con la piel muy morena por el sol, el pelo rubio y despeinado, que iba vestido con una camiseta de manga corta blanca y un bañador verde militar, limpiaba el barco con una manguera que hacía que aquel navío brillase bajo el sol de media tarde.

—*Ciao, Francesco, ¿é tutto pronto?*[10] —preguntó Laia a aquel hombre.

—*Certo, signorina Laia, tutti pronti a perdersi nel mare*[11] —dijo él quitando los amarres.

Laia subió al barco con la ayuda de Francesco; a pesar de llevar sus impresionantes tacones, el equilibrio que tenía era perfecto. Cuando estuvo arriba, se dio la vuelta y tendió la mano a Lara, y esta sonrió y la agarró muy despacio, sin dejar de mirarla a los ojos. Lara, que seguía agarrada a su mano, se tambaleó y se abrazó a Laia para no caerse. Se quedaron de

---

10 Hola, Francesco, ¿está todo listo?
11 Por supuesto, señorita Laia, todo listo para perderse en el mar.

nuevo con sus bocas a escasos centímetros y el olor a café y a menta las envolvió. Francesco desplegó las velas y se dirigió al timón, situado en la popa. Ellas, en cambio, fueron a la proa. Lara iba recorriendo cada cuerda con la mano, se había descalzado y sentía el calor de la madera en sus pies. Laia la miraba, apoyada en la barandilla de metal, viendo cómo aquella chica sorteaba las velas que aún no iban lo suficientemente tensas. Cada vez se alejaban más del puerto, cada vez le gustaba más y cada vez todo eso se hacía más y más imposible…

De pronto Laia notó el temblor en su mano derecha y agarró aquella barandilla hasta hacerse daño.

—Este barco es impresionante —dijo Lara saltando enfrente de ella. Laia carraspeó y recuperó el control.

—Aún no has visto lo mejor, ven.

Lara volvió a agarrar su mano y fueron a la zona del timón, donde se encontraba Francesco. Delante de él había una puerta que daba a unas escaleras que descendían hasta las entrañas del velero. Laia sonrió a aquel hombre y comenzaron a bajar. Ante ellas, un largo pasillo con tres puertas a cada lado y, al final, lo que parecía ser un inmenso camarote. Laia abrió la primera de ellas, a su izquierda, un pequeño camarote con una cama y una única mesilla.

—Este es el de Francesco —dijo ella.

La puerta que estaba a continuación daba a una cocina, estrecha pero muy funcional. Con electrodomésticos, muebles altos integrados y un par de fuegos, además de una nevera en color blanco de la marca Smeg. La siguiente era un baño, con una ducha que recorría la pared, el suelo de madera, una encimera en pizarra gris, dos espejos redondos, dos lavabos blancos y el váter.

—Las otras dos puertas son un almacén para la comida, la que da a la sala de máquinas y un salón con una gran mesa para hacer reuniones o comer —dijo Laia mientras señalaba a las puertas del lado derecho—. Pero esta es la que más nos interesa ahora mismo.

Terminó de abrir la puerta corrediza y, ante ellas, un amplio y precioso cuarto. Unos cuantos escalones bajaban a un semicírculo que tenía un sillón Chester blanco, dos butacas gemelas del mismo color y una mesa baja con un minibar; todo ello encima de una preciosa alfombra turca. A los lados del camarote, dos estrechos pasillos que recorrían la pared hasta la enorme cama situada enfrente, debajo de un gigantesco ojo de buey por el que se colaban los últimos rayos de sol.

Lara miraba aquel lugar sin apenas respirar, mecida por el sutil balanceo del Tritone. Iba a abrir la boca para decir algo, pero en su lugar cerró los ojos cuando sintió el cuerpo de Laia apoyándose contra su espalda y su nariz hundiéndosele en su pelo. Laia se lo retiró hacia un lado y empezó a besarle el cuello lentamente mientras le desabrochaba uno a uno los botones de la camisa.

—No te muevas… —le susurró al oído.

Entonces la pelirroja sacó del bolsillo de su pantalón gris un pañuelo de color rojo que le colocó sobre los ojos, aún cerrados, y que entrelazó por detrás de la cabeza, haciéndole soltar un breve gemido.

—Confía en mí… —volvió a susurrarle, esta vez rozándole el cuello.

Lara se estremeció y asintió, pero siguió sin hablar. Laia, todavía detrás de ella, empezó a andar, obligándola a hacer lo mismo. Le colocó la mano en la barandilla y la fue guiando por aquel pasillo, besando y mordiendo su cuello, hasta que las rodillas de Lara tocaron el borde de la cama, haciéndola soltar un segundo gemido un poco más agudo y desesperado. Las manos de Laia abandonaron las muñecas de Lara para subir por sus caderas y acabar en sus hombros, quitándole muy lentamente la camisa, que cayó al suelo tan ligera como una pluma.

Volvió a agarrarle las manos, y como si de una marioneta se tratase, Lara se desabrochó el pantalón guiada por las de ella, y este acabó de igual manera que la prenda anterior. Lara se sentía excitantemente indefensa. Su ropa interior de encaje color vino le quemaba de nuevo, tanto como las ganas de que la devorara ese preciso instante.

Laia lo notó y lo hizo de nuevo. Volvió a susurrarle de aquella forma, como una lenta tortura que hacía que todo su cuerpo temblase.

—Tócate…

Lara no dudó, pero se dio la vuelta y se quedó frente a frente, y a ciegas, con su mayor debilidad. Laia no dijo nada, solo se oía su respiración cada vez más agitada… El calor que desprendía su cuerpo, sus rizos rozándole los brazos y su presencia… su presencia que lo llenaba todo aunque no quisiera.

Lara se humedeció los labios y empezó a descender la mano por su cuello, despacio. Acarició su pecho, que se irguió a través del encaje, y siguió su camino por el vientre, que no dejaba de subir y bajar, cada vez más rápido, más impaciente… Hasta que llegó a la costura de aquel oscuro culote y se detuvo unas milésimas de segundo, provocándola. Entonces la mano de Laia le agarró la muñeca de nuevo, firme y bruscamente.

—No pares…

Lara continuó el camino sin dejar de sentir esa presión que aumentaba al ritmo que ella descendía. Lara jadeó cuando rozó su centro de placer, tan preparado y receptivo como ella. Apoyó la frente en el hombro de Laia cuando esta empezó a moverle la mano cada vez más rápido. Los gemidos que había estado reteniendo en su garganta salieron a borbotones. Echó la cabeza hacia atrás cuando Laia aceleró el ritmo. Notarse tan húmeda e imaginarse la cara de Laia mirándola la excitó de una manera casi vulgar.

Y se corrió, se corrió con un grito que la vació por dentro y por fuera.

Eran las nueve y media de la noche cuando llegó a su habitación. Se tumbó en la cama mirando la tela rojiza atada a cada poste. Había disfrutado con Laia en cada uno de los rincones de ese camarote, y aunque se prometía una y otra vez que no volvería a deshacerse en sus manos, en el fondo sabía que ni siquiera lo intentaba. «Al fin y al cabo es solo sexo, muy buen sexo, ¿por qué no disfrutarlo?», se decía para justificar la necesidad que sentía por ella.

La reunión sería a las diez y media. Tenía una hora para prepararse. Se duchó, quitándose de cada parte de su cuerpo el olor de Laia. Se secó el pelo y se lo recogió en una coleta alta. Se puso un vestido negro de tirante fino y escote de pico por encima de la rodilla y las cuñas, se maquilló y bajó a la biblioteca. Cuando llegó allí aún eran las diez y cuarto, así que fue al minibar y abrió una botella de vino, se echó una copa y recorrió las estanterías llenas de libros.

A los diez minutos entró Mancini acompañado de Laia, que iba vestida con su impresionante falda de tubo negra y una camisa blanca que dejaba ver una camiseta interior de un encaje tan negro como las reactivas pupilas de Lara al verla entrar. Ambos la saludaron con una bajada de cabeza y se sentaron en la mesa. Tres minutos más tarde, el resto del departamento había ocupado su silla.

—*Buona notte a tutti*, hasta que la *signorina* Diaz domine el idioma a la perfección, procederemos a tratar los temas en castellano —dijo Mancini levantándose de la silla y apoyando las manos en la mesa—. *Bene*, gracias a nuestras líneas de investigación sabemos que Marconi llega mañana a Palermo sobre las doce menos cuarto del mediodía. Nuestro agente

Caruso, que se encuentra infiltrado como *guardia di sicurezza* en la casa de subastas, nos ha informado de que Marconi ha estado entrando y saliendo de allí regularmente. No puja, pero sí apunta en una libreta negra cada vez que alguien lo hace. Como ya saben, el equipo de Barcelona ha puesto cámaras en el camarote, y sabemos que lleva consigo la libreta.

—Señoras y señores —dijo Lara—, he estado observando cada minuto del viaje de Marconi desde que empezó. Ha estado muy pendiente de cada objeto que se encontraba en el camarote desde su parada en España, lo ha hecho de una forma muy sutil, pero creo que sabe que estamos vigilándolo. De hecho, estoy segura de que se dio cuenta cuando la agente Martínez, la infiltrada que tenemos en el barco, se dio el cambiazo con la chica encargada del mantenimiento de los camarotes de lujo. En mi opinión, no deberíamos presuponer que Marconi es tan tonto como parece, y creo que debemos hacer el seguimiento externo, sin proceder a la detención. —La subsecretaria Bianchi resopló.

—*Signorina* Diaz, tenemos la libreta, *non* vamos a desaprovechar la oportunidad que se nos presenta ante nuestros ojos.

Lara frunció el ceño y estaba dispuesta a contestar cuando sintió la mano de Laia en la pierna, como si la estuviera parando, y supo que no debía decir nada.

—Subsecretaria, lo que la agente Díaz intenta decir es que no podemos arriesgarnos a que Marconi sospeche que sabemos lo de la libreta porqu… —empezó a decir Laia.

La subsecretaria levantó la mano y dijo:

—La *decisione* está tomada, agente Roch. El departamento no se puede permitir otro caso *come* el Erba. Marconi será detenido *sono arrivato* al puerto.

—Sí, subsecretaria. Como ustedes decidan.

El presidente Mancini sacó unos planos del puerto y empezó a hablar del operativo y de los procedimientos que seguir. Entonces, Lara giró despacio la cabeza hacia Laia y le susurró:

—Están cometiendo un grave error. Marconi sabe que lo seguimos.

—Seguramente sí, pero estamos en Italia. Es su caso y son ellos los que toman la decisión.

Después de la reunión y de la cena, cada uno se fue a su habitación. Los ELATE llegarían por la mañana al Vincenzo Florio, y Piero pasaría a buscarlas a las ocho.

Laia acompañó a Lara a la habitación, pero se quedó en la puerta.

—¿No quieres pasar? —Laia le sonrió y le acarició la cara.

—Mañana nos vemos, descansa.

Lara se quedó ahí, sujetando el antiguo pomo de bronce, viendo cómo Laia descendía lentamente por aquellas escaleras y cómo su pelo rojo ondeaba cada vez que bajaba un escalón.

Volvió a ducharse, necesitaba despejarse, acallar el murmullo del vino, las palabras de Bianchi y la caricia de Laia en la cara. Se sentía frustrada. ¿Cómo no podían verlo? Pero… ¿y si se equivocaba? ¿Y si en realidad había suficientes pruebas para detenerle? ¿Y si…? ¿Había sido eso una demostración de cariño por parte de Laia?

El agua cayó por su cabeza, arrastrando cada una de aquellas preguntas.

El despertador sonó a las seis de la mañana. Quería levantarse antes y salir a correr para estar más atenta, como el día del examen. Se recogió el pelo, se puso unas mallas negras, una camiseta de tirantes, las zapatillas y salió de la habitación. El aire de primera hora despejó su mente, y empezó a correr hacia el paseo marítimo, llenando sus pulmones con cada respiración e inundándolos del olor a mar. Solo oía el ruido de sus deportivas al impactar con el asfalto, su respiración acompasada y sus pensamientos. Quizás Bianchi tenía razón y ella aún tenía muchas cosas que aprender. Entonces se limitaría a observar, a buscar y a informar. Lo que hace una buena buscadora. Aceleró el paso para dejar atrás la sensación que tenía desde aquella reunión, esa sensación que le decía que en el fondo sabía que no estaba equivocada.

Volvió al hotel a las siete y cuarto, se duchó y se vistió. Eligió un traje de fina tela en color gris con los pantalones por encima del tobillo, una camiseta negra, las Vans y una coleta. Pasó por el bufet, cogió un *croissant* y una manzana y salió por la gran puerta a las ocho. Allí estaba Piero fumando.

—La *signorina* Laia se retrasará unos minutos.

¿Laia retrasándose? No era propio de ella, y menos en un operativo. Pasados diez minutos, Lara sacó el móvil para llamarla, pero en ese momento la vio salir del hotel. Llevaba unos vaqueros pitillos negros con sus zapatos estilo masculino y una camiseta gris, el pelo perfecto le golpeaba en la cara. Pero sus ojos… parecía no haber dormido bien, y debajo de ellos había una ligera sombra en tonos grisáceos que había intentado ocultar con maquillaje.

—¿Estás bien? —preguntó Lara con más preocupación de la que hubiese querido mostrar.

—Estoy perfectamente. Piero, *andiamo* —dijo Laia subiéndose al asiento del copiloto, poniéndose las gafas de sol y sin mirarla. Acto seguido, Laia llamó por teléfono disculpándose por el retraso y diciendo que no volvería a pasar, pero no dio ninguna explicación.

Cuando llegaron al Vincenzo Florio, entraron por la puerta de atrás, en silencio. El equipo ELATE ya estaba allí, y el resto del comité también.

—Agente Roch, *io sono* Giovanni Maza, jefe del equipo ELATE. Mi comandante *e io* procederemos a la detención de Marconi. Iremos de *civile* para no levantar sospechas y que no tenga la oportunidad de huir. Nos han informado de que la nave va en hora y a las doce menos cuarto parará *in* Palermo.

—¿No van a detenerle en Calabria?

—*Non,* el departamento no quiere esperar más. Se procederá a su detención cuando pise tierra. —Laia soltó una palabrota en escocés y se fue donde estaba Lara.

—Van a detener a Marconi cuando baje del crucero y se lo llevarán para interrogarlo.

—Joder, pero eso hará que se cierre en banda y que pierda la confianza en nosotros, si es que alguna vez la ha tenido.

—Lo sé, pero no puedo hacer nada.

A las doce menos cuarto el barco procedente de Barcelona tocaba puerto italiano. La agente Martínez informó de que Marconi había salido de su camarote hacía media hora y que estaba bebiendo en el bar. Las cámaras de seguridad respaldaban ese informe. Marconi aún seguía en el gran salón, mirando Palermo a través de la cristalera y con un *whisky* con hielo en la mano.

—No va a salir del barco —dijo Lara mirando fijamente la imagen del miembro de la mafia.

—¿Por qué no? —dijo Giovanni.

—Porque nos está esperando.

Pasada media hora de la apertura de puertas, Marconi apenas se había movido de allí. Se había tomado dos *whiskys* más, y cuando se pidió el tercero hizo el gesto de brindar hacia la cámara.

—*Sta ridendo di noi. Entriamo*[12] —informó Giovanni a los que allí estaban.

—*Luce verde* —dijo Mancini.

Los cuatro miembros de ELATE cruzaron el Vicencio Florio hasta llegar al muelle donde estaba atracado el crucero y subieron por las escaleras que salían de aquel barco. Lara pudo ver y escuchar cómo hablaban con Marconi y le enseñaban la acreditación.

—*Amici, ¿come state?*[13] —dijo él cuando los vio.

—*Marconi, volgamos farti alcune domande*[14] —dijo Giovanni.

—*Certo che si*[15] —contestó mientras tomaba el último trago de su vaso y sonreía.

Llevaron a Marconi a la sala de interrogatorios del Vincenzo; Lara, Laia y todo el comité se hallaban al otro lado. Marconi era bajo, calvo y desaliñado. Nada que ver con la fama del buen gusto de la Cosa Nostra. Vestía con una camisa con figuras geométricas en tonos morados y marrones y, a pesar del calor, llevaba una americana marrón oscuro. Olía a alcohol y a tabaco. Se notaba a leguas que la mafia lo quería para hacer el trabajo sucio. Comercializaba con artículos que obtenía recurriendo a métodos o tratos ilegales, tanto por él mismo como por terceros, y tenía acceso a información que solo compartía con los bajos fondos de la organización. Su madre era española y su padre de la región de Calabria, así que cuando Lázaro lo interrogaba usaban su idioma materno para que hubiese menos posibilidades de que la conversación se filtrase.

---

12 Se está riendo de nosotros. Entramos.
13 Amigos, ¿cómo estáis?
14 Marconi, queremos hacerte unas preguntas.
15 Por supuesto que sí.

—Marconi, tenemos pruebas de que estás metido en subastas ilegales de *auto di lujo*, ¿algo que decir? —dijo el agente Maza.

—*Aaaamici, io, io* no estoy metido en nada, *io sono vostro* amigo. Me gustan los autos bonitos y caros, *niente* más.

—¿Dónde *é* la libreta? —dijo Maza apoyando las manos en la mesa.

—*Ma,* ¿qué libreta?

Entonces el jefe de los ELATE se cansó de no obtener nada, fue hasta donde él estaba sentado, lo agarró bruscamente de la chaqueta y le dijo muy cerca de su cara:

—*Non* juegues conmigo, Marconi.

Entonces Marconi se puso muy serio, se le acercó aún más a la cara y dijo:

—*Amico*, quiero un *avvocato*[16].

Laia dio un golpe a la mesa seguido de un «joder» alto y claro. Sabía que no tenían nada para retenerle, la libreta no había aparecido y con un abogado saldría de allí en menos de dos horas. El dispositivo había fracasado y Marconi ya no confiaría en ellos.

A los treinta minutos ese abogado llegó. Y como ya sabían todos los que allí estaban, demostró que no tenían nada en contra de su cliente, y salió de aquella sala sin cargos. Entonces Marconi se cruzó con Lara, a la que miró de una forma tan sucia como su ropa, y dejando ver su diente de oro al sonreír solo dijo:

—*Ciao bella.*

---

16 Amigo, quiero un abogado.

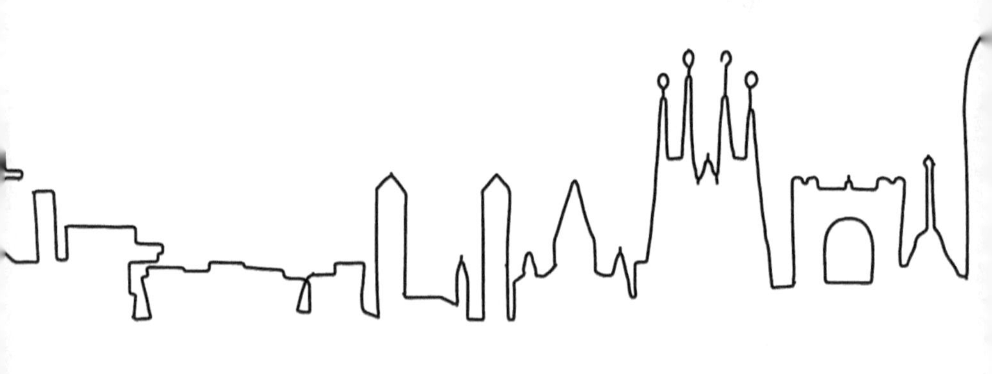

Treinta y uno
Una fiesta de despedida

El equipo ELATE desmontó aquel operativo tan rápido como lo había montado. Todo volvió a la normalidad, pero la mirada de Marconi aún helaba la sangre de Lara. Habían vuelto al hotel pasadas dos horas después de que el crucero hubiese continuado su camino hasta Calabria. Seguirían el rastro de Marconi desde allí. Ella, en cambio, cogería un vuelo esa misma noche a España. Sola.

Laia había estado hablando con Kraus durante el trayecto al Villa Igiea. Luego tendría varias videoconferencias para explicar que habían perdido la primera batalla, pero aún quedaba mucha guerra por delante. Lara sabía que acabaría incriminando a Marconi y lo podría entregar a las autoridades italianas con suficientes pruebas para que acabase en la cárcel. Y es que otro chivatazo les había llegado desde los bajos fondos de Palermo. Dentro de un mes habría una gran subasta en la que venderían coches con piezas robadas. El crucero solo había sido una táctica de distracción por su parte, para saber si Lázaro lo seguía o si confiaba lo suficiente en él. Y ellos habían caído en su trampa, se lo habían puesto en bandeja. Y ahora sería más precavido. Pero si cometía un solo error, Lara estaría allí para descubrirlo.

Laia parecía cansada, había tomado excesivo café, incluso para ella, y debajo de esas gafas de sol aquella sombra en sus ojos solo se había acentuado. No habían hablado. Parecía que ella la evitaba y Lara supo que, una vez más, debía darle su espacio. Agradeció que su vuelo saliese por la tarde, cuando ella estuviese reunida… El dispositivo había sido una auténtica chapuza, todo por no hacerle caso, todo por la cabezonería de la subsecretaria.

Piero la recogió una hora antes de su vuelo y, cuando él estaba metiendo su maleta en el maletero, Lara echó un último vistazo a la villa. Entonces pudo ver a Laia en la gran ventana de su habitación, agarrando aquellas cortinas y perdiéndose en la oscuridad antes de que Lara apartase la mirada.

Álex estaba en la puerta del Prat cuando llegó.

—*Buonasera, bambina* —dijo él abriendo los brazos y sujetando el cigarro en la boca.

Ella simplemente se apoyó en su pecho y dijo:

—Necesito comida mexicana y un montón de tequila.

Él se rio y le dijo:

—Ahora no, morenita. Estoy de servicio y tengo que ir a buscar a Kraus para llevarlo a la estación.

Así que la dejó en casa. Entrar en aquel piso lleno de un olor ya familiar hizo que se sintiese tranquila. Estaba cansada, por dentro y por fuera. Demasiadas emociones que quería controlar: la frustración por el caso, las últimas palabras de Marconi y la indiferencia sin justificación alguna de Laia. Al día siguiente volvería a Sants, y de repente se sintió mejor. Vería al equipo, a Montse, a Sergio, y por un momento volvería a la seguridad de su oficina, donde empezó todo. Se duchó despacio, como a ella le gustaba hacer cuando tenía ese tipo de sensaciones. Hacía demasiado calor para salir a correr y la botella de Sangue di Giuda que había en la nevera la llamaba insistentemente.

El iPhone blanco vibró cuando dio el primer sorbo. Elena.

Buenas tardes, novata. Este sábado doy una fiesta en la playa. Así celebro mi cumpleaños y me despido de vosotros, el lunes me voy y me gustaría despedirme de ti.

Se pasó el borde de la copa por los labios y sonrió.

Vaya profesora… ¡No sabía que era tu cumpleaños! ¡Cuenta conmigo!

A lo que Elena le respondió:

¡Genial! La cosa empezará a las ocho, estaremos todos. Nos vemos.

Terminó la copa de un trago y se vistió.

Caminó por el Barrio Gótico, lleno de gente. Se había vuelto a nublar y una suave brisa aplacaba el calor de media tarde. Miraba cada tienda, cada rincón… ¿Qué podía regalarle a Elena?

De repente vio una pequeña librería, parecía antigua, como todo a su alrededor. La fachada era de madera oscura y desgastada. Por la cristalera se podía ver el interior, iluminado con una tenue luz anaranjada. Dos mesas centrales de madera atravesaban el local, y en cada pared, librerías con todo tipo de encuadernaciones distintas. Olía a papel, a tinta y a serrín. Pasó la mano por aquellos libros como si pudiese impregnarse de su contenido. Algunos eran antiguos y, otros, demasiado nuevos, pero aquel contraste era propio de esa parte de la ciudad. Uno de ellos llamó su atención. Estaba en la estantería que tenía una placa dorada con la palabra «historia»: *La verdadera historia del grafiti.*

Recordó que Álex le había contado la afición de Elena por aquella práctica; de hecho, el logo y los dibujos del club de surf estaban hechos por ella. Lo cogió y lo abrió. Estaba lleno de fotografías de la evolución de aquel arte callejero que había empezado con las pinturas rupestres hasta hoy. Aparte de las ilustraciones, aquel libro era una crónica de reivindicación. Demostraba que el grafiti no era utilizado solo como un acto de vandalismo, sino que había auténticas maravillas donde los verdaderos artistas tenían respeto por cada espacio urbano.

En la misma librería compró papel *kraft* y cuerda. Entonces se acordó del paquete que le envió Laia al Lázaro y suspiró hondo hasta llenar sus pulmones para liberar todo ese aire después.

Cuando llegó de nuevo al piso, encendió el horno, cortó verdura e hizo una salsa de pesto para echar por encima. Mientras se hacía la cena, abrió aquel libro y aspiró el olor. Luego cogió un rotulador permanente del primer cajón y escribió en la primera hoja:

«Porque no todo el arte está en los museos. Lara».

Lo envolvió con cuidado, lo ató y lo dejó encima de su escritorio.

Cuando la verdura estuvo lista salió a cenar a la terraza con los últimos colores del atardecer, disfrutando de cada bocado, sintiéndose bien, observando a la gente que pasaba por la calle, pensando en cómo serían sus vidas y, a pesar de todo, agradeciendo cómo estaba siendo la suya. Llamó a Berta.

—¿Qué pasa, puta? —contestó antes de que Lara dijese nada.

—Hola, Ber, ya estoy en casa. Al final hemos entregado los pisos antes de lo previsto y me he vuelto esta mañana.

—¡Qué bien! Yo estoy cenando con mis primos en la plaza. Aún puedes venirte, nos volvemos el viernes.

—¡Qué va! Mañana trabajo, empezamos otro proyecto… Ya me invitarás a tu pueblo.

—Claro que sí, *chocho*. ¡Un día cierro antes el BarnaStetic y nos vamos! ¡Podríamos hacerlo en invierno, que estará todo nevado! Y, y, y encendemos la chimenea… y, y, y… Espera. Alberto, que sí, que yo quiero oreja, no, pídeme otra —gritó Berta—. Perdona, mi primo, que es un cansino. Tres veces se lo he dicho ya, ¡¡¡tres!!! Bueno, el viernes nos vemos y lo hablamos. Te quiero.

—Y yo a ti —dijo Lara, y colgó.

Álex la recogió sobre las diez de la mañana.

—Ya me ha contado Elena lo de la fiesta —dijo cuando se subió.

—Sí, no le gustan las despedidas, pero quería hacer algo especial esta vez. Estará mucho tiempo fuera. Además, cae en su cumpleaños, así que… —dijo encogiéndose de hombros—. Ya te dije que estaba rara.

Cuando atravesó la puerta de la oficina, casi se choca con Sergio, que salía.

—Pero bueeenooo, la chica importante se digna a venir con el resto de los mortales —dijo él. Lara se rio.

—Anda, ya será menos. Sants siempre será mi casa.

Él le dio un golpecito con la carpeta que llevaba en el hombro y yéndose le dijo:

—Eso espero, supongo que nos vemos el sábado, ¿no? —Lara le guiñó un ojo.

—Supones bien.

Al entrar, Montse estaba escribiendo en su ordenador, como siempre, y sonrió al verla, pero no dijo nada, bajó la cabeza en señal de saludo y siguió a lo suyo. El despacho de Laia estaba vacío. No sabía cuándo volvería a verla, aunque lo que sí sabía era que aún seguía en Palermo. Debía hacer los informes allí, tener varias reuniones con el departamento italiano y volver para presentarlos y archivarlos. Pero conociéndola, no podía estar segura de cuánto duraría el proceso, y supuso que era parte de su encanto el no saber nunca lo que podía pasar.

Estuvo haciendo nuevos seguimientos de Marconi. De momento, nada sospechoso. Parecía como si de repente hubiese cesado su actividad, como si estuviese invernando... Pero ella sabía que solo era cuestión de tiempo que despertara y saliese a cazar.

El viernes a última hora de la tarde Laia apareció por la puerta con un vaso de café. Llevaba gafas de sol, las mismas que la última vez, unas Ray-Ban con la montura dorada, de forma octogonal y los cristales negros. Llevaba unos pantalones tobilleros grises con cuadros escoceses granates, una camiseta de tirantes con encaje en el borde del mismo color que aquellas rayas, una americana a juego con los pantalones y sus zapatos de cordones marrones a juego con el maletín. Estaba muy seria. Los saludó a todos con un «Buenas tardes, equipo» y se metió en su despacho. Cada persona de aquella oficina se quedó mirando la puerta con cara de incredulidad, incluida Montse. Pero fue Lara quien se levantó.

Laia se quitó las gafas y de nuevo el temblor de su mano derecha hizo que el vaso de café cayese al suelo, manchándolo todo, manchando el suelo, la mesa y sus papeles... Pero, sobre todo, manchándola a ella en lo más profundo de su alma.

—Joder —exclamó dejándose caer en la silla mientras se agarraba la muñeca con la mano izquierda.

—¿Estás bien? —volvió a preguntarle la última persona que hubiese querido ver en la puerta de aquel despacho. Lara se encontraba con medio cuerpo dentro, mirándola fijamente a los ojos.

—Ya te he dicho que perfectamente, solo estoy cansada. Ahora déjame trabajar —dijo acomodándose en la silla de una forma tan brusca y desagradable que rompió todos y cada uno de los esquemas de Lara.

—Como tú quieras, jefa.

Cuando estaba a punto de salir, Laia quiso levantarse para impedírselo, quería gritarle que no se fuera, pero algo la retuvo en su silla, fría e impasible. Sabía que no debía hacerlo. Sabía que debía alejar a esa chica de sus demonios... aunque le costase la vida.

Lara cerró la puerta y se apoyó en ella. Le había dolido demasiado que le hubiese hablado así. Estaba acostumbrada a su ir y venir, a esa inconsistencia que hasta tenía su morbo, pero no a que la tratase de esa manera, como si todos esos momentos juntas no importasen una mierda. Estaba enfadada, enfadada con Laia, pero más aún consigo misma. Llamó a Álex.

—Sácame de aquí —fue lo único que le dijo. Y él llegó solo siete minutos después.

—¿Un día duro? —preguntó cuando Lara se sentó en el Audi.

—Ni te lo imaginas.

—¿Quieres hablar?

—Quiero tequila.

Llegó a casa cuatro horas más tarde, algo borracha. Habían ido al restaurante mexicano y se habían sentado directamente en la barra con una fuente enorme de nachos y unos cuantos chupitos. Habían estado hablando de muchas cosas, ninguna de trabajo. Hablaron de Berta, de los rolletes de Álex, de que la socia y amiga de Elena se quedaría a cargo de la escuela de surf cuando ella estuviera en Australia... de la vida en general y de nada en particular. Le gustaba estar con Álex, era un buen tío. Sabía escuchar sin preguntar, sabía hacer reír a los demás sin ser pretencioso y, lo más importante, nunca había sentido que la mirase con otros ojos que no fuesen de amigo, y eso la hacía sentirse cómoda y segura con él.

Berta llegó al rato como un torbellino y abrió la puerta entre maletas y bolsas, seguramente llenas de tápers con comida de su madre. Hacía poco más de tres años que Berta se había ido de casa de sus padres, pero para ellos siempre sería la niña pequeña a la que había que mimar.

—¡Ya estoy aquí! ¿A dónde vamos a celebrarlo? —Lara se volvió a tirar en el sofá.

—Ber, pero si acabas de volver de viaje, ¿no estás cansada? —Berta se tiró encima de ella y empezó a zarandearla.

—¡Llevo casi dos semanas con mi familia y necesito beber y bailar! —Lara se la quitó de encima como pudo.

—Acabo de llegar de comer con Álex y he bebido demasiado tequila, yo paso de salir. Pero te ofrezco acompañarme mañana a una fiesta en la playa. ¿Qué te parece?

Berta se echó a un lado del sofá con el dedo índice golpeándose la barbilla y mirando hacia arriba durante seis interminables segundos, y finalmente dijo mientras se olisqueaba la axila:

—Vale, hecho, voy a ducharme, me huele el sobaco. —Lara puso los ojos en blanco.

—Tía, de verdad, tienes un problema.

Lara y Berta llegaron a la playa pasadas las nueve. Llegaban tarde, habían estado bebiendo vino en casa y riéndose mucho; era algo que ambas necesitaban, se habían echado de menos esas semanas. La gente ya estaba sentada en una larga mesa sobre la arena, rodeada de humeantes antorchas y disfrutando de la comida y de la música que salía de la cabaña. Cuando Elena la vio llegar se levantó y le sonrió de aquella manera… torciendo la boca y haciendo que su *piercing* se ladease ligeramente hacia la derecha, dejando ver unos dientes blancos.

—Buenas noches, sentimos el retraso. Toma, te he comprado esto —dijo Lara dándole el paquete, que había estado esperando en su escritorio.

Elena puso cara de sorpresa, ladeó la cabeza y frunció el ceño, pero sonrió de nuevo. Berta saludó a la gente con esa efusividad que la caracterizaba. No los conocía, pero eso le daba igual. Se sentó en una silla vacía al lado de Álex, que se puso demasiado encantador cuando la vio, más de lo normal.

—Muchas gracias, novata, no me lo esperaba. Voy a meterlo dentro con los demás regalos. Me gusta abrirlos luego, cuando todo el mundo se va. Siéntate donde quieras y disfruta de la fiesta.

—Espero que te guste. —Elena miró el paquete y luego a sus ojos.

—Estoy segura de que sí.

Lara se sentó al lado de Berta, que no dejaba de reírse con Álex y con Sergio. La fiesta estuvo llena de eso, de risas, de anécdotas, de historias de Elena y de cómo sería su vida allí. Brindaron muchas veces y por muchas cosas. Y a las tres de la mañana Lara decidió que ya era hora de irse, Berta había bebido demasiado y sería mejor llevarla a casa antes de que se arrastrase por la arena o besase a Álex, ambas opciones igual de probables. En ese momento, Elena salía de la cabaña cuando se encontró a Lara de frente.

—Bueno, espero que te lo pases muy bien allí. Nosotras ya nos vamos, o no seré capaz de llevarla a casa —dijo señalando a Berta—. Y bueno, también espero que no te olvides de mí y que no te coma un tiburón.

Elena se rio, hizo una pausa larga, la miró a los ojos, luego a la boca y de nuevo a los ojos.

—Hay más posibilidades de que me coma un tiburón a que me olvide de ti.

Treinta y dos

El porqué de las mentiras

El domingo Lara se levantó tarde. Había acostado a Berta en su cama, y esta cayó en un profundo sueño. Ella no bebió tanto, quería estar pendiente de su amiga y no perderse nada de la despedida.

Tenía un mensaje de Elena.

Pero ¿cómo...?

Lara sabía perfectamente a qué se refería. Al libro. Entonces le dijo:

Soy una chica lista, sabía que te iba a gustar.

Y Elena no tardó en responder:

Me ha gustado, y mucho. Gracias. Me lo llevaré para el viaje. Embarco esta noche. Cuídate, novatilla.

A lo que Lara le contestó:

Igualmente. Nos vemos a la vuelta. Mándame fotos, ¿eh? Y cuídate.

Unos minutos después, llegó un último mensaje:

Tú también.

Sabía que a Elena no le gustaban las despedidas ni mostrar demasiado los sentimientos, así que no forzó más la situación. Quizás en ese viaje se encontrase a sí misma, como lo había hecho ella en Barcelona, aunque en un principio pensase hacerlo muy lejos de allí. Pero las cosas no siempre salen como las planeas y a veces la vida te sorprende, para bien o para mal.

Oyó a Berta moverse en la cama y entró con cuidado a la habitación.

—Putaaaa, qué dolor de cabeza, ¿qué mierda beben tus amigos? Es que a mí me sacan del Puerto de Indias y…

—Berta, había Puerto de Indias, pero tú solo querías beber de la copa de Álex. —Berta rodó por la cama enredándose en las sábanas.

—Ay, es que está taaan bueno… Oye, por cierto, mejor no vamos a contarle a César nada de esto, ¿vale? Eh, amiguita, me harás ese favor, ¿verdad? Venga, que sé que me quieres…

—Sí, claro, no te preocupes. No le diré nada.

—Ay, eres la mejor —dijo ella abrazando a Lara y haciéndola caer en la cama.

—Y tú una idiota, pero te quiero.

Pasaron el domingo en la playa, comieron una ensalada de pasta y bebieron varios tintos de verano. Tomaron el sol y se bañaron. Se notaba que era mediados de septiembre y la Barceloneta cada día estaba mejor, menos llena de turistas, pero siempre con esa vida que la caracterizaba a pesar de todo.

Berta se acostó pronto, aún estaba algo resentida de la noche anterior y al día siguiente volvía a abrir el BarnaStetic. Lara, por su parte, seguía con la investigación sobre Marconi. El nuevo caso Vendita la traía de cabeza. No conseguía nada de él. Ni la fecha concreta de la subasta, ni el lugar, ni el número de coches… Nada. Marconi tampoco ofrecía muchas más pistas. No había vuelto a pasarse por el hotel donde habían tenido lugar las anteriores subastas y seguían sin rastro de la libreta negra. Se sentía en un callejón sin salida, donde no tenía escapatoria y algo le pisaba los talones demasiado de cerca.

De repente barrió la mesa con las manos y tiró todos los papeles al suelo, se sentía frustrada de nuevo y enfadada. Sabía que esa actitud no la ayudaría, pero lo único que quería era gritar. Gritarle a Marconi, gritarle a Bianchi y, sobre todo, gritarle a Laia. Lo recogió todo antes de que Berta pudiese despertarse por el jaleo y se fue a la cama. Cuando amaneciese sería otro día y quizás en la oficina pudiera despejarse.

Álex la recogió a las ocho, mucho antes de que su amiga se levantase para irse a trabajar. Cuando llegó, Laia por suerte no estaba allí. Por primera vez desde que la conoció no tenía ganas de verla, necesitaba desintoxicarse de ella de alguna forma. Pasó la mañana investigando, viendo vídeos de las cámaras de seguridad del hotel y hablando con los investigadores italianos, pero nada. Ese día pasó más tiempo en el gimnasio, necesitaba desahogarse. Peleó en el *ring* y vació sobre esas negras cartulinas diez cargadores con sus nueve balas.

Al llegar a casa Berta estaba en el sofá con una copa de vino, un cigarro y los ojos aún llorosos mirando la televisión apagada.

—Ey, ¿qué ha pasado? ¿Otra vez César?

Berta giró la cabeza hacia la terraza y le tendió un papel. Lara lo cogió despacio, sin apenas respirar. Entonces supo lo que era.

—¿Por qué me has mentido todo este tiempo?

—¿De dónde...? —Berta giró la cabeza mirándola a los ojos.

—Lo he encontrado debajo del sofá, es un puto informe sobre una misión de no sé qué en Palermo. ¿Quién coño eres? —dijo a punto de volver a llorar. Lara se sentó a su lado, sabiendo que no tenía explicación alguna para ese papel.

—Joder, Ber, lo siento. Estaba buscando el momento para contártelo todo. Yo... —Suspiró muy hondo y continuó—: Trabajo para una agencia de investigación que colabora con la Policía llamada Lázaro. Tiene sede en varios países, y nuestra labor principal es conseguir las pruebas que incriminen a los delincuentes para poder acusarles de los delitos. Es una organización secreta y te juro que no te lo conté para protegerte...

—Entonces Álex no es... —Lara se acercó a su amiga y le cogió la mano.

—Álex es mi chófer, eso es verdad. También pertenece al departamento. Por favor, Berta, perdóname, pero no podía arriesgarme, al menos al principio.

Berta le quitó las manos y se levantó del sofá, dirigiéndose hacia la terraza, pero se paró a medio camino y la miró a los ojos con una mezcla de rabia y tristeza.

—No confiaste en mí... y quién sabe si confías ahora... Si no hubiese encontrado ese papel, no me lo habrías contado. —Lara también se levantó.

—Berta, te lo estoy contando ahora cuando ni siquiera puedo hacerlo. Quería decírtelo desde el primer día, pero no podía. Confío en ti, de verdad, te lo prometo.

Berta ladeó la cabeza y su larga coleta cayó por su hombro. Iba a girarse de nuevo para volver a la terraza, pero no lo hizo.

—¿De verdad confías en mí? ¿No habrá más mentiras? Joder, Lara, soy tu amiga. No voy a contar nada nunca de lo que me digas… a nadie. —Lara corrió a abrazarla.

—Nada de mentiras. Te lo prometo.

Berta comprendió por qué le había ocultado aquello. Aunque le había dolido, en el fondo sabía que Lara decía la verdad. No era rencorosa y enseguida se le pasó. Estuvieron hablando de cómo conoció a Laia en la estación de tren, de Lázaro y de todo lo demás. Lara había decidido contarle todo. Supo que ella no diría nada, ni siquiera a su familia, a César o a Emma. Cenaron juntas en el Ecologie aprovechando que ese día estaban solas. Al día siguiente César volvería de una minigira de conciertos en Ibiza a la que Berta no había podido ir.

—¿Y a César no le ha molestado que no hayas ido? —dijo Lara mordiendo una patata.

—Bueno, se picó un poco al principio, pero le dije que las vacaciones con mi familia eran sagradas, y me dijo: «Bueno, pues ya saldré solo de fiesta por aquí».

—¿Te das cuenta de que estaba haciéndote chantaje emocional?

—¡Bah! Yo paso. Que él salga, sé que no va a hacer nada, lo dice por joder —dijo Berta cogiendo su hamburguesa doble.

En ese momento el móvil de Lara vibró y en él había una foto.

—Mira, esta es Penny con sus perros y su novio de ruta por el sur. Te caería bien. Cuando vuelva te la presentaré —dijo Lara enseñándole una foto en la que salían ellos cenando fuera de la *furgo* con su cocina de gas y rodeados de todos sus perros.

El resto de la semana continuó con las investigaciones en la estación. Los días pasaban y no tenía más que algunos pequeños chivatazos sobre algún coche robado o alguna pista que no conducía a nada concreto. Hasta que el jueves Laia apareció por la puerta, con mejor cara que la última vez.

—Buenos días a todos. Lara, Enzo, venid a mi despacho en diez minutos, por favor, necesito hablar con vosotros —dijo mientras cogía un café solo, como siempre, miraba a Lara a los ojos, sonreía y se metía dentro de aquella oficina.

Enzo miró a Lara y se pasó el dedo índice por el cuello simulando que lo cortaba. Lara sonrió, pero aquella sonrisa era más bien por el hecho de volver a verla así, de sentir esa energía que hoy había sentido, y supo otra vez que volvería a caer de nuevo en su red.

—Sentaos, por favor. Bien, tenemos una nueva pista sobre el caso Vendita. Marconi se ha puesto en contacto con nosotros, dice que quiere lavar su nombre definitivamente. Nos dirá dónde se encuentran los coches que se venderán en la subasta a cambio de inmunidad total…

—Es una trampa —dijo Lara.

—Lo sea o no, no tenemos otra opción. Enzo, necesitamos tu máquina de rayos X. Si hay algo oculto que no quieren que encontremos, la LX nos lo dirá. Los ELATE peinarán el terreno antes de que tú entres, Lara.

Lara dejó de respirar literalmente. El aire no le pasaba de la garganta, y lo único que pasó lo usó para decir:

—¿Yo?

—Sí, Marconi ha dicho que solo te lo diría a ti. No te preocupes, tendrás a dos miembros de ELATE a tu lado en todo momento. Y yo también estaré.

Había llegado la hora, aquello para lo que creía estar preparándose. Se metería de lleno en un caso y sería parte activa del mismo. Pero lo único que sentía en ese momento era el latido de su corazón, a punto de salírsele del pecho.

—Os iré informando de cuándo saldrá vuestro vuelo a Calabria —dijo Laia levantándose de su silla.

Ellos también se levantaron. Enzo estiró la mano y se la estrechó, y Lara estaba a punto de hacer lo mismo cuando Laia dijo:

—No, Lara, tú quédate. Tengo que comentarte unas cosas del caso.

Cuando Enzo salió del despacho, ella aún seguía de pie.

—Siento lo del otro día, no era un buen momento. —Se acercó lenta y peligrosamente a Lara, que permanecía inmóvil. Y mientras se quedaba parada a su lado, mirando a la puerta y rozándole levemente el hombro con el suyo, le tendió una tarjeta blanca y dijo—: Ven a las diez, no te retrases. —Y salió del despacho.

En la tarjeta únicamente había una dirección escrita a mano, con tinta negra y una caligrafía antigua con unas letras que parecían alargarse en el tiempo. Entonces supo que Laia había escrito aquella nota ella misma, y eso significaba que la noche solo podía acabar de una forma…

Lara realizó sus ejercicios en el gimnasio, la galería y la simulación, y a las ocho y media estaba en la ducha. Se onduló el pelo y se puso un vestido de manga corta por encima de la rodilla. Era de lino en color granate y la parte de delante tenía botones nacarados desde el escote hasta el final de la falda. Se calzó las cuñas negras de Berta, se puso algo de máscara de pestañas, colorete y los labios del mismo color que su vestido, bebió el último trago de su segunda copa de vino y salió a la calle. Paró un taxi. La dirección estaba a cuarenta y cinco minutos del piso y en ese mismo momento eran ya las nueve y diez.

Se paró delante del telefonillo de aquel edificio antiguo. Un repartidor salió del portal, pero llevaba prisa y no reparó en Lara. Cinco minutos la separaban de las diez, pero no pudo esperar más y pulsó el botón del séptimo B. La pesada puerta de madera se abrió con un pitido, Lara la empujó antes de que volviera a cerrarse y entró en aquel *hall* de altos techos con paredes color crema. El ascensor de forja había sido restaurado, pero seguía conservando su estética antigua, y atravesaba el centro del edificio de arriba abajo rodeado por una escalera de madera que crujía a cada paso que daba. Lara entró en él y subió los siete pisos lentamente. Cuando llegó al último, aquella preciosa jaula se detuvo con un ligero salto que hubiese sido casi imperceptible para cualquiera, pero no para ella, que tenía cada sentido a flor de piel. Entonces inspiró hasta recuperar el control de sus pulsaciones y llamó al pequeño timbre negro que se encontraba bajo una letra «B» de un brillante color dorado.

Laia la recibió únicamente con un kimono negro con flores naranjas y descalza.

—Pasa —dijo mientras aún sujetaba la puerta.

El dúplex era una elegante mezcla entre lo moderno y lo clásico, como ella. Enteramente blanco, con muebles antiguos color ébano restaurados e iluminado por una luz tenue que salía de una cocina americana en color negro situada a la izquierda de la puerta de entrada. Enfrente, un gran sofá blanco donde podías sentarte para disfrutar de una vista panorámica de toda la ciudad a través de la pared enteramente de cristal. No había televisor; en su lugar, un antiguo tocadiscos y varias estanterías repletas de libros de todas las clases. Había también una pequeña mesa baja llena de papeles, su ordenador y el maletín tirado en el sofá. A su derecha, una puerta abierta por la que se veía un baño, enteramente de pizarra y con una gran ducha de pared con el suelo de madera. Más a la izquierda, pasada la isla de la cocina, unas escaleras que subían al piso de arriba, donde Lara sospechaba que se encontraba el lugar más prohibido de aquella casa.

Y no se equivocaba…

—He encargado la cena, es de un restaurante italiano que está a dos calles de aquí. Hacen la mejor pasta de Barcelona, ha llegado hace unos minutos —dijo Laia susurrándole desde atrás mientras Lara, unos pasos por delante de ella, memorizaba cada rincón.

—Vale, tengo hambre —contestó ella mirándola de arriba abajo.

—Eso espero.

Cenaron en la gran mesa de madera oscura que se encontraba antes de la puerta del baño. *Tagliatelle arrabiata,* los mismos que comieron la primera vez en Palermo, al igual que el vino. Pero la sensación, en cambio, era diferente. Le había abierto las puertas de su casa, sí, pero Lara había aprendido a ser precavida y a no dejarse llevar por esas ganas que la devoraban desde aquella mañana en el despacho. Laia miraba cómo ella cogía la copa de vino y la acercaba a su preciosa boca, la cual tenía el pintalabios casi desdibujado por completo. Entonces supo que ya no quería aguantar más esa noche, quería aprovecharla como si fuera la última, porque, quizás, podría serlo...

—Ven conmigo —dijo levantándose de la silla muy despacio.

Lara dejó su copa sin terminar en la mesa, se había descalzado y en ese momento habría seguido a Laia hasta el fin del mundo si ella se lo hubiese pedido. Cogió la mano que le tendía, atravesaron el salón y subieron los veintisiete escalones que conducían a lo que Lara ya había imaginado: el cuarto de Laia.

Era grande, con una cama enorme y enteramente blanco, a excepción de unos cojines negros y el Chester. En la pared había dos grandes ventanales y cuadros con fotos caseras en blanco y negro de varios países, desde paisajes de Escocia hasta ciudades como Grecia o Palermo. En una antigua estantería, idéntica a las del salón, había unos marcos blancos con fotos de varias personas. Lara intuyó que eran de su familia, puesto que la mayoría eran pelirrojos, como ella. Pero también había muchas fotos de una chica…

Cuando Lara estaba a punto de acercase a esas fotos, Laia la cogió del brazo y Lara se giró. Encontró a la pelirroja con un conjunto de lencería negro, un body de encaje medio transparente que tapaba demasiado poco. Entonces se olvidó de la chica de la foto y de todo lo demás.

Agarró de la nuca a Laia y empezó a besarla con exigencia, pero de nuevo la actitud de Laia esa noche era diferente, estaba calmada, disfrutando de cada momento, como si quisiera guardarlos en un cajón. Entonces Lara paró y Laia le acarició la cara con la yema de los dedos y comenzó a besarla lento. Enredándose con su lengua, acariciándole los hombros, la cintura… desabrochando cada botón de su vestido hasta quitárselo y dejarlo caer a sus pies. Comenzó a besar su cuello, su hombro, la parte del pecho que subía y bajaba encima del sujetador… deshaciendo a Lara cada vez más. Quería hacerle el amor esa noche, solo una vez. Y se lo hizo, lentamente, en su cama.

Lara bocarriba, Laia a su lado acariciándole cada parte de su cuerpo, hasta que llegó a su interior y le arrancó un orgasmo lento y profundo. Después de eso miró a sus grandes ojos marrones y sonrió, pero el temblor de su mano volvió de nuevo, y antes de que Lara se diese cuenta, le agarró el pelo y la besó con fuerza, como si así pudiera estrellar aquellos demonios contra sus labios.

Treinta y tres

Evanescente

Lara llegó a casa dos horas después. Lo hizo en silencio, Berta dormía y no quería despertarla. ¿Qué había pasado en esa casa? ¿Y por qué tenía la sensación de que todo eso formaba parte de una despedida?

No sabía si estaba bien o mal. Había visto una faceta de Laia que no conocía, pero que acabó como todas las anteriores, con miles de preguntas sin responder. Le costó coger el sueño, sentía demasiadas cosas, no entendía la nueva forma de actuar de Laia, la pelea con Berta…

También estaba nerviosa por lo de Marconi, aunque a su vez tenía ganas de enfrentarse cara a cara con él. Era curioso cómo el miedo podía provocar sensaciones tan distintas y cómo activaba la producción de adrenalina, consiguiendo así que la gente hiciese cosas increíbles que nunca creyó ser capaz de hacer. Esperaba que, llegado el momento en el que estuviese delante de Marconi, mirándolo a los ojos, su adrenalina supiese qué hacer.

Álex la recogió acompañado de Enzo.

—*Buongiorno,* compañera. Qué emocionante se pone esto, ¿eh? —dijo cuando Lara entró en el coche.

—Y que lo digas, no he pegado ojo en toda la noche. No me fío de él.

—¿Sigues pensando que es una trampa? —Enzo la miró extrañado.

—Cuando Marconi salió de la sala de interrogatorios en Palermo me dijo «*Ciao bella*», y te puedo asegurar que la forma de hacerlo no fue la de alguien que quiere reformarse. No sé, llámame paranoica, pero hay algo de todo esto que no me gusta…

Álex la miró a los ojos a través del retrovisor, como si quisiera calmarla, como diciéndole que, pasase lo que pasase, ella estaría bien. Y tal vez eso bastó, al menos, por ahora. Enzo le pasó el brazo por detrás de los hombros y la acercó a él.

—*Non ti preocupare*, los ELATE estarán ahí, a nuestro lado. Nada puede salir mal.

«O puede salir mal todo», pensó Lara.

Pasaron la mañana en la oficina, Lara recabando datos y haciendo informes, Enzo probando la LX en las distintas estancias de la estación. No sabía dónde estarían los coches, pero todo hacía pensar que lo más probable es que fuese en una nave o garaje. Así que los escenarios elegidos fueron la nave donde reparaban los trenes y varios garajes de la zona.

A media tarde Laia entró por la puerta de la oficina y volvió a reunirlos en su despacho.

—Bien, la reunión será esta noche, id a casa y coged solo lo necesario. El vuelo sale en tres horas —dijo tendiéndoles dos carpetas—. Ahí dentro están vuestros billetes y los informes con todo lo que tenemos hasta ahora. Álex os llevará. Nos vemos en el aeropuerto.

Todo estaba sucediendo muy deprisa, demasiado. Lázaro no solía meterse en negociaciones, y menos con la mafia.

Pero a veces, para conseguir las pruebas necesarias, debían arriesgarse.

Cuando llegó a casa, metió en la bolsa del gimnasio algo de ropa y varias carpetas con sus informes. Se duchó y se puso unos pantalones pitillo negros, las Vans y una camiseta blanca de manga corta, se hizo una coleta y se sentó en el sofá. Llamó a Berta.

—Oye, Ber, tengo que coger un vuelo en un par de horas, me vuelvo a Italia por lo que leíste en el papel. Solo quería decirte que te quiero y que siento muchísimo no haberte contado esto antes…

—Lara, ¿estás bien?

—Sí, claro, no te preocupes, solo quería decírtelo otra vez.

Álex pasó a recogerla media hora más tarde, con Enzo. Cuarenta minutos después, estaba en aquel avión, aunque con la misma sensación que llevaba arrastrando desde que supo que Marconi hablaría solo con ella.

Enzo estuvo todo el viaje organizando los pasos que debía seguir y Laia cómo debían ser esos pasos, los de cada uno de ellos. No tenían sede en Calabria, así que el dispositivo tendría lugar en el aeropuerto Reggio Di Calabria. Una vez interrogado allí, Marconi les diría dónde se encontraban los coches, y si el departamento obtenía algún tipo de información más para poder atrapar a algún capo y si todo estaba en orden, Lázaro limpiaría su ficha y le daría inmunidad.

Llegaron al aeropuerto y fueron directamente a la oficina que ya tenían preparada. El equipo ELATE y varios miembros del departamento italiano estaban allí. Habían montado un pequeño dispositivo en la sala de interrogatorios de aduanas.

—*Un auto* ha ido a recoger a Marconi. Parece estar muy colaborador —dijo Mancini a Laia—. *Buonasera, signiori,* es un placer tenerlos aquí de nuevo —esta vez se lo dijo a ellos dos.

Treinta y tres largos minutos después, Marconi entró escoltado por dos miembros del ELATE vestidos de paisano. Seguía llevando una camisa horrible, oscura y sucia, como él, y su americana marrón. A Lara se le encogió el estómago, pero se mantuvo impasible.

—Señor, no hemos encontrado indicios de que nos hayan seguido. Todo en orden —dijo uno de ellos al presidente.

Entonces Marconi, que no había dejado de mascar chicle de una forma repugnante, se rio y, mirando a Giovanni, que se encontraba detrás de Mancini, dijo:

—*Amico, io* solo vengo a ayudarles. *¿Dov 'é la ragazza?*[17]

Lara, impulsada por aquella adrenalina, dio los diez pasos que la separaban de la puerta, se colocó un par de metros delante del mafioso y dijo muy segura:

—Aquí estoy, Marconi, dime lo que quiero saber.

El silencio se podría haber cortado con el cuchillo que Laia tenía en su cinturón y que en ese mismo momento agarraba con fuerza por el mango. Marconi se acercó despacio, sonriendo de esa horrible forma… dejando ver ese asqueroso diente dorado. Cuanto más se acercaba a ella, más apretaba Laia el cuchillo, preparada para rajarle el cuello si hacía cualquier movimiento extraño.

Giovanni dio un paso al frente cuando a Marconi solo le quedaban dos para llegar a la altura de Lara. Él no se paró, pero levantó las manos, ladeó la cabeza hacia el jefe de los ELATE y sonriendo dijo:

—*Calmati, amico, voglio solo parlare*[18].

Lara no se movió cuando Marconi se paró frente a ella.

---

17 Amigo, yo solo vengo a ayudarles. ¿Dónde está la chica?
18 Tranquilo, amigo, solo quiero hablar.

Entonces la miró de arriba abajo y, acercándose lentamente a su oído, susurró una única dirección.

Se lo llevaron de nuevo a la furgoneta blindada. Lara les había dado la dirección, comprobaron las coordenadas en un GPS y apareció la imagen de una nave en medio de un terreno que se encontraba a veintiséis kilómetros de allí.

Laia, Lara y Enzo se vistieron con el uniforme de los ELATE. Entonces ella misma pudo comprobar cómo pesaba cada prenda, cada parte de aquella armadura. Notaba el calor, esa adrenalina concentrándose en su cabeza, cada arteria, cada latido… Todo.

Salieron por la puerta trasera, directamente al aparcamiento, donde los esperaban dos furgones blindados negros, también marca Audi. En uno de ellos iba Marconi, custodiado por dos miembros de ELATE que le apuntaban con sus armas y un tercero que conducía junto a Laia. Giovanni era el encargado del suyo. Tres hombres más estaban en la parte de atrás montando todo el operativo por si la cosa se complicaba; limpiaban armas, comprobaban la munición y esperaban no tener que usarla. Enzo llevaba la LX en un maletín con ruedas metálico, protegida de cualquier golpe.

Los cincuenta y ocho minutos que tardaron en llegar le parecieron eternos.

Cuando llegaron, una antigua nave industrial que parecía abandonada estaba ante ellos. Se bajaron de los furgones despacio; los ELATE con las armas por delante, al igual que Laia.

—*Le maccine sono* dentro. Debajo de unas telas *bianchi*[19] —dijo Marconi señalando la nave.

—*Tu vieni* con nosotros, Marconi —contestó Giovanni.

—*Perffeto.*

---

19 Los coches están dentro. Debajo de unas telas blancas.

Iluminaron aquella nave con los grandes focos que los furgones tenían acoplados en la parte superior. Primero entró el equipo ELATE y peinó la nave de arriba abajo. Nada. Luego entraron los demás.

La nave era de techos muy altos, enteramente de un metal grisáceo, y con un complicado circuito de ventilación de grandes tubos que se conectaban como un laberinto. Había varias filas de estanterías en el centro en las que se apilaban objetos de chatarra, piezas de coche oxidadas y herramientas. Y, en uno de los laterales, una pequeña oficina con los cristales rotos. También había un elevador de coches (aquel lugar podría haberse utilizado como taller) y, al fondo, tres estructuras tapadas por grandes telas de color blanco.

Enzo pasaba la máquina por cada uno de los lugares, comprobando si escondían algo en su interior o había algún doble fondo que no pudieran ver. Lara acariciaba la pistola que tenía en la funda de su pierna izquierda. No dejaba de pensar en el interés de Marconi por darle esa dirección exclusivamente a ella en persona. «¿Por qué a ella?», pensaba una y otra vez.

Quizás Marconi sabía más cosas de lo que creía. Quizás él también la había estado siguiendo y era consciente de que era ella quien había dado su nombre a Lázaro y a las autoridades italianas, quizás...

Entonces lo supo, supo que era una trampa, una trampa para ella, una venganza que Marconi llevaba esperando mucho tiempo. Pero ya era tarde.

Miró a Marconi y este le sonrió de nuevo, al mismo tiempo que hacía un solo gesto con la cabeza, un gesto que se le grabaría a Lara en la memoria para el resto de su vida.

Algo desconcentró a Laia, un ligero movimiento en lo alto del techo de aquella nave y el reflejo rojo de una mirilla apuntando directamente al pecho de Lara. Entonces oyó el estallido de la pólvora al salir por el cañón y no lo dudó.

—¡¡¡Al suelo!!! —gritó mientras empujaba a Lara.

Lara sintió el impacto contra el cemento en su hombro izquierdo y el sonido de centenares de balas golpeando contra las paredes de metal. El tiroteo no duró más de treinta segundos y los ELATE derribaron a los cuatro francotiradores que estaban ocultos en los conductos de ventilación que atravesaban el techo de la nave.

Había mucho humo, mucho ruido y Lara no dejaba de toser.

Dos agentes habían sido alcanzados en la pierna y en el brazo. Enzo tenía a Marconi tendido en el suelo, apuntándole con su pistola, y Giovanni gritaba órdenes. A su alrededor todo estaba lleno de cristales rotos y casquillos de bala... pero no veía a Laia por ninguna parte. Se levantó como pudo y el dolor de su hombro le recordó el empujón. Cuando sus ojos se acostumbraron al humo vio a Laia apoyada detrás de una de las estanterías. Fue corriendo hasta ella y se tiró a su lado. Una bala le había atravesado el lateral derecho del cuello, por el que no paraba de salir sangre.

—¡Oh, por Dios, estás sangrando! Joder, no te preocupes, te vas a poner bien. No, joder. Laia, no, por favor...

Lara intentaba taponar la herida con la mano, pero no dejaba de sangrar... Empezó a gritar pidiendo ayuda, pero la pelirroja la cogió de la mano y sonrió. Lara no dejaba de sollozar y recostó a Laia en sus brazos. Esta le acarició la cara con la yema de los dedos, como lo hizo la última vez en su cama, volvió a sonreírle y solamente dijo:

—Paula, habla con Paula...

Entonces Laia dejó de respirar y una parte muy grande de Lara se fue con ella.

Lara gritó, gritó hasta hacerse daño. Y en ese momento los ELATE llegaron entre los restos de humo. Se oían sirenas a lo lejos, pero era demasiado tarde. Lara dejó muy despacio su cuerpo en el suelo, acarició su cara, limpió la suya y miró a Marconi, al que Enzo había levantado y tenía esposado. Estaba sonriendo y la miraba con cara de satisfacción. Le había hecho daño, y lo sabía. Vio la pistola de Laia tirada en el suelo y, sin pensárselo dos veces, la cogió y fue directa a por él. Cuando llegó a su altura se detuvo en seco y este volvió a sonreírle de nuevo. Pero esta vez Lara no sentía más que odio. Levantó la pistola y le apuntó en la frente.

—Lara, no lo hagas, sabes que no puedes hacerlo, está desarmado… *per favore*… —le dijo Enzo.

Lara solo oía las sirenas, los gritos, las balas, su respiración, todos y cada uno de los gemidos de Laia… Cerró los ojos, respiró muy hondo y todo se silenció. Entonces los abrió, bajó el arma, se acercó a Marconi y dijo entre dientes:

—Voy a hacer que te pudras en la cárcel y me aseguraré de que nunca vuelvas a ver la luz del sol.

Él escupió el chicle al suelo en el momento en el que la policía italiana entraba en aquella nave. Más de veinte agentes del cuerpo de carabineros ocuparon todo el lugar en menos de siete segundos. Pero antes de que se llevaran a Marconi detenido, Lara recordó las palabras que él le dijo la primera vez, y mirándolo fijamente a los ojos, con odio, con infinitas ganas de venganza y marcando fuertemente cada una de las letras, dijo:

—*Ciao bello*.

¿CONTINUARÁ?... ¿POR QUÉ NO?

Epílogo

Todo había pasado muy rápido, demasiado.

Después de que se hubiesen llevado a Marconi, Lara se dejó caer al suelo. Se sentó apoyada contra la pared, llorando. Oía ruido de fondo, sin escuchar verdaderamente nada, como si todo aquello estuviese sucediendo muy lejos de allí. La nave iluminada por las cosas que estaban ardiendo, los bomberos, los ELATE corriendo de un lado a otro, los servicios de emergencias llevándose a los agentes heridos y el cuerpo de Laia…

Recordó cada vez que había visto y tocado ese cuerpo. Recordó su cara, su sonrisa, aquellos ojos, su pelo… Todas esas imágenes pasaron por su mente y pudo volver a esos momentos, solo durante un instante, hasta que oyó la voz de una de las enfermeras.

—*Signorina, ¿sta bene? Ha respirato molto fumo. Respira questo*[20] —dijo mientras le colocaba una mascarilla de oxígeno y la ayudaba a levantarse.

—*Bene… Bene… Bene…* —repetía Lara una y otra vez.

Enzo entró de nuevo en la nave cuando ella estaba en pie.

---

20 Señorita, ¿está bien? Ha respirado mucho humo. Respire esto.

—¡Lara! ¡¿Estás bien?! *Merda* —dijo gritando y abrazándola, aunque ella no se movió.

—Quiero matar a ese hijo de puta, Enzo, quiero matarlo… —dijo Lara con lágrimas en los ojos.

Él le cogió la cara y, mirándola a los ojos, le dijo:

—Escúchame, ese malnacido va a ir a la cárcel y *non* va a salir de allí jamás, te lo *prometto*.

Despertó a la mañana siguiente muy temprano, casi de madrugada, en un hospital cerca del aeropuerto. Le habían puesto un calmante y curado una pequeña herida en el pómulo que se hizo al caer. Habían limpiado la sangre de sus manos y del resto de su cuerpo. Pero ella aún podía sentirla allí.

Laia se había ido, se había ido sin responder a ninguna de sus preguntas, pero quizás alguien sí podría hacerlo.

Paula…

Lara llegó a la estación de tren de Barcelona
con la idea de encontrarse a sí misma. Había
planeado un largo viaje hasta que tropezó y
sus ojos se encontraron, por primera vez,
con los de Laia. ¿Casualidad o causalidad?
¿Imposible o improbable?

Un recorrido fresco y picante por el despertar de una chica que llegó de Madrid con
muchas cosas que cambiar.

¿Por qué no? Es un libro dedicado a aquellos
que creen que todo es posible.

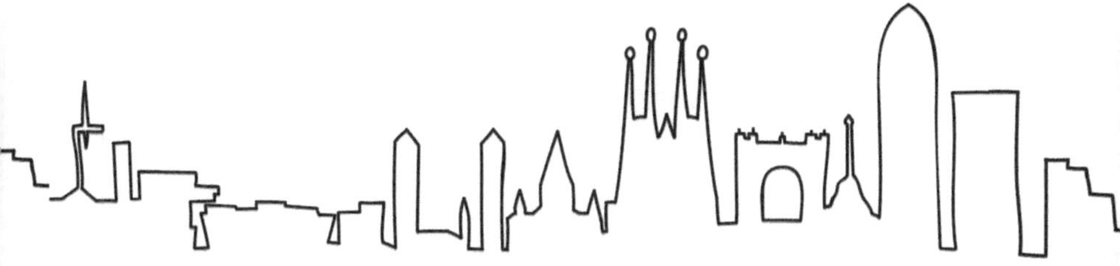